RIVIERA

EIGHTY DAYS YELLOW
VINA JACKSON

エイティ・デイズ・イエロー

ヴィーナ・ジャクソン
木村浩美訳

早川書房

HAYAKAWA
PUBLISHING CORPORATION

エイティ・デイズ・イエロー

EIGHTY DAYS YELLOW
by
Vina Jackson

Translated by
Hiromi Kimura
First published 2013 in Japan by
Hayakawa Publishing, Inc.
This book is published in Japan by
arrangement with
Sarah Such Literary Agency
through The English Agency (Japan) Ltd.

装幀　ハヤカワ・デザイン
表紙写真　©Julia Savchenko/Getty Images

目次

1　バイオリンとわたし

あれはヴィヴァルディのせい。

はっきり言えば、わたしが持っているヴィヴァルディの『四季』のCDのせいだ。いまは、ベッドサイドのキャビネットの上に伏せてある。小さくいびきをかいている恋人の体のそばに。

さっきはけんかになった。出張していたダレンが午前三時に帰宅すると、わたしがリビングルームの板張りの床に裸で寝そべって、ステレオのサラウンドシステムが許すかぎりの大音量で『四季』をかけていたからだ。すさまじい音量で。

ト短調の協奏曲第二番『夏』が速いテンポで奏でられ、最高潮に達しようとしたところへ、ダレンが乱暴にドアをあけた。

靴底で右肩を前後に揺すられ、ダレンが戻ってきたとようやく気がついた。目をあけると、彼がかがみこんでいる。次に気づいたのは、彼が明かりをつけていたこと、CDが急に止まっていたことだった。

「なにしてるんだ？」

「音楽を聴いてるのよ」わたしは消え入るような声で答えた。

「それくらいわかる！　ずっと向こうの通りでも聞こえたぞ！」

ダレンはロサンゼルスに出かけていた。長時間のフライトを終えたばかりにしては元気いっぱいだ。まだビジネススーツのままで、ぱりっとした白のシャツと革のベルト、極細のピンストライプが入った濃紺のパンツを身につけ、揃いの上着を片腕から下げている。それからキャスター付きのスーツケースの取っ手を握り締めて。音楽にかき消されてなにも聞こえなかったけれど、外は雨が降っていたようだ。スーツケースは雨に濡れ、細い筋が側面を流れ落ち、わたしの太腿の横で床に水たまりを作っている。彼のパンツは、裾のあたりが傘で雨をよけられずに濡れ、ふくらはぎに張りついていた。

わたしはダレンの靴のほうへ頭をめぐらして、濡れたふくらはぎをちらりと見た。麝香《じゃこう》の香りに、汗と雨と靴クリームと革の匂いが混じっている。靴から雨水が数滴わたしの腕に落ちた。ヴィヴァルディはいつもわたしに格別な効果をもたらす。いまが早朝でも、ダレンがいらいらした顔をしていても、たちまちぬくもりを体中に広げ、血を熱くする。さっきまで『四季』がそうしていたように。

向きを変えて、ダレンの靴を右腕にそっと押しつけておき、左手でパンツに包まれた彼の脚を撫で上げた。

ダレンがぱっとあとずさりした。まるでわたしが火をつけたと言わんばかりに。それから彼は首を振った。

「おいおい、サマー……」

ダレンはスーツケースを壁際まで引いてCDラックの脇に置くと、『四季』をプレイヤーから外して自分の部屋に入っていった。起きてついていこうかと思ったけれど、やめておいた。なにも着ていないときにダレンと口げんかしても勝てっこない。このまま床に寝ていたら目立たなくなって、ダレンの怒りがやわらぐといいのに。きちんと立たずに横になっていれば、裸の体が板張りの床に溶け込むのではないだろうか。

クローゼットの扉があく音がして、木製のハンガーががたがたとおなじみの音を立てた。ダレンが上着を掛けたのだ。つきあいはじめて六カ月、彼が上着を椅子の背やソファに放り投げるところを見たことがない。ふつうの人はそうするだろうに。ダレンは帰宅したその足で上着をクローゼットに掛け、ベッドに腰かけて靴を脱ぎ、カフスボタンを外し、シャツを脱いだらそのまま洗濯かごに入れてくる。次にベルトを抜き、クローゼットのハンガーレールに掛ける。ほかにも濃紺、黒、茶色の地味な色合いのベルトが並んでいる。ダレンはデザイナー・ブランドのブリーフをはく。わたしは男性がこの下着をつけるのがいちばん好きだ。ブリーフが彼を包み、ストレッチ素材のコットン製で、太いウエストバンドがついた、ちっぽけな下着。ダレンは裸に嫌悪感を抱いている。もどかしいほどきつく抱き締めるようすが大好きなのに、心底がっかりすることに、彼はかならずローブをはおり、下着姿でフラットを歩き回ったりしない。

わたしたちは夏に開かれたある演奏会で知り合った。わたしにとっては一大事だった。出演を予定していたバイオリニストのひとりが病気でキャンセルし、土壇場でわたしが呼ばれてオーケストラで演奏したのだ。大きらいなアルヴォ・ペルトの曲を。ペルトはぎくしゃくしていて単調だと思う。でも、本物のステージで、たとえどんなに小さいステージでも、クラシック音楽を演奏するためなら、ジャスティン・ビーバーの曲だって楽しそうに弾いてみせる。ダレンはそのときの観客で、演奏を気に入ってくれた。彼は赤毛好きで、あとから聞いた話では、ステージの角度の関係でわたしの顔は見えなかったけれど、頭のてっぺんがよく見えたらしい。髪が照明で輝いて、わたしは燃えているようだったとか。ダレンはアイスペールで冷やしたシャンパンを買い、コンサートの主催者とのコネを使って楽屋を訪ねてきた。

シャンパンはあまり好きではないけれど、とにかく飲んだ。ダレンは背が高くてハンサムで、わたしに初めてできたコアなファンとも言うべき人だから。

わたしの前歯がなかったり、別の意味で趣味じゃなかったりしていたらどうしていたか、ダレンに訊いたところ、パーカッショニストに当たってみたという。赤毛ではないものの、かなりきれいな人だ。

二、三時間後、わたしは酔って、イーリングにあるダレンの部屋で仰向けになっていた。わざわざ自分の上着を掛けて靴をご丁寧に揃えてからのしかかる男性と、なぜまたベッドに入るはめになったのか。とはいえ、ダレンは巨根とすてきなフラットの持ち主だ。彼がわたしの大好きな音楽をことごとくきらっているとわかってからも、その後の数カ月は週末の大部分を一緒に過ごした。わたしに言わせれば、残念ながらベッドで過ごした時間はとうてい足りず、それよりはるかに長い時間をかけて、高尚な美術展に出かけている。わたしは楽しめないし、ダレンもまるでわかっていないはずなのに。

わたしがパブや地下鉄の駅ではなく、クラシック音楽のコンサートで演奏する姿を見た男性は、ダレンと同じ勘ちがいをするようだ。クラシックの女性バイオリニストから連想される特徴を、わたしがひとつ残らず備えていると思い込んで。つまり、お行儀がよく、お堅く、洗練されていて、高学歴で、おしとやかでお上品で、クローゼットにはステージで着るシンプルでおしゃれなドレスが詰まっていて、肌を露出する下品な服は一着も持っていない。ローヒールの靴をはき、ほっそりした足首が男に及ぼす影響には無頓着だろうと。

実は、コンサート用の黒のロングドレスは一着しか持っていない。ブリック・レーンにある店で十ポンドで買ったもので、仕立屋にサイズを直してもらった。襟はハイネックで背中が大きくあいたベルベットのドレスだけれど、ダレンに出会った夜はクリーニングに出してあった。そこで、〈セルフリッジズ〉デパートで体にぴったりしたワンピースをクレジットカードで買い、タグを下着のなかにしまいこんだ。さいわい、ダレンはきれい好きな相手で、わたしの体にもワンピースにも汚れを残さなかったので、翌日それを返品できた。

わたしにも住みかがあり、平日の夜はそこで過ごす。ホワイトチャペルにあるひと棟のフラットの一部だ。そこはワンルームで、住宅というより部屋に近く、やや大きめのシングルベッド、洋服掛けになる備えつけの横棒、小さなシンク、冷蔵庫、ガスレンジがある。バスルームは廊下の先にあり、四人の住人と共同で使っている。たまに出くわすけれど、たいてい部屋に引きこもっている人たちだ。

場所が悪く、建物がぼろぼろでも、その部屋の借家人との話がまとまらなかったら、わたしは家賃を払えなかっただろう。彼とは深夜に、大英博物館を訪れてから出かけたバーで知り合った。払っている家賃より安く又貸しする事情を詳しく説明してもらえなかったが、床の下に死体か白い粉が隠してあると思い、廊下をＳＷＡＴがどっと駆けてくる足音がすると覚悟して夜も眠れないことが多かった。

ダレンはわたしのフラットに来たことがなかった。ひとつには、建物をまるごとスチーム洗浄しないかぎり、彼はこの部屋に来る気になれないという気がしたから。そしてもうひとつは、わたしは生活の一部を自分だけのものにしておきたいからだ。心の底では、ふたりの関係が長続きしそうにないとわかっていたし、夜な夜なわたしの部屋の窓に石を投げつける元カレとかかわりたくなかった。

これまでダレンに一度ならず同居話を持ちかけられた。一緒に住んで家賃を節約すれば、もっといいバイオリンを買ったり、レッスンを受ける回数を増やしたりできると。でも、その話を断った。ほかの人と、とりわけ恋人と一緒に住むのはいやだし、恋人に援助してもらうより、街角で演奏するアルバイトをしたほうがましだから。

ダレンのカフスボタンの箱が静かに閉まる音がした。わたしは自分を目立たなくしようと、目をつむってぎゅっと脚を閉じた。

ダレンがリビングルームに戻ってきて、わたしの横を素通りしてキッチンに入った。水道の水が勢いよく流れ、ガスの火がシュッと音を立ててつき、数分後にやかんがかたかたと鳴った。このやかんは、現代的でありながら古めかしい、ピーピーと音がするまで火にかけておくタイプだ。電気ケトルを買えばいいのに。本人の言い分では、やかんで沸かしたお湯はおいしいし、ちゃんとした紅茶はちゃんとしたお湯でいれなくてはいけない。わたしは紅茶を飲まない。匂いを嗅ぐだけで具合が悪くなる。コーヒーなら飲むけれど、ダレンは夜七時過ぎにコーヒーを飲むと眠れなくなるからと、いれさせてくれない。わたしがそわそわと寝返りを打つせいで、彼まで眠れないそうだ。

わたしは床でくつろぎ、どこかほかの場所にいるふりをした。呼吸を遅くして、死体のようにじっとしていようとがんばった。

「きみがそんなふうじゃ話しかけられないよ、サマー」ダレンの声がキッチンから流れてきた。声だけが。これも彼の好きなところだ。パブリックスクール出身者のアクセントのある豊かな声が、やわらかくて温かくなったり、厳しくて冷たくなったりする。下腹部に温かいものが集まり、わたしはできるだけきつく脚を閉じた。そういえば、一度だけリビングルームでセックスしたとき、ダレンは床にタオルを敷いた。彼は汚れるのが大きらいだ。

「どんなふう?」わたしは目をあけずに言った。

「そんなふうだ！　ばかみたいに裸のまま床に寝そべって！　起きてなんでもいいから服を着ろよ」

ダレンが紅茶の最後のひと口を飲み干した。その静かな音を聞いて想像した。彼をひざまずかせて、わたしの脚のあいだに口をつけさせたらどんな感じがするだろう。考えたら顔が赤くなった。

ダレンはいつもならオーラルセックスをしない。ただし、わたしがシャワーを浴びて五分足らずなら別だが、その場合でも、彼はおずおずと舐め、失礼にならない程度にそそくさと舌を指に替えてしまう。しかも、指を一本だけ使うのが好きで、わたしが手を下ろしてもう二本の指を迎え入れようとしたら、反応がよくなかった。

「やれやれ、サマー」あのときダレンが言った。「この調子じゃ、三十になるころにはゆるゆるだろうな」

ダレンはキッチンに姿を消し、食器用洗剤で手を洗ってからベッドに戻ると、寝返りを打ち、こちらに背を向けて寝入った。いっぽうわたしは眠らず、天井を見つめていた。水が勢いよくほとばしった音がしたから、ダレンは肘まで洗ったようだった。牛を出産させる獣医科の看護師か、神に捧げものをする司祭じゃあるまいし。

あれ以来、二度と指を二本以上入れてほしいと頼む気がしなくなった。

いまダレンはカップをシンクに置き、わたしの脇をすり抜けてベッドルームへ向かった。彼の姿が見えなくなって、しばらくしてから起き上がった。裸で体を起こすわたしがダレンにはどんなに卑猥に見えるかと思うと、恥ずかしくなった。もうヴィヴァルディに誘われた夢想から醒め、手足が冷えて痛むようになってきた。

「ベッドに来いよ。そっちの用意ができたら」ダレンが背中越しに声をかけた。

ダレンが服を脱いでベッドに入る音に耳を傾け、わたしは下着を身につけて、彼の呼吸が深くなってからシーツのあいだに忍び込んだ。


初めてヴィヴァルディの『四季』を聞いたのは、四歳のときだ。その週末は母と兄と姉が祖母の家に泊まっていた。わたしは、パパが行かないなら行かない、と言った。父は仕事があって外出できなかった。父にしがみついて泣きわめくわたしを、両親は車に押し込もうとしたけれど、結局は折れて、留守番をさせてくれた。

父はわたしに保育園を休ませ、仕事場に連れていってくれた。おかげで輝かしい三日間、わたしはほぼ完全な自由を満喫した。工場を駆け回り、タイヤの山を登り、ゴムの匂いのする空気を吸い込みながら、父の仕事を眺めた。父がお客の車をジャッキで持ち上げて下に滑り込むと、腰から下しか見えなくなった。わたしはずっとそばにいた。いつかジャッキが壊れて車が落ち、父がまっぷたつになるのではないかと怖かった。傲慢なのか愚かなのかわからないが、あの当時の年齢でも父を助けられると思っていた。アドレナリンが適度にみなぎれば、数秒間車体を持ち上げて父を逃がすことができるはずだと。

仕事が終わると、ふたりで父のトラックに乗って遠回りして帰宅した。わたしは夕食前にデザートを食べてはいけないことになっていたのに、途中でアイスクリーム屋に寄った。父はきまってラムレーズンを注文し、わたしは毎回ちがうフレーバーを試した。ハーフ&ハーフで二種類を食べたこともある。

ある夜遅く、眠れずに、リビングルームにふらりと入っていくと、父が暗がりで仰向けになっていた。眠っているようだが、息づかいは深くない。ガレージからレコードプレイヤーを持ち込んでいて、レコードが回転するたびに針がそっとこすれる音がした。

「やあ、お嬢さん」

「なにしてるの？」

「音楽を聴いてるんだよ」と父が答えた。まるで世界一ありきたりなことだというように。

わたしは父の隣に寝そべって、父の体のぬくもりが伝わり、頑固な汚れも落とすハンドソープの匂いに混じった新しいゴムのかすかな匂いを嗅げるようにした。目を閉じてじっと横になっていると、じきに床が消えて、この世に存在するのは暗闇で漂っているわたしと、ハイファイ装置で再生されているヴィヴァルディの『四季』だけになった。

以来、父にせがんでそのレコードを何度も何度もかけてもらった。自分が楽章のひとつにちなんで名づけられたと、両親が認めない説を信じ込んでいるからだろう。

幼いわたしがそれこそ夢中になったので、その年の誕生日に父がバイオリンを買い、レッスンを受けさせてくれた。子どもの時分はひどくせっかちだったうえ、自我が強く、課外授業を受けたり音楽を習ったりしそうもない性分なのに、どうしても、この世のなによりも、自分を飛翔させるものを弾きたかった。初めてヴィヴァルディを聞いた夜にわたしが飛んだように。そんなわけで、わたしは小さな手を弓とバイオリンに置いた瞬間から、寝ても覚めても練習している。

わたしが病みつきになっているのを母が心配して、しばらくバイオリンを取り上げようとしたほどだった。ほかの勉強に身を入れさせ、友だちを作らせる目的もあったのだろう。でも、わたしはバイオリンを手放すことをかたくなに拒んだ。弓を持っていると、いまにも飛び立てそうな気がする。持っていないと、わたしはつまらない人間だ。石さながらに地面と一体化した、だれのものであってもいい体。

わたしは入門レベルをあっという間に終え、九歳になるころには、愕然とした学校の音楽教師の想像をはるかに超えた能力で演奏していた。

父はレッスンの回数を増やしてくれた。教師はヘンドリク・ファン・デル・フリートという年配のオランダ人で、うちから二本先の通りに住んでいて、めったに外出しなかった。先生は長身のやせこけた男性で、動作がぎこちなく、まるで操り人形のようで、空気より濃密な物質のなかで動き回っているといった感じが、蜂蜜の海を泳ぐバッタを思わせた。先生が自分のバイオリンを手に取ると、体がしなやかになった。腕の動きは大きくうねる波に似ていた。先生のなかから音楽が潮のように流れ出たり流れ込んだりした。

わたしの進歩に仰天して不審に思っていた音楽教師のミセス・ドラモンドとちがい、ファン・デル・フリート先生はたいていのことに動じなかった。彼はめったに口を開かず、けっして笑わない。故郷の町、テアロハは人口が少なく、先生を知っている人はほとんどいなかったし、わたしが知るかぎり、ほかには生徒がひとりもいなかった。父の話では、先生はかつてアムステルダム・ロイヤル・コンセルトヘボウ管弦楽団でベルナルド・ハイティンクの指揮で演奏していたが、あるコンサートでニュージーランドの女性に出会い、オーケストラの仕事をやめて彼女の国へ渡ったという。その女性はわたしが生まれた日に車の事故で亡くなっていた。

先生のように、父も無口な人だけれど、他人に関心があり、町じゅうの人を知っていた。どんなに孤独好きの人間でも、遅かれ早かれ、自動車か自転車か芝刈り機のタイヤがパンクの憂き目にあう。ちょっとした修理の仕事でも引き受けるという評判がたち、父はいろいろな住人に頼まれた半端仕事をこなすことが多かった。先生も、ある日父の工場に自転車のタイヤを修理してもらいにきて、バイオリンの弟子を連れて帰った。

わたしはファン・デル・フリート先生に妙な忠誠心を抱いていた。先生の妻がこの世を去ったその日に生まれたので、先生を幸せにするなんらかの責任があるとばかりに。なんとかして先生を喜ばせなければならないと思い、先生の指導のもとで、腕が痛み、指先がすりむけるまで稽古を重ねた。

　学校では人気者でも仲間はずれでもなかった。成績はいつも中くらい。どこをとっても目立たない子だった。唯一のとりえの音楽は、課外授業と才能のおかげで仲間よりはるかに上達した。授業中、ミセス・ドラモンドはわたしに目もくれなかった。わたしのよけいな腕前を聞いた同級生がねたんだり、自分は向いていないと思ったりするのを恐れたのかもしれない。

　わたしは毎晩ガレージでバイオリンを弾いたりレコードを聴いたりしながら、たいてい暗がりで、心のなかで名曲の海を漂っていた。ときには父も仲間入りした。お互いにほとんど口をきかなかったが、音楽を聴くという共通の体験を通じて、またはどちらも変わり者という共通点を通じてだろうか、父とはつねに絆を感じていた。

　わたしはパーティには近寄らず、人づきあいがよくない。そのため、同年代の若い男性との性体験は乏しいほうだ。ところが十代にもならないうちから、のちに激しい性欲に変貌するもののめざめとなる、体のざわめきを感じていた。バイオリンを弾くと、感覚が研ぎ澄まされる気がする。あたかも、雑念は音にかき消され、五感に訴えられなければなにも認識できないようだ。十代に入ると、この感じを性的興奮と結びつけるようになった。なぜわたしはいとも簡単に燃え上がるのか、なぜ音楽に強い影響を受けるのかと不思議に思った。いつも気になっているのは、自分の性衝動が異常に強いことだ。

　ファン・デル・フリート先生はわたしを人間というより楽器のように扱った。わたしが血肉ではなく木でできているかのように、両腕を定位置に上げたり背中に手を置いて姿勢を直させたりした。先生はなにげなく触れているものと見えた。自分の体の延長という感じで。先生はいつも文句なく慎み深かったが、そのことや年齢、かすかに鼻をつく匂いと骨ばった顔にもかかわらず、わたしは胸をときめかせるようになった。先生は並み外れて背が高く、父よりさらに高く、百九十八センチくらいありそうで、わたしの頭上にそびえていた。こちらはすっかり成長しても、百六十五センチ止まりだ。十三歳だった当時は、頭がやっと先生の胸に届くくらいだった。

わたしはバイオリンが上達する喜び以外の目的でレッスンを楽しみにするようになった。先生が手に触って直してくれないかと、たまに音を外したり、手首をぎこちなく動かしたりしてみた。「サマー」ある日先生が穏やかな声で言った。「こんなことを続けるようなら、もう教えないからね」

わたしは二度といいかげんな弾き方をしなかった。

その夜、ダレンと『四季』をめぐって言い合いをする数時間前までは。

カムデンタウンのバーで、ブルースロック・バンド気取りのマイナーなグループと自由な形式で演奏していたとき、ふと指がこわばって、音をまちがえた。バンドのメンバーはだれも気づかなかったし、リードボーカル兼ギタリストのクリスをめあてに来ていた筋金入りのファンを別にしたら、ほとんどの客はバンドには見向きもしなかった。あれは水曜日の一夜かぎりの仕事だった。週のなかばの観客は土曜の夜の酔っ払いよりたちが悪い。大ファンは例外だが、客はバーでビールを飲みながらおしゃべりして、音楽など聴いていない。それは気にしなくていいとクリスが言ってくれた。

彼はギターのほかにビオラも弾く。もっとも、ギターをバンドの売りにしようとして、ビオラをほとんど弾かなくなっていた。でも、心のなかではふたりとも弦楽器奏者であり、それをきっかけに仲よくなった。

「だれにでもあることさ、ダーリン」クリスが言った。

でも、わたしにはありえない。くやしかった。

演奏が終わると、打ち上げにも出ず、電車に乗ってイーリングにあるダレンのフラットに帰り、合鍵を使ってなかに入った。ダレンが帰国するフライトの時間を取りちがえていて、もっと遅い、朝になってから到着する便だと思っていた。彼は赤い目をして、まず自宅に寄る間もなくオフィスに直行するだろうから、わたしは一晩中寝心地のいいベッドで横になって音楽を聴いていられると。ダレンとつきあい続けるほかの理由は、フラットにすばらしい音響システムと、寝そべるのに充分な広さがあることだ。彼は知り合いのなかでも数少ない、CDプレイヤーを含めて、いままでもまともなオーディオシステムを持っている人だ。それに、わたしのフラットの床には寝られるだけのスペースがない。頭をキッチンの食器棚のなかに入れれば話は別だけれど。

二、三時間ヴィヴァルディを何度もかけたあとで、結論が出た。ふたりの関係は、おおむね心地よいけれど、わたしの創造意欲を妨げている。六カ月間、ほどほどの美術やほどほどの音楽を楽しみ、ほかのほどほどのカップルたちとほどほどのバーベキューをして、ほどほどに愛を交わした結果、わたしは少しずつ首に巻いていった鎖で引っ張られていた。この手で作った首吊りの輪で。

なんとか逃げ出す方法を見つけなくては。

ダレンは眠りが浅いたちだけれど、ロサンゼルスから戻った夜はかならず睡眠薬をのんで時差ボケにならないようにする。空っぽのはずのごみ箱で薬の包みがきらりと光った。もう午前四時なのに、彼は包みをベッドサイドのキャビネットの上に朝まで放っておかず、律儀に捨てたのだ。ヴィヴァルディのCDはスタンドの横に伏せてある。ダレンがCDを出しっ放しにしておくのはこれ以上ない抗議表明なのだ。いくら睡眠薬をのんだとはいえ、ダレンが平気で眠れるとは驚きだ。放り出したCDに傷がついてしまうのに。

わたしはせいぜい一、二時間眠り、早朝にベッドを抜け出し、キッチンの長椅子に置き手紙をした。〝ごめんなさい。あんなに大きな音を出して。よく眠ってね。あとで電話する……〟

どこに向かっているかよくわからないまま、ウエストエンド方面に走る地下鉄セントラル・ラインに乗った。わたしのフラットは年じゅう散らかっていて、そこではあまり何度も練習したくなかった。壁が薄いので、そのうち両隣の住人にうんざりされないかと心配だ。自分としてはきれいな音色だと思っているけれど。バイオリンを弾きたくて、腕がうずうずする。きのうの夜にかけて募った思いを消化させるためだけだとしても。

シェファーズ・ブッシュ駅に到着するころには満員になった。車両の端に立つことにして、ドアのそばの座席の背にもたれた。このほうがバイオリンのケースを脚で挟んで腰かけているより楽だ。こうしてわたしは汗くさい会社員の群れにもみくちゃにされた。駅に止まるたびに前の駅より多くの乗客が詰め込まれ、どの顔もさっき見た顔よりみじめに見える。

わたしは昨夜の演奏時のまま、黒のベルベットのロングドレスを着て、チェリーレッドのパテントレザーの〈ドクターマーチン〉をはいていた。クラシックはヒールのある靴で演奏するけれど、家ではブーツをはくほうがいい。深夜、イースト・ロンドンを通り抜ける足音にどすのきいた感じが加わるような気がするからだ。わたしは顎を上げ、背筋をぴんと伸ばして立った。こんな格好でいたら、大半の乗客は、少なくともこちらが見える客は、わたしが一夜かぎりの情事から帰宅するところだと思うだろう。

むかつく。いっそ一夜かぎりの情事から帰宅するところだったらよかったのに。ダレンは出張続きで、わたしはなるべくたくさん仕事を入れているから、わたしたちは一カ月あまりセックスしていない。たとえしても、わたしはめったにいかなくなった。せわしない、ばつの悪い絡み合いの結果として、必死にオーガズムに達しようとするいっぽうで、ことのあとで自慰にふけったらダレンを不能だと感じさせないかと不安だった。たしかに彼を不能だという気分にさせたかもしれないけれど、それでもわたしが自慰にふけったのは、そうするか、その後の二十四時間をもやもやした、情けない気分で過ごすかのどちらかだったから。

マーブルアーチ駅で建設作業員がひとり乗ってきた。そのころには車両の端がすっかり混み合い、彼がわたしの目の前の狭い隙間に割り込んだので、ほかの乗客たちは顔をゆがめていた。建設作業員は背が高く、手足が太くたくましい。少しかがまないと、背後でドアが閉まらなかった。

「詰めてください」ある乗客が丁寧だが張り詰めた声で言った。

だれも動かない。

いつも礼儀正しいわたしは場所を空けようとしてバイオリンのケースを動かしたため、自分の体をさえぎる物がなく、たくましい男性とまともに向き合った。

地下鉄ががくんと揺れて動き出し、乗客はバランスを崩した。男性がつんのめり、わたしは背筋を伸ばして踏ん張ろうとした。一瞬、男性の上半身が押しつけられた。長袖のコットンシャツと安全ベスト、ストーンウォッシュのジーンズを身につけている。太ってはいないが、シーズンオフのラグビー選手みたいながっしりした体つきで、片腕を伸ばして頭上の手すりにつかまって肩をすぼめている。着ているものはどれもこれも、少しばかり小さいようだ。

目を閉じて、男性のジーンズの下はどうなっているのか思い描いた。彼が乗ってきたときにベルトの下に目をやる機会がなかったけれど、手すりをつかんでいる手は大きくて厚みがある。だったら、デニムのなかのふくらみも同じだろう。

ボンドストリート駅に着くと、小柄なブロンドの女性が断固とした表情を浮かべ、車内に割込もうとした。

こんな考えがふと浮かんで消えた――発車するときはまた揺れるのかしら？

そのとおりだった。

筋肉男がよろめいてわたしにぶつかった。向こう見ずな気分になり、腿をぎゅっと閉じると、彼の体がこわばった。ブロンドの女性がじわじわと体を伸ばしていき、建設作業員の背中を肘でつつきながら重そうなハンドバッグから本を取り出そうとした。作業員がわたしににじり寄った。彼女に場所を空けたのか、それとも、こちらに近づいて楽しんでいるだけかもしれない。

わたしはさらにきつく腿を締めつけた。

地下鉄が再び揺れた。

男が緊張をゆるめた。

いまでは男の体はわたしの体にぴったり押しつけられている。たまたま接近したように見えるので気が大きくなり、わたしは心もち背中をそらして下腹部を突き出した。こうすると、腿の内側に男のジーンズの前ボタンが押しつけられる。

　男が手すりから手を放して、わたしの肩のすぐ上の壁に手をついたので、抱き合っているような格好になった。男が息をのみ、鼓動が激しくなる音がしたように思ったが、彼がどんな音を立てたとしても、地下鉄がトンネルを走り抜ける轟音にかき消されてしまう。

　胸がどきどきして、急に怖くなった。やりすぎただろうか。話しかけられたらどうしよう？キスされたら？　口に舌を差し込まれたらどんな感じがするだろう。この人はキスが上手かしら。舌をぴゅっと、トカゲみたいに出し入れするタイプの人だろうか。わたしの髪をつかんでのけぞらせ、ゆっくりとキスするタイプだろうか。本気だと言わんばかりに。

　脚のあいだに温かく湿ったものが広がり、気まずさと歓びの入り交じった思いで気がついた。下着が濡れている。その朝、どうしても下着をつけたくない衝動を抑え、ダレンの部屋で予備のパンティをはいてきてよかった。

　筋肉男がこちらに顔を向け、目を合わせようとしたけれど、わたしはうつむいたまま真顔でいた。男の体が押しつけられていても困ってはいない、毎日こうやって通勤するというように。

　これ以上壁とこの男に挟まれていたらどうなるだろうと怖くなり、わたしは彼の腕の下をくぐってチャンセリーレーン駅で地下鉄を降りた。振り向きもせずに。一瞬、追いかけられるかもしれないと思った。わたしはドレスを着ている。チャンセリーレーンは人通りの少ない駅だ。車内であんな一場面があっただけに、ありきたりのいやらしい行為を持ちかけられるだろう。しかし、地下鉄が発車し、あのたくましい男も去っていった。

わたしは駅を出て左に曲がり、角のフレンチ・レストランに向かうつもりでいた。ニュージーランドを離れてから最高のエッグズ・ベネディクトを食べた店だ。ここで初めて食事したとき、ロンドン一の朝食だとシェフをほめたところ、「そりゃそうさ」と言われた。イギリス人がフランス人をきらうのも無理はない。フランス人はうぬぼれやだが、わたしはそこが好きで、エッグズ・ベネディクト目当てにその店にたびたび通った。

ところが、このときはいらいらしていて行き方を思い出せず、左に曲がるところを右に曲がってしまった。どのみち、店は九時になるまで開かない。グレイズ・イン・ガーデンズで静かな場所を見つけて、少しバイオリンを弾いてから店に引き返そう。

通りのなかほどで、庭へ続く案内標識のない小道を探していると、そこはストリップクラブの店先だった。イギリスに初めて来てわずか二週間後に訪れた場所だ。そのときは友人と一緒だった。その子とはオーストラリアのノーザン・テリトリーを旅行中に短期間一緒に働き、わたしがロンドンに到着した最初の晩に近くのユースホステルで偶然再会した。ロンドンでお金を稼ぐにはこの手のダンスがてっとり早いと彼女は聞いていた。安っぽい店で二カ月くらい働けば、メイフェアのおしゃれなバーに移れる。有名人やサッカー選手が、ダンサーのGストリングに紙吹雪だとばかりに偽札の束を押し込む店だ。

シャーロットはわたしを連れて店を回り、仕事をもらえるかどうか調べていった。残念ながら、赤いカーペットが敷かれたフロントで応対した男性は、ノリまくっている裸同然の女たちでいっぱいの部屋に入れてくれなかった。そのかわり、脇にある別のドアを抜けた事務所に通された。男性はシャーロットに経験を尋ねた——彼女は未経験だった。ナイトクラブのテーブルの上で踊っていたことも経験になるなら話は別だが。次に、彼は騎手が競りで競走馬を見るような目つきで彼女の頭のてっぺんからつま先まで眺めた。

やがて男性はわたしの全身をじろじろと見た。

「あんたも仕事が欲しいのか？」

「いいえ、けっこうです」わたしは答えた。「仕事はもうありますから。わたしはただの付き添いです」

「お触りはなしなんだぜ。客が妙な真似をしたら、すぐに叩き出す」男性が食い下がった。

わたしは首を振った。

体でお金を稼ごうかと、ちらりと考えるには考えたが、ともなう危険に目をつぶれば、売春をするほうがまだましだった。なんとなく、売春のほうが正直な感じがする。ストリップはちょっとわざとらしい。そこまでするくせに、なぜとことんやらないのか？　とにかく、夜は演奏の仕事に空けておかねばならず、練習する体力をたっぷり残せるアルバイトをしたかった。

シャーロットはホルボーンのクラブで一カ月ほど働いてから馘《くび》になった。彼女はふたりの客と連れだって店を出たと、あるダンサーが告げ口したせいだ。

若いカップル。すっごく無邪気に見えた、とシャーロットは言う。ふたりは金曜日の夜遅くやってきた。男性のほうはご機嫌だし、ガールフレンドはきゃあきゃあはしゃいでいた。まるで生まれて初めてほかの女の裸を見たように。ボーイフレンドがダンサーに金を払うと言い、ガールフレンドは部屋を見回してシャーロットを指名した。たぶん、彼女がまだきちんとしたストリッパーの衣装をつけていなかったからか、ほかのダンサーのようにつけ爪をつけていなかったからかもしれない。そこがシャーロットの人とちがうところだった。ストリッパーに見えないストリッパーは彼女だけだった。

ガールフレンドがたちまち性的に興奮したようだった。ボーイフレンドは真っ赤になった。シャーロットは無邪気な人間を堕落させることを楽しみ、自分の動きにふたりが反応すると気をよくした。

シャーロットは身を乗り出し、カップルとのあいだに残された狭い空間を満たした。

「うちに来ない?」彼女は男女どちらの耳にもささやいた。

カップルはさらに少し赤くなってから誘いに応じ、三人はタクシーの後部座席に乗り込んで、ヴォクソールにあるシャーロットのフラットに向かった。彼女はふたりの部屋に行こうと持ちかけたが、あっさり断られていた。

ルームメイトの顔は見ものだったわ、とシャーロットが言った。翌朝、彼がベッドルームのドアをノックもせずにあけ、紅茶を運んでいくと、彼女はひとりではなくふたりの見知らぬ人間とベッドにいたのだ。

最近はシャーロットからあまり連絡がない。ロンドンでは人が消えるものだし、わたしはまめに連絡を取り合うのが苦手だ。それでも、このクラブを覚えていた。

このストリップクラブは、お察しのとおり、暗い路地裏ではなく大通りにあり、〈プレタマンジェ〉というサンドイッチ屋とスポーツ用品店に挟まれている。数軒先にはわたしが以前にデートで行ったイタリアン・レストランがある。テーブルの真ん中に置かれたキャンドルの上でメニューを広げて火をつけてしまい、忘れられない店になった。

クラブの入口はやや奥まっていて、頭上の看板はネオンが灯っていないが、それでも店をまともに見れば、黒塗りのガラスといかがわしい店名――スイートハート――から、ここをストリップクラブ以外の店と勘ちがいしようがない。

ふと好奇心に駆られ、わたしはバイオリンのケースをしっかり抱え、前に進んでドアを押した。鍵がかかっている。閉まっている。木曜の朝の八時三十分には意外でもなんでもなく、まだあいていないのだろう。あかないかと思って、もう一度ドアを押してみた。

びくともしない。

白のバンに乗ったふたりの男性が通りかかってスピードを落とし、ウインドウを下ろした。

「昼休みにまた来いよ」ひとりが大声で言った。気があるというより、気の毒にという顔だ。黒のドレスを着て、昨夜のロックガールの厚化粧をしたままなので、職探しをしている破れかぶれの女に見えるのだろう。そんな女だとしたら、なんだっていうの？

おなかがすいたし、喉も渇いた。腕が痛くなってきた。わたしはバイオリンのケースを脇にしっかり抱えていた。動揺したりストレスを感じたりすると、こうする癖がある。シャワーを浴びず、きのうの服のままフレンチ・レストランに行く気になれない。シェフにむさくるしい女だと思われたくなかった。

また地下鉄に乗ってホワイトチャペルで降り、自分のフラットまで歩き、ドレスを脱いでベッドで丸くなった。目覚まし時計は午後三時にセットしてある。地下鉄の駅に戻って、午後の通勤客の前で演奏するためだ。

つらくてたまらない日にも、手にソーセージが並んでいるかと思うほど指使いがぎこちなく、頭のなかがどろどろでも、なんとかどこかで演奏している。その場所が公園で、観客は鳩だとしても。わたしは野心があるほうではないし、演奏家としてキャリアを積もうとしてもいないけれど、当然ながら、見出されて採用され、リンカーン・センターやロイヤル・フェスティヴァル・ホールで演奏する夢がある。それはあきらめられない。

三時に起きると、疲れが取れた気がして、ぐんと前向きな気持ちになった。わたしはもともと楽天家だ。ある程度の狂気、とても前向きな姿勢、またはその両方が少しずつなければ、スーツケース一個とからの預金口座と自分を突き動かす夢のほかにはなにも持たずに地球の裏側へ行けない。わたしの憂鬱な気分は長続きしない。

クローゼットには路上演奏用のいろいろな衣装が詰まっている。あまりお金がないので、大半はストリート・マーケットやオークションサイトのイーベイで手に入れたものだ。ジーンズはめったにはかない。ウエストがヒップに釣り合わないほど細いため、パンツをはくのがほとほといやになり、毎日のようにスカートとワンピースを着ている。デニムのカットオフのショートパンツは、カントリー音楽を弾くカウボーイの日用に二枚持っているけれど、今日はヴィヴァルディの日だという気がした。ヴィヴァルディにはもっと古風な装いをしなくてはだめだ。黒のベルベットのドレスを真っ先に選ぶところだが、それはけさ床に脱ぎ捨てたせいでくしゃくしゃになり、クリーニングに出さなければならない。しかたなく、黒の膝丈のマーメイドラインのスカートに、優雅なレースの襟のついたクリーム色のシルクのブラウスを合わせた。このブラウスを買った古着屋は、ドレスを買ったのと同じ店だ。それから、肌の透けないタイツと、踵《かかと》の低い編み上げのアンクルブーツをはいた。全体のイメージは、うまくいけば、おすましのゴシック風ヴィクトリア様式。わたしが大好きでダレンが大きらいなスタイルだ。古着は体を洗わないヒップスター気取りのスタイルだと彼は思っている。

路上演奏にうってつけの場所がある。トテナム・コート・ロード駅に着いたころ、ちょうど通勤客が増えてきた。わたしは一基目のエスカレーターの下で、壁を背にしたあたりに落ち着いた。ある雑誌にこんな研究結果が載っていた。チップをやろうと心を決める時間が数分あれば、人はおそらく大道芸人に金を与えるだろうと。そこで、通勤客がエスカレーターで降りてくる場所に陣取っていれば、彼らが通り過ぎる前に財布を取り出す間があるからタイミングはばっちり。ここなら通行の邪魔にもならない。これがロンドンっ子に効いたと見える。彼らは自分から片側に寄ってわたしのバイオリンのケースに小銭を落とすことにしたと思いたいのだ。

小銭をくれた人と目を合わせて笑顔でお礼をするべきだとわかっているのに、音楽に夢中になって忘れてしまうことが多い。ヴィヴァルディを弾いていると、だれとも気持ちを通じ合えない。駅で火災報知器が鳴っても、たぶん気づかないだろう。バイオリンを顎に当てて、ものの数分で通勤客は消え失せる。トテナム・コート・ロード駅も消える。そこにあるのはわたしと、何度も繰り返すヴィヴァルディの曲だけ。

演奏を切り上げるのは、腕が痛んでおなかが鳴り出すころだ。どちらも、予定していたより長居したことを確実に伝えてくれる。わたしは十時までに帰宅した。

翌朝になってようやく稼ぎを数え、手の切れるような赤い紙幣を見つけた。それはバイオリンのケースのベルベットの内張りの小さな切れ目に差し込まれていた。

五十ポンドのチップをくれた人がいる。

2　男と欲望

偶然の潮目は妙な変わり方をする。男はときどき、自分の半生が川のように流れ去ったという気がした。ジグザグに走る川筋はたまたま起こった出来事やゆきずりの人々に決められてばかりいて、本当の意味で思いどおりになったためしはなく、ぼんやり日々を漂いながら、子ども時代、十代、青年期のあがきから穏やかな水面にも似た中年期に達した。泥酔して異国の海に船出するように。しかし、だれもが同じ船に乗っているのではないか？　彼はすぐれた船乗りであり、途中で激しい嵐に遭わなかったことが証明されたにすぎない。

今日の講義は予定時間を超過した。学生からの質問が相次ぎ、流れが途切れたせいだ。かといって、困ったわけではなかった。学生からの質問は多ければ多いほど望ましい。それは彼らが講義に集中し、テーマに興味を持っている証拠になる。ただし、毎回こうはいかない。この年度の学生はのみこみがいい。外国人の学生と自国の学生がちょうどいい割合で混じって刺激しあい、男のほうもぼんやりしていられなかった。ほかの多くの教授とちがい、退屈と反復を避けるだけの目的でも、男は講座の内容を大幅に変更する。今学期、彼の比較文学のセミナーでは、一九三〇年代と四〇年代の作家が作品中に頻用する自殺と死の要素を研究している。テキストとして取り上げるのは、アメリカの作家F・スコット・フィッツジェラルド、ファシストだと誤解されやすいフランスの作家ドリュ・ラ・ロシェル、イタリアの作家チェーザレ・パベーゼの作品だ。愉快なテーマではないが、大半の学生、とりわけ女子学生を刺激したようだった。自殺したアメリカの詩人シルヴィア・プラスの影響だ、と男は思った。受講した学生たちが競ってガスオーブンに突進しないかぎり、けっこうじゃないか。男は心のなかでほほえんだ。

男は働く必要がなかった。十年あまり前に、父親が死んで多額の遺産を相続したのだ。思いもよらない出来事だった。父親とはお世辞にも気安い仲ではなかったし、自分よりきょうだいが、定期的に連絡を取ることもなくあまり共通点もない者たちのほうが多く相続すると、ずっとそう思っていた。嬉しい誤算だった。これもまた、人生の道筋によくある見えない岐路だった。

講義のあとで、男は研究室でふたりの学生に会い、今後の個人指導の予定を組み、質問に答えた。気がつくと、時間がなくなっていた。もともとカーゾン・ウエストエンドで夕刻上映の新作映画を見るつもりでいたが、もう間に合わない。心配無用だ――週末には見られるさ。

携帯電話がびーっと鳴りながら振動し、デスクのなめらかな天板を蟹が這うように動いた。男は携帯電話を取り上げた。画面に一件のメッセージが現れた。

〝会わない？　C〟

ドミニクはため息をついた。会ったほうがいいだろうか？　会わないほうがいいだろうか？

クラウディアとの情事は一年間続いている。そのことをどう思っているのか、彼女をどう思っているのか、いまではよくわからない。建前としては、ドミニクに非はない。関係を結んだのは、クラウディアが彼の講座を修了してからだった。といっても、二、三日後だが。そこで、道徳面では許されても、この関係を続けたいのかどうか、ドミニクはもはや心もとなかった。

ドミニクはいますぐ返信しないことにした。よく考える時間が必要だ。壁のフックからくたびれた黒のレザージャケットを取り、本と講義のファイルをまとめてキャンバス地のトートバッグに入れ、通りに向かった。ジャケットのジッパーを上げ、川から吹き寄せる冷たい風を入れないようにして、地下鉄の駅をめざした。外はすでに暗くなり、ロンドンの秋の鈍色《にびいろ》に染まっている。たちまちラッシュアワーになり、人ごみは物騒な感じがして、次々と来る通勤客が両方向に急ぎ、その影響でだれともわからずドミニクをかすっていった。ふだんなら、いまごろは街の中心部を出ている。そこはロンドンのもうひとつの顔を見るようだ。なじみのない分野であるロボット産業が有望株であり、重苦しく、面白みがなく、場ちがいだった。ドミニクは手渡されたフリーペーパーを気軽に受け取り、駅に入った。

クラウディアはドイツ人で、生まれつきの赤毛ではなく、すばらしいセックスの相手だ。たいてい体からココアオイルの匂いがするのは、いつも香りつきのクリームで肌を整えているからだ。クラウディアとベッドで一晩中過ごすと、ドミニクはたちこめた匂いで軽い頭痛を覚えることが多い。ふたりはたびたび朝まで過ごすわけではない。セックスして、おざなりな話をして、次に会うときまで別れる。この手の情事だった。条件をつけず、なにも訊かず、けっして束縛せずに。お互いの欲求を満たし、道徳の点では潔癖と言ってもいい。これはドミニクがずるずるとはまりこんだ関係だった。クラウディアから合図を送ったのだろう。いわば初めに渡る青信号を。ドミニクは自分が意識して最初の一歩を踏み出さなかったことをわかっている。ものごとはなるようになるものだ。

ドミニクが物思いにふけっていると、地下鉄が止まった。ここは、入り組んだ通路を抜けてノーザン・ラインに乗り換えなくてはいけない駅だ。彼は地下鉄がきらいだが、若く、裕福ではなかった年月への忠義立てから、たいていの日はタクシーを使わずに大学と自宅を往復していた。自家用車に乗れば、いまいましい渋滞税を取られるとともに、大学や周辺に駐車場がなければ、フィンチリー・ロードの先で毎回ひどい渋滞を引き起こしてしまう。

ラッシュアワーのおなじみの匂い――汗、あきらめ、うっとうしさ――にさりげなく感覚を刺激されながら、ドミニクはエスカレーターに向かった。すると、かすかに響く音楽が耳に届いた。


カフェのバリスタがふたりのコーヒーを外まで運んできた。ドミニクにはいつものダブル・エスプレッソ、クラウディアにはもっと手の込んだ、イタリアン・コーヒーまがいの風味を添えたカプチーノドリンクだった。クラウディアが煙草に火をつけた。ドミニクは吸わないが、やめてほしいとも言わなかった。

「それで、講座には満足したかい?」

「もちろん」クラウディアがきっぱりと答えた。

「じゃあ、これからどうするつもりだ? このままロンドンにいて、もっと勉強を続ける?」

「たぶんね」クラウディアの目は緑だ。暗い色の赤毛は頭のてっぺんでシニョンにまとめられていた。あの結い方が最近でもそう呼ばれているならば。細い前髪が一本、額にかかっていた。

「博士課程に進みたいけど、まだ準備ができていない気がするの。どこかで教師になるかもしれない。ドイツあたりで。たくさん誘いがあったのよ」

「文学の教師ではなくて?」

「ちがうと思う」

「残念だ」

「どうして?」クラウディアがいぶかしげな笑みを浮かべた。

「きみなら優秀な文学の教師になるだろうから」

「そう思う?」

「思うさ」

「そう言ってくれてありがとう」

ドミニクはコーヒーをひと口飲んだ。熱く、濃く、甘かった。先ほど角砂糖を四個入れ、ぼんやりかき混ぜて、もとの苦みをすっかり消してしまった。

「いいんだよ」

「あなたの講義はすごいと思ったわ」クラウディアが目を伏せて、媚《こ》びるようにまばたきしたが、はたして本当にそうだったのか、ドミニクにはよくわからなかった。カフェは湿気でじっとりしていたのだ。あれは気のせいだったのかもしれない。

「きみはいつも意義のある質問を用意していて、テーマをよく理解しているところを見せた」

「あなたは強い情熱を持っているわ……本にね」クラウディアはあわてて言った。

「そうだといいが」

クラウディアが再び顔を上げると、首筋からみごとな胸の谷間まで真っ赤に染まっていた。胸元の白のプッシュアップ・ブラから、押さえつけられた乳房のすべすべした上半分が見えていた。いつも体にぴったりした白のシャツを着て、ウエストを締めつけ、豊かな胸を強調するのだ。

この合図は見まちがえようがない。こういうわけでクラウディアはコーヒーでも飲もうと誘ってきたのだ。もはや学術研究とはなんの関係もなかった。これはもう見えすいている。

ドミニクは少し息を止めてこの状況を考えた。ちくしょう、彼女は魅力的だ。それに――ふと思いついたのは――あるドイツ人女性と寝てから二十年たっていた。ドミニクは当時ほんの十代、クリステルは十歳以上年上であり、無知な彼とは世代間の溝があった。それ以来、ドミニクはさまざまな国籍を持つ女性たちを抱いて、歓びの地理を知ろうと未熟な探索を続けてきた。よし、誘いを受けよう。

ドミニクはテーブルの木製の天板にゆっくりと手を滑らせて、クラウディアが伸ばした指にそっと触れた。とがった長い爪は深紅に塗られ、ずっしりとしたふたつの指輪がはまっている。ひとつには小粒のダイヤモンドがついていた。

クラウディアがドミニクの言葉にならない問いかけに答え、自分の手を見下ろした。「一年前に婚約したの。彼は帰国したわ。二カ月おきくらいに会いにくる。本気かどうか、もうよくわからないけど。気になるといけないから言っておくわ」

ドミニクは彼女のドイツ語風のアクセントで語調が変わるようすを楽しんでいた。

「なるほど」クラウディアの手のひらは季節にそぐわないほど温かい。

「あなたは指輪をはめないの？」

「ああ」

一時間後、ふたりはショアディッチにあるクラウディアのベッドルームにいた。ホクストンのナイトクラブの客が店先の歩道に集まって大声でしゃべっている音が、開いた窓から入ってくる。

「任せてくれ」ドミニクが言った。

ふたりはキスをした。クラウディアの息には煙草とカプチーノと欲望の匂いと胃から立ち上る熱気が混じっていた。彼女は息をのんだ。ドミニクの手が彼女のウエストをさまよい、彼の胸が胸に押しつけられ、とがった胸の頂がつぶされ、高ぶりをあらわにしていた。クラウディアがドミニクの首の張り詰めた肌に息を吐き出すと、彼は彼女の左耳の穴にやさしく舌を突っ込み、次に耳たぶを嚙み、それから奥まで舐めてたちまち効果をあげ、歓びと期待でこわばらせた。クラウディアが目を閉じた。

ドミニクがクラウディアの白のシャツのボタンを外していくと、彼女は息を止めた。薄い生地がぴんと張り詰めていて、よく呼吸ができるものだとドミニクは思った。ボタンが次々に外され、シャツの身ごろがはらりと開いた。彼女の胸には目を見張るほど楽しいところがあった。身を埋められる急勾配の丘。もっとも、ふだんのセックスではあまり胸が大きくないほうがいい。クラウディアはその性格、生まれ持った活気から全身のありとあらゆる曲線に至るまで豪快な女だった。

彼女の手が張り切ったドミニクのパンツの前をゆっくりと撫でた。彼はあわてて解放する気になれず、一歩下がった。

ドミニクはクラウディアに片手を伸ばし、緋色の髪に二本の指をくぐらせた。繊細なスタイルをまとめている十本あまりのヘアピンに行く手を穏やかに阻まれる。ため息が漏れる。ヘアピンを一本ずつゆっくり、慎重に外していき、まとまりごといっきに下ろした。髪がばらばらになり、彼女の肩にばさっと落ち、ブラのぴんと張られた細いストラップの上に着地した。

こんなひとときがドミニクの生きがいだった。嵐の前の静けさ。ベールを取る儀式。あとに引けない段階に達し、そこを超えたとわかっているので、もう手をつけるしかない。一瞬一瞬を存分に楽しみたかった。のろのろ運転をして、あらゆる記憶を脳細胞に焼きつけたい。最新の映像を指先から全身に流し、さらに硬くなったペニスへ、はるばる脳まで送り、その途中で視神経を素通りさせる。記憶がひどく変わったかたちで暗号化され、忘れがたく、消えなくなるように。一生をかけて堪能できる記憶だ。

ドミニクが息を吸い込むと、かすかに、なじみのないココアオイルの匂いがした。

「なんの香水をつけている?」ドミニクは珍しい香りに興味を引かれた。

「ああ、これ」クラウディアが誘うような笑みを浮かべる。「香水じゃなくて、ただのクリーム。毎朝肌に塗り込んでるの。体をやわらかく保てるのよ。匂いが気に入らない?」

「正直言って、変わっているね」ドミニクは答えてからつくづく考えた。「これはきみだな」

これにもすぐに慣れるはずだ。不思議なもので、どんな女にも独特の匂い、サインとなる匂いがある。自然界の香りと、人口の香水やオイルの甘酸っぱい香りとの繊細で感覚的なバランスだ。

クラウディアがブラのホックを外すと、乳房が飛び出した。驚くほど高々として、引き締まっている。ドミニクの両手が褐色の乳首に向かった。いつか、ここをへアピンで留め、それがもたらす痛みと歓びが彼女の涙ぐんだ目をよぎるところを眺めて硬くなろう。

「講義のさいちゅう、何度もわたしをまともに見ていたでしょ」クラウディアが言った。

「本当に？」

「ええ、ほんと」クラウディアがにっこりした。

「そうかもしれないね」ドミニクはいたずらっぽい口調で言った。

見ないわけにはいかなかった。クラウディアはかならず超ミニスカートをはき、階段教室の最前列の席に陣取って、ストッキングをつけた脚を奔放に組んだり解《ほど》いたりしては、ドミニクのさまよう目を見つめてふっくらした唇に謎めいた笑みを浮かべていた。

「では、見せてもらおう」ドミニクが言った。

彼の目の前で、クラウディアがバーバリー・チェックのスカートのファスナーを下ろし、床に落として足を抜いた。茶色の革のニーハイブーツをはいたままだ。腿は太いが、長身の体に合っている。こうしてじっと立ち、トップレスで、乳房を堂々と見せ、黒のシンプルなパンティ一枚と黒のゴム留めストッキング、ぴかぴかのブーツだけを身につけた格好には、女戦士アマゾネスの雰囲気が漂う。獰猛でありながら従順。好戦的でありながら屈服することもいとわない。ふたりは見つめ合った。

「あなたも」クラウディアが言いつけた。

ドミニクがシャツのボタンを外し、カーペットに落ちるに任せるのを、彼女は一心に見つめた。わけを知ったふうな笑みがクラウディアの口元をよぎっても、ドミニクは平然とした態度を保ち、どんどん脱ぐよう目で彼女をせきたてた。

クラウディアがかがみ、ブーツのファスナーを下ろして続けざまに両方とも蹴るように脱いだ。次に薄いナイロンのストッキングを丸めて下ろし、それが足首に重なると引き抜いた。彼女がパンティを脱ごうとしたところで、ドミニクが手を上げた。

「待って」彼は言った。クラウディアが動きを止めた。

ドミニクはクラウディアに近づき、彼女の背後に回ってひざまずくなり、パンティのきついゴムの内側に指を一本差し入れた。新たな視点で眺める引き締まった尻のみごとな丸み、むき出しの背中のあちらこちらに散らばるほくろにほれぼれする。ドミニクは手を下げていき、クラウディアの硬い尻の白い丘をあらわにしていった。ふくらはぎをそっと突くと、彼女がパンティから足を引き抜いた。ドミニクはそれを丸めて部屋の向こうに放り投げた。

立ち上がり、クラウディアの背後に立った。これで彼女は全裸だ。

「こっちを向いて」ドミニクが言った。

クラウディアの秘部は毛をきれいに剃ってあり、やけにふっくらとして、入口がくっきりしていた。向かい合う薄い肉の畝《うね》が幾何学模様を描いている。

ドミニクはクラウディアの脚のあいだに指を一本伸ばした。放たれている熱を感じる。強引に指を滑り込ませた。濡れそぼっている。

ドミニクは顔を上げてクラウディアの目をのぞきこみ、渇望を探した。

「ファックして」クラウディアが言った。

「頼んでくれないのかと思ったよ」

聞き覚えのあるメロディの曲が耳にかすかに届き、ドミニクは思い切ってノーザン・ラインのプラットフォームに続く通路をずんずん進んだ。ラッシュアワーの乗客に囲まれた姿は、厳重に監視されている囚人のようだ。

　バイオリンの音色が夕方の通勤客のざわめきを突き抜けて流れてきて、一歩進むたびに大きくなり、やがてドミニクは思い当たった。だれかが遠くでヴィヴァルディの『四季』の第二楽節を弾いている。第一バイオリンのパートだけで、オーケストラ全体でにぎやかに曲を引き立ててはいないが。しかし、音色は実にあざやかで、オーケストラの助けは必要なかった。一心に傾ける耳に音楽があふれ、ドミニクは歩調を速めた。

　四つの地下通路が交差する広い空間では、並んだエスカレーターが通勤客の流れをのみこみ、また逆方向から来る客を奈落の底のホームへと吐き出している。そこにひとりの若い女が立ち、目を閉じてバイオリンを弾いていた。燃え立つ髪は肩に流れ落ち、聖者の光輪のような輝きを帯びていた。

　ドミニクはどぎまぎして足を止め、ほかの乗客の邪魔になり、ラッシュアワーの人通りをさえぎらない一角まで下がった。いいや、彼女はアンプを使っていない。この豊かな音量はひとえにここの音響効果と、彼女が弦の上で弓を激しく滑らせる奏法のたまものだ。

　まいったな、うまいじゃないか。

　ドミニクがクラシック音楽の曲をじっくり聴いたのは久しぶりだった。子どものころは母親の手配で、パリの〈テアトル・デュ・シャトレ〉で土曜の朝に開かれるコンサートのシーズンチケットを持っていた。父親がパリで事業を興し、一家はまる十年そこで暮らしていたのだ。半年以上、朝のコンサートは夜に大人の客向けに開かれる正規の演奏のいわばリハーサルに使われ、オーケストラとゲストのソリストたちがクラシック音楽の世界とレパートリーのすばらしい入門編を提供する。ドミニクはクラシック音楽に惹かれ、少ないこづかいでレコードを買って――当時はまだ輝かしいレコードの時代だ。チャイコフスキー、グリーグ、メンデルスゾーン、ラフマニノフ、ベルリオーズ、プロコフィエフが彼の神殿に祭られた――父親を大いに困惑させたものだ。それから十年以上たって、ドミニクはクラシックを卒業してロックに夢中になった。ボブ・ディランがエレキギターを取り入れると、それに合わせて髪を伸ばすようになった。音楽と社会の流行にはつねにあとから乗るほうだった。現在に至るまで、運転中は車内にクラシックを流している。おかげで心が落ち着き、頭がすっきりして、せっかちな性格のせいで交通渋滞に腹を立ててばかりいることもない。

若い女は目を閉じてそっと体を揺らし、メロディに溶け込んでいた。服装は黒の膝丈のスカートとヴィクトリア朝風の襟がついた白っぽいブラウス。ブラウスは地下の照明でほのかに光り、生地が彼女の見えない体つきを浮き出させていた。ドミニクが目を奪われたのは、女の首筋の美しい青白さと、猛然と弓を動かしたりバイオリンのネックをつかんだりする手首の角度だった。バイオリンそのものは古そうで、寿命が近く、二カ所をテープで留めてあるが、木材の色は若い演奏家の髪の炎の色にぴったり合っている。

ドミニクはその場にまる五分間立っていた。時間が止まり、次々と現れる通勤客が平凡な生活と営みへと足早に向かう姿には目もくれず、バイオリニストを熱心に眺めていた。彼女はヴィヴァルディの凝った旋律を生き生きと弾いていて、周囲や思わず耳を傾けた聴衆や足元に置かれたベルベットの内張りがされたバイオリンのケースにはまったく関心を払わない。ドミニクがその場で演奏に聴き惚れているあいだはひとりの通行人も金を入れなかったが、ケースにはだんだん硬貨がたまりつつあった。

女は一度も目を開かない。うっとりして、音楽に没頭し、曲の翼に乗って飛んでいる。同様に、ドミニクも目を閉じて、彼女が創り出すこの別世界に、旋律が現実世界を消し去る場所にいつのまにか入ろうとした。しかし、彼は何度も目をあけた。女の体がほんのわずか動き、見えない筋肉の腱という腱が異質なものであるエクスタシーに達しようとしている姿を見たくてたまらない。ちくしょう、あの若い女がいま、頭で、体で、なにを感じているのか、どうしても知りたい。

彼女はみるみるうちにアレグロで『冬』の終わりに近づいていた。ドミニクはレザージャケットの左の内ポケットから財布を取り出し、紙幣を探した。先ほど、大学に向かう途中でＡＴＭに立ち寄った。一瞬、二十ポンドか五十ポンドかで迷い、赤毛の若い女を見上げ、しだいに激しくなっていく動きが彼女の全身を駆けめぐるようすを目で追った。彼女の手首がバイオリンの弓を再び妙な角度で弦に向けた。つかの間、ブラウスの生地のシルクが破れる寸前まで伸び、透けて見える黒のブラに押しつけられた。

ドミニクは股間がきつくなるのを感じたが、それは音楽のせいではなかった。五十ポンド紙幣を取り出して、バイオリンのケースにさっと投げ入れ、手早く硬貨の山に隠して、金目当ての通行人の目を引かないようにした。なにもかも、音楽のなかで生きている若い女には気づかれなかった。

ドミニクが立ち去ると同時に曲が華々しく終わり、地下鉄構内にはいつもの物音が響き、せわしない通勤客は四方八方に歩いていった。

その後、帰宅してソファに横になり、ヴィヴァルディのあの協奏曲のCDを棚のどこかで見つけて聴いた。もう何年もケースから出さなかったものだ。買ったことさえ思い出せない。たぶん、雑誌の付録だったのだろう。

音楽に夢中になっていた若い女の閉じた目（なに色だろう？）や、ブーツをはいた足首の形を思い浮かべ、彼女はどんな匂いがするだろうとドミニクは考えた。頭のなかをさまざまな思いが駆けめぐり、クラウディアの性器を連想した。その深さ、彼女を探る自分の指、激しく突き入れる自分のペニス。こぶしで犯してほしいと頼まれたときは、彼女のなかにすっぽりと、濡れてはまり込んだ。クラウディアのうめき声、舌先で漏れる叫び、彼の感じやすい背中の肌に彼女が爪をぐっと突き立てるようす。ドミニクは息をのんだ。次にクラウディアをやるときはこの曲をかけよう。だが頭のなかでは、抱いている相手はクラウディアではない。

翌日は講義がなかった。ドミニクの担当する講座は週の二日に集中するように時間割が組まれている。それでも、ラッシュアワーになると思わず家を出て、トテナム・コート・ロード駅に向かった。若いバイオリニストにまた会いたかった。今度こそ彼女の目の色がわかるかもしれない。『四季』以外にどんなレパートリーがあるか、日や選曲によってドレスを変えるかどうかも。

だが、彼女はきのうの場所にいなかった。脂ぎった長髪の男が彼女の場所に立ち、ふんぞり返ってへたくそな『ワンダーウォール』を歌い、次はさらに間延びしたポリスの『ロクサーヌ』を鈍感な通勤客に押しつけた。

ドミニクは小声で毒づいた。

それから五日間、夕方になるたびに彼は駅構内に戻った。あるいは、という希望を抱いて。

結局、次々とやってきた路上演奏者が、ボブ・ディランやイーグルスをさまざまな腕前で披露したり、録音しておいたオーケストラの演奏をバックにオペラの曲を歌ったりした。バイオリニストはひとりもいない。演奏者たちは場所と時間を予約しているはずだが、彼女のスケジュールなど知りようがない。ひょっとすると、彼女は飛び入りの演奏者で、ここには二度と現れないかもしれない。

結局、ドミニクはクラウディアを呼び寄せた。

腹いせに一発やりたい気分だった。クラウディアが別人ではないことをどうしてもこらしめたいとばかりに、横柄に彼女を四つんばいにさせ、いつもより荒っぽく奪った。クラウディアはなにも言わないが、これは彼女の好みではないとドミニクは知っていた。彼女の両腕を背中に回して手首をつかみ、できるだけ奥まで押し入った。乾いているのもかまわず、彼女の内部で燃え盛る炎にあたり、規則正しいリズムを刻み続け、下から加えている強い圧力で彼女の尻がたわむところをいやらしい目つきで眺めた。ドミニクが恥ずかしげもなく溺れたポルノ映像だ。手が三本あったら、同時にクラウディアの髪を乱暴に引っ張るところだ。なぜときどきこうまで腹が立つのだろう？　クラウディアはなにも悪いことをしていないのに。

もしかしたら、彼女に飽きてきて、次の相手を探す時期かもしれない。だが、だれを？

「わたしを痛めつけるのは楽しい？」あとになってクラウディアが訊いた。ふたりはベッドで酒を飲みながら、へとへとになり、汗だくで、もめていた。

「そういうときもある」

「わたしは気にしないって、わかってるでしょ？」

ドミニクはため息をついた。「わかってるよ。だからああするのかもしれない。でも、きみはあれが好きだということか？」

「どうかしら」

例によって、ことのあとで流れてはたびたびふたりを引き裂く沈黙が舞い戻り、彼らは眠りに落ちた。クラウディアは面接があるとかいう弁解のメモを残し、未明に出ていった。枕に残った一本の赤毛だけが彼女が一夜を過ごした証《あかし》だった。


一カ月が過ぎた。その間、ドミニクは自宅にひとりでいるときにクラシックのＣＤをかけなくなった。どうもしっくりこないのだ。学期末が近づいていて、また旅行に出たくなってきた。アムステルダム？　ヴェネチア？　いっそほかの大陸へ行ってみようか？　シアトルは？　ニューオーリンズ？　なぜかこうした、かつては心ゆくまで空想にふけった目的地はどれも、もう以前の魅力を失っていた。それはひどく落ち着かない気持ちで、めったに味わったことのないものだった。

クラウディアはハノーヴァーに戻ってしばらく家族と過ごしていた。ドミニクはほかにお楽しみの相手を探す気力がなかったし、また昔の恋人のなかで一緒に過ごしたい女はひとりもいなかった。いまは友人か親戚と会う時期でもない。女をくどく力を失って、未知の部分が手に入ったのだろうと納得することさえあった。

ドミニクはサウスバンクにあるナショナル・フィルム・シアターに行く途中で、ウォータールー駅の入口付近でうろうろしている売り子からフリーペーパーを受け取り、なにげなくトートバッグに突っ込んだ。それを翌日の夕方ごろまですっかり忘れていた。

フリーペーパーを半分ほど読んだところで、その朝の《ガーディアン》には載っていなかったローカルニュースの短い記事が目に留まった。〝地下鉄からのニュース〟という欄で、ふだんは奇妙な忘れ物をめぐる話か、ペットのおかしな話、通勤客の怒りなどが書かれている。

バイオリンを弾く路上演奏者が、きのうトテナム・コート・ロード駅で演奏中に心ならずもけんかに巻き込まれた、ということらしい。酔った地元のサッカーファンの一団がウェンブリー・スタジアムで行われる試合に向かう途中で通りかかり、大がかりなけんかに加勢して、ロンドン交通局の職員が力ずくで割って入るしかなかった。そのさなか、彼女はけんかの当事者ではなかったのにもみくちゃにされ、バイオリンを落としてしまった。そこへ男が勢いよく倒れ、彼女のバイオリンはがらくたと化したという。

ドミニクは短い記事に二度目を通し、目的に飛びついた。女の名前はサマー。サマー・ザホヴァ。姓は東欧系だが、ニュージーランド出身のようだ。

これは彼女にちがいない。

トテナム・コート・ロード駅、バイオリン……ほかにだれがいる？

バイオリンを手に入れないと、彼女は路上演奏をしそうもない。となると、また会える機会は、演奏を聴く機会は言うまでもなく、消え失せた。

ドミニクは椅子に深く座り、うっかりフリーペーパーをくしゃくしゃにしてしまい、怒って地面に投げ捨てた。

だが、名前はわかった。サマー。

ドミニクは考えをまとめ、心を落ち着けた。たしか、何年か前に、インターネットで昔の恋人の情報を穏やかに探り出そうとしたことがある。彼女がどうなったか、別れたあとの暮らしぶりを知るために。結果的には一方的なストーキングだったが、用心深い調査はまったく気づかれなかった。

書斎へ移り、ドミニクはコンピュータを起動してグーグルであの若い演奏家の名前を検索した。ほとんどヒットしなかったが、彼女はフェイスブックを使っているようだ。

フェイスブックのページに出ている写真はお粗末で、三歳は老けて見えるが、ひと目で彼女だとわかった。もしかしたら、ニュージーランドで撮られたものかもしれない。そういえば、彼女は何年くらいロンドンに、イギリスにいるのだろう。

写真の唇はリラックスしていて、バイオリンと格闘しながら引き結ぶのとはちがい、あざやかな赤の口紅が塗られていた。自分の硬くなったものをこのふっくらした真っ赤な唇に含ませたらどんな感じがするだろう、とドミニクは考えずにいられなかった。

サマー・ザホヴァのページは一部の情報が制限されていて、ウォールも非公開で、友人リストすら見られなかった。基本データの記入はわずか。氏名と出身地、居住地はロンドン、及び恋愛対象は男女どちらでも、好きなクラシック音楽とポピュラー音楽の作曲家のリスト。本や映画の記述はない。どう見ても、フェイスブックの書き込みに長時間かけるタイプではないのだ。

しかし、ドミニクにはコネがあった。

その晩遅く、多くのメリットとデメリットを比較したうえで、しんと静まり返ったノートパソコンのモニターの前に戻り、フェイスブックにログオンして偽名で新規のアカウントを作った。

個人データは最低限しか書き入れなかったので、これに比べればサマーのページは情報たっぷりに見える。顔写真の選択でためらい、ヴェネチアのカーニバルの凝った仮面をつけた人物でも載せようかと考えたあげく、空白にしておいた。仮面の人物を載せていたら、ちょっと芝居がかっていただろう。文章だけで立派に好奇心を煽るし謎めいている。
　こうして、新たな人格になり、ドミニクはサマーにメールを打った。

親愛なるサマー・ザホヴァ
先日の災難を知り、お気の毒でなりません。わたしはあなたの音楽の才能を高く買っており、今後も演奏を続けられるよう、新品のバイオリンを贈呈したく存じます。わたしの挑戦と条件を受ける気はありますか？

　ドミニクはメッセージにあえて署名しないまま、〈送信〉をクリックした。

3　お尻とわたし

わたしはやけに平然としてバイオリンの残骸を見つめた。

バイオリンを手にしていないと、自分はそこにいないような、その場を俯瞰《ふかん》しているような気分になる。解離、とハイスクールの生活指導カウンセラーには言われた。わたしがバイオリンを構えていない場合の気持ちを説明しようとしたときだ。自分としては、音楽に逃避するのも音楽から逃避するのも魔法の一種だと思いたい。けれども、わたしが旋律のなかに身を隠せるのは、欲望に全神経を集中させた結果、脳の片隅で感覚が鋭くなっただけだろう。

泣き虫だったら泣きべそをかいていたところだ。今回の件に動揺しなかったわけじゃない。わたしはちがうやり方で自分の感情につきあうだけ。わたしの気持ちは体からにじみ出て、弓の動きかほかのなんらかのしぐさで漏れることが多い。たとえば荒々しい、感情をむき出しにするセックス、またはロンドンの屋外プールで何往復もの猛然とした泳ぎで。

「悪いな、ねえちゃん」酔っ払いのひとりがろれつの回らない口調で言いながら、よろよろと近づいてきた。男の酒臭い息が顔に熱くかかった。

今日は街のどこかでサッカーの試合があり、ユニフォームを着たファンの二集団、敵のチームのサポーター同士が、スタジアムへ向かう途中に地下鉄構内で衝突したのだった。わたしが演奏していた一メートルほど先でけんかが始まった。例によって、わたしは音楽に夢中になり、いっぽうの集団がもういっぽうにどんな言葉でいざこざのきっかけを作ったのかわからなかった。けんかに気づいたのも、でっぷりした体にぶつかられてからだ。バイオリンは壁に投げつけられ、ケースが引っくり返され、入っていた硬貨が飛び散って、小学校の校庭にばらまかれたおはじきのようだった。

トテナム・コート・ロード駅は年じゅう乗客が多く、職員も多い。ひと組の体格のいい職員がわめきちらすファンを引き離し、警察を呼ぶと息まいた。じきに興奮が冷め、男たちは鼠のように駅の奥へ姿を消し、エスカレーターを駆け上がり、地下鉄のトンネルを走った。試合の開始時間に遅れると気づいたのか、これ以上ぐずぐずすると逮捕されるとわかったのだろう。

わたしはさっきまで『ビタースイート・シンフォニー』を演奏していた壁の前にへたりこみ、ふたつに割れたバイオリンを胸に抱いた。まるで赤ん坊をあやすように。これは高価なバイオリンではないけれど、美しい音色を出すので、なかったら困る。父がテアロハの古道具屋でこれを見つけ、五年前のクリスマスに贈ってくれた。わたしは中古のバイオリンのほうが好きだ。父は昔からバイオリンのよしあしがわかり、ガラクタの山を調べて、まだ使える楽器を探し出す能力があった。いつも父がわたしのバイオリンを――母と姉が、わたしの気に入りそうな服と本を買うように――買うことにしていて、どれも完璧だった。わたしはあれこれ想像するのが好きだ。わたしの前に弾いた人、その人の持ち方、その楽器が知っていた、たくさんの温かい手。どの持ち主もそれぞれの物語を、愛もあり、喪失もあり、狂気もある物語を少しずつ、バイオリンのボディに残していた。わたしが弦を通じて引き出せる感情を。

このバイオリンはわたしと一緒にニュージーランド各地を旅して、それから世界中を回ってきた。たしかに、もうぼろぼろだ。昨年ロンドンへの長旅で乱暴に扱われ、二カ所をテープで留めなければならなかったけれど、音はまだ本物が出るし、手にしっくりとなじむ。代わりの一丁を探すのは悪夢になりそうだ。ダレンにうるさく言われていたのに、このバイオリンに保険をかける暇がなかった。わたしにはどんな質のものでも新しい楽器を買う余裕はない。ストリート・マーケットをめぐって掘り出し物を探せば、何週間もかかる場合があるし、バイオリンの手触りを確かめず、音色も聞かずにイーベイで買う気にはなれない。

駅をうろつくホームレスになった気分で、めちゃめちゃになったバイオリンを片手で抱え、散らばっている硬貨を拾った。交通局の職員に詳しい事情を尋ねられた。報告書を作るためらしいが、彼は見るからにいらいらしていた。わたしは実際の出来事についてほとんど情報を提供できなかったからだ。

「あんまり観察力がないんですねえ?」職員が鼻で笑った。

「ええ」わたしは言い、彼のむっちりした手がメモ帳をぱらぱらとめくるところを見つめた。どの指も青白くずんぐりしていて、パーティでスティックに刺さって皿に盛られていたらがっかりしそうな食べものを思わせる。楽器を演奏しないし、めったにけんかの仲裁に割って入りもしない人間の手だ。

正直言うと、わたしはサッカーが大きらいだけれど、イギリス人の前でそれを認めたくない。

サッカー選手は、一般になよなよした感じで好みに合わない。せめてラグビーなら、試合そっちのけで、フォワードの厚くたくましい太腿や、ちっぽけな短パンがまくれてみごとに引き締まった尻が見えそうなところに見とれていられる。わたしは集団スポーツに縁がなく、ひとり黙々と水泳やランニングをするほうが好きだ。それに、ジムでウエイトトレーニングをして、バイオリンを長時間持っていられるよう、腕のコンディションを保っている。

やっとのことで、もらった硬貨を一枚残らず集めると、わたしは壊れたバイオリンの破片をケースにしまい、交通局の職員の監視するような目から逃げ出した。

通勤客からたかだか十ポンドしか集まっていなかったのに、乱暴者にバイオリンを壊されてしまった。謎の通行人がこのケースに五十ポンド落としてから一カ月もたった。あの紙幣はまだ持っている。下着が入った引き出しにしまいこんであるけれど、どれほど使いたくてたまらないか。レストランでアルバイトをする時間を増やしたとはいえ、この先しばらく演奏の仕事が入っていない。カフェの料理と即席めんのポットヌードルで生き延びていたものの、先月の家賃を払うには貯金に手をつけるしかなかった。

ヴィヴァルディのCDをめぐるけんかをしてからはダレンに一度しか会わなかった。わたしの説明がまずかったせいか、ことは丸くおさまらず、わたしは音楽に集中するために彼と距離を置く必要があった。

「バイオリンを放さないために、ぼくと別れようとしてるのか？」

ダレンはとても信じられないという顔をした。彼はリッチで、ハンサムで、子づくり適齢期。

彼と別れる女などいやしなかった。

「ちょっとひと休みするだけよ」

わたしはステンレス製のしゃれたバースツールのきらきらした脚を見つめていた。ダレンの目をまともに見られなかった。

「だれもひと休みなんかしないよ、サマー。ほかの男とつきあってるのか？ クリスと？ バンドのやつか？」

ダレンがわたしの両手を取った。「やれやれ、手が冷え切ってる」

自分の手を見下ろした。昔から手は大好きなところだった。指が青白く、長く、ほっそりしていて、ピアニストの指だと母に言われる。

ふとダレンに愛しさがこみあげ、彼のほうを向き、豊かな髪をかきあげて房を引っ張った。

「いてっ。それはやめろよ」

ダレンが身をかがめてキスをした。唇は乾いていて、触れ方はおずおずしていた。わたしを引き寄せようとはしなかった。彼の口は紅茶の味がする。わたしはたちまち気持ちが悪くなった。

わたしはダレンを押しのけて立ち上がり、バイオリンのケースとバッグを手に取ろうとした。バッグには、予備の下着と歯ブラシ、このフラットの引き出しにしまっておいた多少の荷物を入れてある。

「なんだい、セックスはお断り？」ダレンがせせら笑った。

「気分が悪いの」

「すると、ミス・サマー・ザホヴァは生まれて初めて頭痛に苦しんでるわけですか」

ダレンがいままでは立っていて、両手を腰に当てている。駄々っ子を叱る母親のポーズだ。わたしはケースとバッグを持ち、くるりと向きを変えて出ていった。そのときは、ダレンのきらいな組み合わせを着ていた。赤のコンバースのアンクルブーツ、透けないタイツの上にデニムのショートパンツ、スカル柄のTシャツ。玄関ドアを開いたとき、何カ月かぶりに本来の自分に戻った気がした。まるで肩の荷が下りたような。

「サマー……」ダレンが追いかけてきて、わたしが戸口を出たと同時に腕をつかみ、勢いよく振り向かせた。「電話するよ、いいね？」

「わかった」わたしは振り向かずに立ち去り、階段に消えていく自分の背中をダレンが見つめていると想像していた。ドアの鍵が閉まる音がしたのは、ちょうどわたしが踊り場を曲がって、彼の視界から消えたときだった。

それからダレンはしょっちゅう電話をかけてきた。初めは毎晩だったのが、メッセージをことごとく無視していたら、だんだん減って週に二、三回になった。午前三時に二度、酔っ払って電話をよこし、よく聞き取れないメッセージを留守電に残していたこともあった。

〝会いたいよ、ベーブ〟

ダレンに〝ベーブ〟と呼ばれたことは一度もなかった。それどころか、その言葉がきらいだと聞いていたので、そもそもわたしは本当に彼のことを知っていたのかどうか、怪しくなってきた。

ぜったいに、いまはダレンに電話をかけない。彼はわたしに新しいバイオリンを買うチャンスに飛びつくに決まっているけれど。彼はわたしの古いバイオリンを目の敵にして、あれはみすぼらしく、クラシックの演奏家にはふさわしくないと考えていた。わたしが路上演奏をするのもいやがり、わたしの恥とみなしていた。でも、ほとんどの場合は安全を気にかけてくれた。当然、いまならそう言うだろう。

わたしは駅を出た交差点に立った。車が行き交い、歩行者が押し合いへし合い四方八方に進んでいく。これからどうしよう。ロンドンではあまり友人ができなかった。知り合いは、ダレンとふたりでいろいろなディナー・パーティや画廊のオープニングに出かけて、一緒に過ごしたカップルたちくらいのものだ。感じのいい人たちだけれど、みんなわたしの友人ではなくてダレンの友人ばかり。だれかに連絡を取りたくなっても、電話番号も知らない。いつもダレンがふたりの交際の段取りを決めていて、こちらはくっついていくだけだった。わたしはポケットから携帯電話を取り出し、電話帳に入っている番号をスクロールした。クリスにかけてみようか。彼はミュージシャンだ、きっとわかってくれる。それに、電話しなかったことをあとで知ったら怒るだろう。でも、同情には耐えられない。哀れみにも。どちらの感情もわたしをだめにするかもしれず、そうなればわたしは役立たずになってなにも解決できなくなる。

シャーロットがいい。ストリップクラブの子。

彼女にはここ一年会っていないし、フェイスブックに何度か書き込みがあったほかは連絡がなかった。でも、自信がある。いずれにせよ、シャーロットならわたしを励まして、バイオリンの災難を忘れさせてくれる。

わたしは〈通話〉ボタンを押した。

呼び出し音が鳴った。男性の声がセクシーに、眠たそうに答えた。まるで気持ちよく目覚めたばかりのようだった。

「もしもし」

わたしは車が行き交う騒音のなかで話を聞き取ろうとした。「すみません。かけまちがえたみたいです。シャーロットを探してるんですが」

「ああ、ここにいるよ」男性が言う。「いまちょっと忙しいけどね」

「つないでもらえます？　サマーから電話だと伝えてくれませんか？」

「ええと……サマー、シャーロットは喜んであんたと話すだろうけど、あいにく口がふさがってるのさ」

忍び笑いともみあう物音が聞こえ、電話口にシャーロットの声が響いた。

「サマー、ダーリン！　すっごい久しぶり！」

さらにもみあう音がして、受話器からうめき声が漏れた。

「シャーロット？　聞こえる？」

またうめき声。ますますもみあう音。

「待って、待って」シャーロットが言った。「一分ちょうだい」受話器に手を当てた、くぐもった音がして、その向こうで男性の深い、しゃがれた笑い声が響いていた。「やめてったら」シャーロットがささやいた。「サマーは友だちよ」それから話に戻った。「ごめんね」彼女が言った。「ジャスパーはわたしの気をそらそうとしてただけよ。調子はどう、ハニー？　ほんとに久しぶり」

ふたりが同じベッドにいるところを想像して、嫉妬で胸がうずいた。シャーロットはわたしがこれまで会ったなかで、セックスの腕を張り合えそうな唯一の女性だ。おまけに、あけっぴろげにその話をするのも、わたしといい勝負だ。シャーロットには潑剌としたところがある。台風が過ぎたあとの、じっとりと熱く、成熟してみずみずしい大気のエネルギーにあふれている。

そう言えば、シャーロットがチャンセリーレーンにあるストリップクラブの面接を受ける二時間くらい前に、ふたりでソーホーにバイブレータを買いにいったっけ。わたしはちょっと恥ずかしくて、シャーロットの隣でそわそわしていた。彼女はありとあらゆる形とサイズのディルドを堂々と手に取り、手首の内側のやわらかい肌にこすりつけて感触を確かめていた。

そのうえカウンターで退屈そうにしている男性店員に近づいて電池を出してもらい、二台の似ていながら少しちがっているバイブレータの土台に慣れた手つきで電池を滑り込ませた。一台は先が平らで、もう一台は先がフォーク状に分かれていて、動きながら秘部のつぼみを取り囲む作りだった。シャーロットは振動するおもちゃの片方をそっと腕に滑らせ、もういっぽうも滑らせてから、カウンターのうしろに立っている男性に返した。

「どっちがいいと思う?」彼女が男性に訊いた。

男性はまじまじとシャーロットを見た。彼女がほかの惑星から店にやってきた宇宙人だと言わんばかりに。地面が揺れたような気がして、大地がわたしをのみこんでくれればいいと思った。

「おれが、知る、もんか」シャーロットに伝わらないといけないので、男性は一語一語区切って言った。

「どうして知らないの?」彼女は男性のつっけんどんな口調をものともしなかった。「ここで働いてるのに」

「おれにはヴァギナがないからね」

シャーロットはクレジットカードを取り出して両方買った。すぐにストリップで代金を稼げると踏んだのだ。

　店を出ると、シャーロットがふと、よくある宇宙船形の公衆トイレの前で立ち止まった。脇にある押しボタンで扉をあけるタイプで、本来の目的で使われることはあまりなさそうだ。

「かまわないでしょ？」シャーロットがトイレに入ってドアをロックするボタンを押した。返事をする暇もなかった。

　外で待っているわたしは真っ赤になった。たぶん、個室のなかに立ったシャーロットは下着を膝まで下ろし、バイブレータをまず自分のなかに入れ、それから先端を硬いつぼみのまわりで滑らせているのだろう。

　彼女がにこにこしながらトイレを出てきた。ものの五分もたっていない。

「平らなほうがよかったわ」彼女が言った。「試してみる？　さっき、クリーナーとウェットティッシュを買ったわよ。潤滑剤も」

「ううん、わたしは大丈夫《アイム・グッド》」こう答えた。このやりとりを通りがかりの人に聞かれていたら、どう思われるやら。なんと、シャーロットがトイレでマスターベーションしていることを考えたら、わたしは興奮していた。彼女に教える気はないけれど、これなら潤滑剤はいらなかったはず。

「どうぞお好きに」あのときシャーロットは陽気に言い、バイブレータをハンドバッグに放り込んだ。

　壊れたバイオリンがケースに入っていて、それを思えば心が痛む。でも電話の向こうのシャーロットがたぶん裸で、日焼けした長い脚をのんびりとベッドに伸ばして、ジャスパーに見つめられているると考えると、わたしは昂《たか》ぶってしまう。

「元気よ《アイム・グッド》」嘘をつき、地下鉄の駅であったことを話した。

「なんてひどい！　かわいそうに。こっちへ来なさいよ。ジャスパーをベッドから放り出しておくわ」

シャーロットが携帯電話のメールで住所を送ってきた。それから一時間のうちに、わたしはノッティング・ヒルにある彼女のリビングルームのぶらんこ型の椅子で丸くなり、華奢な磁器のソーサーつきのカップでダブル・エスプレッソを少しずつ飲んでいた。前回会ったときからシャーロットの運はまちがいなく上向いているようだ。

「じゃあ、ダンスがうまくいってるのね？」広々とした室内を見渡して訊いてみた。ぴかぴかに磨かれた木の床、壁にはフラットスクリーンのテレビ。

「やだ、まさか」彼女がコーヒーメーカーのスイッチをつけた。「最悪だった。ぜんぜんお金にならなかったし、また馘になっちゃうし」

シャーロットは自分用の小さなマグの取っ手に指を一本巻きつけ、ソファのほうに歩いていった。超ロングのストレートにしている茶色の髪にはエクステをつけているのだろうが、いまでもつけ爪にしていないのを見て嬉しかった。シャーロットは内気どころではないけれど、どこか品がある。

「ずっとオンライン・ポーカーをやってたの」シャーロットは部屋の片隅に置かれたデスクと大型のＭａｃを顎で示した。「大儲けしちゃったわ」

廊下の先でドアが開き、湯気が、おそらくバスルームからだろう、ふわりと出てきた。物音を聞いたわたしが振り返るのを見て、シャーロットの顔にけだるい笑みが広がった。

「ジャスパーよ」彼女が言った。「シャワーを浴びてるとこ」

「長いつきあいなの？」

「かなりね」シャーロットがにっこりして答えたところへ、ジャスパーがのんびりとリビングルームに入ってきた。

わたしがこれまで見たなかでも上位に入るハンサムな男性だった。豊かな黒髪はまだシャワーで濡れていて、引き締まった腿はゆったりしたジーンズに包まれている。半袖のカジュアルなシャツはボタンが全部外れていて、みごとに鍛えた腹筋と股間まできれいに続く毛の筋があらわになっている。彼は黙ってキッチンの近くに立ち、タオルで髪を拭いている。なにかを待っているようだ。

「ちょっとイケメンくんを見送ってくる」シャーロットがウインクしながらわたしに言い、ソファから立ち上がった。

見ていると、シャーロットは本棚に置いてあった封筒から札束を抜き出して、彼の手に押しつけた。ジャスパーは札束を折り、数えもせずにジーンズの尻ポケットにしまいこんだ。

「どうも」ジャスパーが彼女に言った。「ほんとに楽しかった」

「こっちこそ楽しませてもらったわ」シャーロットが玄関ドアをあけて、出ていくジャスパーの両頬にそっとキスをした。

「あのせりふを言うのが夢だったのよね」シャーロットがわたしに言い、またソファにどさりと腰を落とした。

「あの人は……？」

「エスコート・サービスか、って？」シャーロットがあとを引き取った。「そうよ」

「でも、あなたなら……」

「男はよりどりみどり？」今度も彼女があとを引き取る。「かもね。でも、お金を払うのが好きなのよ。立場を逆転させせれば、わかるかな、ほかのくだらないことを悩まなくてすむし」

それはたしかに魅力的だ。わたしはこのとき、というよりほかのどんなときでも、やましさのない、あとくされのない、痛みのないセックスができたら最高だと思っていた。

「今夜は予定ある？」シャーロットがいきなり訊いた。

「ないけど」わたしは首を振った。

「よかった。あなたを連れ出すから」

わたしは文句を並べた。出かける気分じゃないし、着ていく服もなければお金もない。だいいち、ナイトクラブは大きらいだ。ただで飲もうとしてつけまつ毛をぱちぱちさせる若い女と、さりげなく触ろうとする怪しげな男ばかり。

「そんなこと忘れさせてあげるわ。今夜はわたしがおごる。服も貸してあげる。それに、今夜の店は特別なの。きっと気に入るから」

数時間後、わたしはテムズ河に係留された大型船のデッキに立っていた。ここは秋のあいだ、月に一回フェチをテーマにしたナイトクラブにもなっている。

「どういう意味なの、〝フェチ〟って？」わたしは気まずそうにシャーロットに訊いてみた。

「あら、なんでもないわ」彼女が言った。「薄着をするけど、本気でそうしてる人たちよ。ふつうの人より気さくね」

シャーロットがにんまりしてリラックスするよう言った。わたしが正反対のことをしているという口ぶりだ。

わたしはいま、骨で張りをつけた空色のコルセットを締め、フリルのついたパンティとストッキングをはいている。脚の裏を青いシームが腿から足首へ走り、銀色のハイヒールに届く。さっきシャーロットがわたしの髪をふくらませて巻き毛の塊にして、ただでさえ多い赤毛の量を倍に増やし、頭のてっぺんにシルクハットを斜めにのせた。まぶたにはアイライナーを丁寧に黒々と引き、唇につやのある真っ赤な口紅を塗り、頬にワセリンで銀色の輝きを少し加えた。コルセットはぶかぶかで、ウエストをきつく締め上げなければならない。いっぽう靴は小さめで、歩きにくいけれど、全体の印象は感じがよさそう。

「うわあ」シャーロットが彼女の華やかな装いでわたしを飾り立てると、じろじろと見た。「セクシーに見える」

ぎこちない足取りで鏡に近づいた。いやだわ、帰るまでに足が痛くなりそう。もう靴がきつくなってきた。

シャーロットの言葉に反対できなくて嬉しかったけれど、口に出して言わなかった。作法とされる振る舞いに従って、慎ましいふりをしたのだ。鏡に映った女はあまりわたしに似ていなかった。むしろ、コメディショーの衣装をつけた反抗的な姉といったところ。いくらゆるくても、コルセットに背中を締めつけられ、こんなふうに、新しい姿でフラットを出ることに内心では緊張していても、わたしは自信たっぷりに見えたと思う。胸を張り、喉をむき出しにして。ダンサーのように。

シャーロットはわたしの目の前ですっかり服を脱いで、体に潤滑剤をすりこみ、着替えを手伝ってと頼んだ。ちっぽけな明るい黄色のゴム製のワンピースには、ウエストの両側に赤い稲妻が走っている。前身ごろは深くあいていて、ふっくらした乳房とじらすようにのぞく乳首が見えるほどで、大きくえぐった襟あきに押しつけられている。潤滑剤はシナモンの香りがして、一瞬彼女をなめたくなった。そのワンピースではほとんどお尻が隠れないのに、彼女は下着をつけていなかった。

シャーロットは恥知らずで、それはまちがいないけれど、あの自信には一目置いているし、一日一緒に過ごしたので慣れてきた。シャーロットはわたしの知り合いのなかでも数少ない、自分のしたいことをして、世間の思惑なんてちっとも気にしない人間だ。

わたしは十二センチヒールの小さすぎる靴をはき、シャーロットがすごく大きな赤い厚底サンダルをはいているだけに、ふたりでお互いの腕にしがみつくしかなく、くすくす笑いながら、金属製の急なスロープをそろそろと下りて船に入った。

「心配しないで」シャーロットが言った。「気がついたらだれかと寝てるでしょうよ」

そうかしら?


午前零時ごろクラブに着くと、パーティが盛り上がっていた。わたしはちょっと人目を気にしながらコートを脱いだ。ふだんよりはるかに肌をさらしてパーティに参加したのに、シャーロットはあなたならうまく溶け込めると言い張った。フロントでチケットを出して、手首にスタンプを押してもらい、コートを預けた。それから階段をふらふらと上り、両開きのドアを抜けてメインバーに入った。

たちまち五感がおかしくなった。そこらじゅうで男女がびっくりするような格好をしている。ラテックス製の服が多いけれど、ビンテージ風のランジェリーや、シルクハットと燕尾服、軍服、ペニスリングしかつけていない男性までいる。彼が歩くたび、ふにゃふにゃの、しおれたペニスが楽しそうに弾んでいる。ひとりの小柄な女性はゆったりしたスカートだけを身につけ、豊かな胸を惜しみなくさらして、人々のあいだを歩いていた。持っているリードの先には、がりがりにやせた長身の男性がつながっていた。女性が無理なく引っ張れるよう、男性は肩をすぼめて背中を丸めている。見ていると、ファン・デル・フリート先生を思い出す。

ソファのひとつにひとりで座っているのは華奢な男性、それとも中性的な女性だろうか、ラバーのボディスーツを着て、フェイスマスクをつけている。シャーロットは薄着フェチをきちんと説明したわけではなかった。もちろん、多くは裸も同然で、それがよく似合うけれど、凝った衣装で隅々まで肌を隠しながらもセクシーに見せている人が大勢いる。安っぽい仮装服や私服はどちらも禁止。この細則のおかげで客の大半は悪趣味な人から芝居がかった人に引き上げられていた。

「なにを飲む、ハニー?」シャーロットがわたしの注意を引いた。必死になってだれかを見つめまいとしたけれど、ポルノ映画のセットに迷い込んだような気分だった。というより、よろよろと廊下を抜けたら、だれもがシャーロットに似ていて、人にどう思われても気にしない異世界だった、という感じか。

なにはともあれ、わたしの衣装については彼女の言うとおりだった。うまく溶け込めるだけでなく、参加者中でも一、二を争う控えめな服装になった。なんともお上品な女だと思われているだろう。こう考えると楽になった。ふだん、どんな友人のグループや集まりのなかでも、わたしは自分が変人ではないかと心配になる。あっけらかんとしてセックスと男女関係を話すからだ。お上品と言われたことなんてなかった。

「ミネラルウォーターをお願い」わたしは答えた。

シャーロットの気前のよさにつけこみたくない。それに、明日の朝、目が覚めたらただの夢だったと思わないように、冴えた頭でなにもかも吸収したい。

シャーロットが肩をすくめ、しばらくして飲み物を持って戻ってきた。

「さあ行きましょ。案内するわ」

彼女はわたしの手を取り、さっきのドアとは別の両開きのドアを出た。これは屋根のない船首に続いていて、そこに少数の喫煙者とかっこいい厚手のミリタリー・ジャケットを着た男たちが立っていた。煙草を吸っているか、涼んでいるか、その両方だろうか。女性たちはおおむねかなり薄着をしていて、この場の中央に置かれた二台のガスヒーターのまわりに集まっている。そのうちふたりは、尻の部分が切り抜かれたラテックス製のスカートをはいていた。ふたつの青白い尻がガスの明かりに照らされ、低空にかかった双子の月に見える。

わたしは舷側まで歩いてしばらくたたずみ、シャーロットの手を握っていた。テムズ川が夜に向かって伸び、長く黒いリボンのように街を二等分してやさしく横たわっている。川の水は濁って不潔に見え、波が船底を洗うたびにぴしゃぴしゃと低い音を立てた。ウォータールー橋が左右の後方に、ブラックフライアーズ橋が前方に現れた。タワーブリッジの明かりは前景にかろうじて見え、これから待ち受ける出来事をほのめかしているようだ。

シャーロットが震えている。

「行きましょ」彼女が言った。「ここは寒いわ」

わたしたちは両開きのドアを入ってメインバーに戻り、またちがうドアからダンスフロアに出た。そこでわたしは唖然として眺めた。黒髪の、妖婦タイプの美人がガソリンを浴びてから火を噴き上げ、ハードロックの曲に合わせてポールの周囲で腰を回して踊っていた。強烈なセックスの匂いを放っている、ぷんぷんさせている。シャーロットのそばにいて、自分の体を恥じていないうえ、性への関心に誇りを持っているように見えるほかの多くの人たちの前にいると、生まれて初めて、自分は変態ではないかもしれないという気がした。少なくとも、たとえ変態だとしても、わたしには仲間がいる。

ダンスフロアの端に立っている長身の男性に目を引かれた。スパンコールのついたあざやかな青の細身のレギンス、乗馬ブーツ、赤と金色のミリタリー・ジャケットに揃いの帽子といういでたち。片手に乗馬鞭《むち》を持ち、もう片方の手に飲み物を持って、ラテックス製のショートパンツをはいた若い女の子と楽しそうにしゃべっている。彼女の長い黒髪は前のほうに白い巻き毛があった。男性のレギンスは股間のふくらみをほとんど隠しきれず、わたしはちょっと足を止めて見とれていた。たしか、女性の服を売る店のウインドウで、似たようなレギンスを見かけたけれど、あの人がはいていると断然男らしく見える。

シャーロットがわたしの手を引っ張った。「あとでね」とささやきながら、レギンスの男性をじろじろ見た。「ショーが始まるわ。てことは、階下が静かになるの」

シャーロットに連れられて、赤いベルベットのカーテンのかかった狭い廊下を抜け、似たような服装をした客であふれた小さいほうのバーへ入り、それから階段を下りた。

「ここが地下牢《ダンジョン》よ」彼女が言った。

その部屋はわたしに言わせれば〝地下牢〟に見えないけれど、現代の地下牢がどんなようすなのか、そんなものがそもそも実在するのか、見当もつかない。ふと立ち止まって、あたりを見回した。これを二度と見られないといけないから、頭に入れてしまおう。

インテリアは階上のバーにそっくりだけれど、ここには奇妙な家具もいくつかある。詰め物がしてある大型の赤い十字は、十字架ではなくてXの形だ。ひとりの女性が裸でそれにもたれて手足を広げていて、別の女性が彼女を、シャーロットが〝フロッガー〟と呼ぶ道具でぶっている。女がしっかり握っていて、柄は見えないけれど、鞭のような一本の縄ではなく、やわらかそうな革が何本かぶら下がっている。フロッガーでぶっている女性は相手の尻を強く打ってから手のひらで撫でる動作を繰り返した。革紐を彼女の体にそっと這わせることもあった。鞭打たれているほうは歓びの声をあげ、ずっと体をぴくぴくさせていて、鞭打つほうは何度も身を乗り出して、甘い言葉らしきものを相手の耳にささやきかけた。彼女はほほえみ、笑い、十字架にもたれたパートナーのほうへ身を寄せていた。ふたりは多少の見物人に囲まれているのに、自分たちだけの世界に入っているようだ。見物人とのあいだには見えない仕切りがあるとばかりに。

この光景を写真で見ていたら、あるいはみだらな言葉で書かれた新聞記事を読んでいたらショックを受けただろう。たしかに、この手の話を聞いてはいても、以前はそれを頭の片隅にしまいこんだ。掃除機のパイプにハムスターを詰まらせて病院に駆け込んだ人たちの話を聞いたときと同じだ──そんなトラブルに遭う人もいるかもしれないけれど、たいていは都市伝説か、おかしなこともあるものだわと思って。ここにいる人たちはみんな、とても感じがよくてごくふつうに見える。ほかの客と同じように芝居がかった衣装をつけているわりには。わたしはふたりをよく見ようとして、心もち近づいた。

そうよ、鞭打っている側はまちがいなく楽しんでいる。その気分を味わうためなら、そのときわたしは手足を差し出しただろう。そして鞭打ちじたい、フロッガーを上下させる動きが正確で、リズミカルで、巧みに調整されていた。なにもかもがむしろ美しい。

わたしが関心を持っていると気づいたシャーロットは、十字架のそばに立っている男性に近づいて、彼の肩を軽く叩いてからわたしを手招きした。

「マーク」シャーロットが彼に声をかけた。「こちらはサマー。今回が初めてなの」

マークはわたしをしげしげと見たが、いやらしい目つきではなく、快く思うまなざしだった。

「すてきなコルセットだね！」マークは言い、わたしの両頬にキスをした。ヨーロッパ式の、口をつけずに音を出すやりかたで。彼は小柄なほうで、太り気味で髪が薄くなっていたが、顔は人懐こく、目に魅力的なきらめきがあった。頑丈そうなフラットヒールのブーツをはき、ゴムのエプロンとベストを身につけている。エプロンにはいくつかポケットがあり、いろいろな種類の道具が入っていた。どれも、ひと目見たところ、十字架で使われているフロッガーに似ている。

「ありがとう」わたしは言った。「ここにはよく来るの？」

「思うほどにはぜんぜん来られなくてね」彼は答え、わたしが赤くなったのを見て笑った。

「マークはここのダンジョン・マスターよ」シャーロットが言葉を挟んだ。

「早い話が」とマーク。「ぼくの仕事は、ここではすべてうまくいってて、だれもボケッとしてないと確かめることかな」

わたしはうなずいて、もじもじした。シャーロットはわたしより背が高いくせにワンサイズ小さい靴をはくので、足が本格的に痛くなってきた。

あいている椅子はないかと見回したけれど、どこにもない。あるのは、腰くらいの高さにパッド入りの平たい部分がついた金属のフレームで、どうやら椅子ではなさそうだ。

「あれに座っていいかしら?」わたしは訊きながらフレームに近づいた。

「それはちょっと」シャーロットが言った。「設備に座っちゃいけないことになってるの。だれかが使いたくなるかもしれないでしょ」そう言って彼女の顔がぱっと明るくなった。「あーあ!」彼女がいたずらっぽい笑みをわたしに向け、マークの脇腹をつついた。「この子のお尻を《スパン》叩い《キング》てやって、マーク。そうすれば足を休められるわ」

マークがわたしの顔を見た。「喜んで」彼が言った。「お嬢さんがご所望ならば」

「ええっと、そんな……。気持ちは嬉しいけどその気になれなくて」

マークが礼儀正しく「かまわないさ」と答えると同時に、シャーロットが食い下がった。「やりなさいよ——なにをびくびくしてるの? 彼は達人よ。やってみればいいわ」

十字架の女性にもう一度目をやると、歓びに酔いしれているのか、自分がどんな光景を見せているかは無頓着のようだ。

あんなふうになれたらいいのに。勇敢で、無神経で。わたしも他人にどう思われようと平気だったら、ダレンとふた晩以上過ごすはめにならなかったのに。

「すぐそばにいるから」シャーロットがつけくわえる。わたしの決意が揺らいだのがわかったにちがいない。「どれほどひどいことになるっていうの？」

まあいいか。ここにいる人はだれもわたしを知らないし、ちょっと寝転ぶだけよ。だいいち、興味がある。そんなに悪いものなら、これほどたくさんの人がしていないはず。

「いいわ」わたしは笑みを浮かべてみせた。「やってみる」

シャーロットが嬉しそうに身もだえした。

「どの道具がいい？」マークがエプロンに入っている道具の前で手を振った。

わたしはマークの手を目で追った。彼は背の高い男性ではないけれど、大きな、武骨な手をしている。屈強そうな、なんらかの肉体労働に明け暮れている両手に見える。コンピュータのキーボードの上をさまよい、データを打ち込んだり贅肉をつけたりしてはいないようだ。

シャーロットが興味ありげにわたしの視線をたどった。「この子は素手のタイプね。わかるでしょ」

わたしはうなずいた。

シャーロットがもう一度わたしの手を取って、ベンチへ連れていった。

マークがやさしくわたしを回して、シャーロットに向けていた顔を自分のほうに向かせた。

「いいとも」彼が言った。「最初はごく、ごく、やさしくしよう。つらくなったらいつでもいい、きみが手を上げたら、さっとやめるからね。シャーロットはすぐそばにいる。わかったかい？」

「ええ」

「よし、それならいい」マークが言った。「これはフリルのついたパンティの上からだとうまくいかない。脱がせてもかまわないかな？」

わたしは息をのんだ。いやだ。とんでもないことに首を突っ込んでしまった。でも、こうなるとわかっていた。フリルのついた厚手のパンティがあるのとないのとでは、どう考えてもちがう。それに、この部屋は裸の人であふれているから、わたしひとりが目立つわけがない。

「どうぞ」

ベンチのほうを向いてフレームにもたれて前かがみになり、靴から足を上げてひと休みさせた。ウエストと胴体は、フレームの真ん中にある平たいパッド入りの部分に当たる。さらに腕を乗せられるパッド入りのパーツが二カ所あり、ハンドルがついていた。

フリルつきのパンティのゴムに指がかかり、腿からストッキングをはいた脚へそっと引き下ろされた。マークが両手でわたしの片足をやさしく支え、次にもう片方の足を支えて、パンティを脱がせた。脚が大きく広げられたので、足元でしゃがんでいるマークにはわたしが隅々まで見えるはずだ。頬がほてったけれど、自分が身をゆだねているのをすでに感じていて、心地よい、ちくちくする熱が下半身にみなぎっている。マークは立ち上がり、シャーロットがわたしの手を握った。

一瞬、なにも感じなかった。ほんのかすかな空気がむき出しの尻を撫で、他人の視線があらわな肌に注がれた気がした。

やがて力強い手のひらがわたしの尻の右の丘を包み込み、時計回りにそっと円を描き、その後にあるかなきかの風が吹いて手が振り上げられ、びしっと振り下ろされた。まず片方の丘に、続いてもう片方に。

鋭い痛みが走った。

今度はひんやりした手のやわらかい感触がわたしの熱い肌をなだめ、撫でてくれた。

また空気がかすめると同時に手が振り下ろされた。今度はさっきより強く叩かれた。

わたしは両手で金属のバーを握り、背中をそらし、腿をパッドに押しつけた。気がついたときには、また顔が真っ赤になった。わたしはぐっしょり濡れている。マークにはわたしの昂ぶりが見え、匂いが嗅げるにちがいない。彼に触れられて、わたしの体がしなやかになっていくのがわかるだろう。体を突き出せるよう、背中のカーブは深くなっている。

もう一度ぴしゃりと打たれた。今度はかなり強く、本当に痛かった。わたしは鋭い痛みにはっとして、ほんのつかの間、やめてくれと頼もうかと考えた。でもそのとき、彼がまたわたしに触れ、叩いたばかりの丘に手を乗せ、痛みを取って不思議なぬくもりに変えた。それはわたしの背筋を昇って首筋まで伝わった。

片手でわたしのお尻を包んだまま、マークはもう片方の手をわたしの背中から首に滑らせ、髪にもぐらせた。指を広げて、初めは髪をやさしく引っ張り、それから強く引っ張った。

わたしはいま、どこか別の場所にいる。部屋が見えなくなり、想像した他人の視線も薄れていき、シャーロットが消えた。ここにあるのはわたしと、彼に髪を引っ張られてはベンチの上で体をそらし、何度も叩かれてはうめいている感覚だけ。

それから現実に戻った。ひりひりする尻にふたつの手が置かれていた。そっと乗せられているだけだ。シャーロットがわたしの手をぎゅっと握っている。室内の物音が再び意識に忍び込んできた。人の声、音楽、グラスのなかで角氷が鳴る音、だれかがぶたれている音。

「大丈夫、ハニー？　ちゃんと聞こえる？　あらら」シャーロットが言った。たぶん、マークにだろう。「ロケットみたいに舞い上がっちゃってる」

「ああ」彼が言う。「この子は筋がいい」

わたしは首を伸ばしてふたりにほほえみかけ、立とうとしたら、歩けなかった。生まれたての仔馬なみにびくびくして、明らかに興奮して、脚が頼りにならなかった。ここまで反応したのがきまり悪かったけれど、マークもシャーロットも、見物人のだれひとり、ちっとも気にしていないし、驚いてもいない。これはこの人たちのごくふつうの週末（ひょっとしたら平日も）のイベントだから。

「気をつけて、タイガー」マークがわたしの腰にしっかりと腕を回し、ひとつだけあいていた椅子に連れていった。そこに座っていた人は、マークとシャーロットに同時ににらまれて飛び上がり、立ち去ったのだ。

わたしが椅子にそろそろと腰を下ろすと、マークが髪を撫で、頭を彼の腿にやさしく抱き寄せた。顔に当たるゴムエプロンはひんやりと変な感触がして、パドルの一本が腕に窮屈に押しつけられた。

髪を撫でられながら、わたしの心はまた遠ざかっていった。ふたりの声はトンネルをゆっくり通ってくるように響いた。

「きみは彼女を連れて帰ったほうがいい」マークがシャーロットに言った。「彼女、帰れないほど飲んだかかな？」

「ぜんぜん。ずっとミネラルウォーターをがぶ飲みしてた。あなた、未経験者《ヴァージン》を調教したのよ」

「そいつはすてきだ」マークが忍び笑いを漏らした。

「すごくいい思いをしてたみたいに見えるけど」とシャーロットが言った。「この子にカップル専用の部屋を見せるチャンスもなかったわ」


わたしはシャーロットのフラットに戻るタクシーの車内で彼女の肩にもたれて寝入り、翌朝目覚めたときも空色のコルセットをつけていた。もっとも、シャーロットが紐をゆるめておいてくれた。枕がラメのアイシャドウと黒のマスカラにまみれている。お酒は一滴も口にしていないのに、二日酔いになった気分。

「あら、おはよう」シャーロットがキッチンから声をかけた。「コーヒーいれたわ」

カフェインをとれると思うとたちまちしゃきっとして、よろめく足でキッチンに入った。

「ねえ」シャーロットが言った。「きのうはその格好がすてきに見えたけど」

「ありがと。そのせりふをお返しできないわね」

シャーロットはキッチンの真ん中に立って、片手に小さな陶器のソーサーを持ち、もう片方の手にエスプレッソの入ったカップを持っている。生まれたままの姿だ。

「服を着なくてすむときは着ないの」

「で、どんなときに着なくちゃいけないの？」

「フライを揚げてるときとか」シャーロットが答えた。「エスコート・サービスが来てるとき。服を着て、また脱がせてもらえるようにするの。男どもって、そういうのが好きみたい」

シャーロットが〝男ども〟と言ったとき、わたしは彼女がアリススプリングス出身だと思い出した。こんな国際人がオーストラリアの奥地で育ったとは意外なものだ。

「ご機嫌なのね」

「今日は早くも少し稼いじゃったし」シャーロットがパソコンに目をやった。「ゆうべはあなたの心を鍛えた自信があるから、よく眠れたの」

シャーロットはにこにこしているが、わたしは昨夜の一部始終に妙な感じを、違和感を覚えていた。なにひとつ、音楽は別として、これまでわたしをこんな気持ちにさせたものはなかった――あの無関心であり歓びでもある悟りが痛みに浸み通ったもの。わたしはこの気持ちを頭から追いやった。

「ケータイが鳴りっ放しだったのよ。もっとましな着メロにすればいいのに」

「あれはヴィヴァルディよ、教養がないんだから」わたしは言い返した。シャーロットが肩をすくめた。

携帯電話をバッグから出して、着信履歴をチェックした。ダレンだ。きのうの夜、十回かかっている。けさになってもう十回ほど。きっと、どこかでバイオリンの事件を耳にしたんだ。オーブンの上の壁に掛かった時計をちらっと見た。午後三時。今日はほぼ一日寝ていたことになる。

「もうひと晩泊まりなさいよ」シャーロットが言った。「食事を作ってあげる。ここじゃオーブンのスイッチを入れたこともなかったの」

シャワーを浴びて休憩できるようわたしをフラットに残し、シャーロットは夕食の材料を買いに出かけた。わたしはお風呂に入ってから、三十分かけてもつれた髪を梳かした。だんだん待ちくたびれて、パソコンを使ってもいいかとシャーロットに携帯メールを送った。

〝もちろん〟返信があった。〝パスワードは設定してないわ〟

マウスを左右に動かしているとスクリーンが現れた。わたしのGメールのアカウントをチェックする。ダレンからのメッセージといつものスパムメールは無視。フェイスブックにログオンする。フォルダにメールが一件入っていた。フォルダにマウスのポインタを恐る恐る重ねた。これもダレンからの手紙ではないかと思ったら、あるアカウントからのメッセージだった。顔写真がついていないのでだれかわからない。

軽い好奇心を覚えてメッセージをクリックした。

丁寧な書き出しだ。

続いて——


新品のバイオリンを贈呈したく存じます。

わたしの挑戦と条件を受ける気はありますか？


そのアカウントをクリックしたけれど、ほとんど真っ白で、基本情報の欄に現住所を〝ロンドン〟と記入してあるだけだ。名前はイニシャル一文字だけ。D。

言うまでもなく、ダレンのことを考えた。でも、彼はこんなやり方をしない。

ほかに〝D〟はなんの略だろう？　デレク？　ドナルド？　ディアブロ？

頭のなかで、わたしがバイオリンをなくしたことを知って力になりたいと考えそうな人たちのリストをざっと調べたけれど、だれも思いつかない。あの出来事の一部始終を知っているのは、ぶ厚い手の交通局職員だけだ。見たところ、お役人並みのロマンチックさはあるようだった――要するに、ロマンチックさのかけらもない。もしバイオリンが盗まれていたら、もっと悪いことに、縛られて玄関先に放り出されていたら、ネットストーカーに狙われていると怯えたかもしれないけれど、このメッセージに悪意はなさそうだ。

火花が散って火がついていた。どんなにがんばっても、もう消せない。

わたしはまる十分間モニターを見つめていた。突然シャーロットが両腕に紙袋を抱えてドアから現れ、ようやくわれに返った。

「あなたがベジタリアンじゃないといいけど」彼女が声をかけた。「肉ばっかり買ってきたの」

大のステーキ党だとシャーロットに請け合い、メールを読んでもらおうと手招きした。

モニターをまじまじと見たシャーロットは、片方の眉を上げてにんまりした。

「どんな挑戦なの？」彼女が訊いた。「それに、どんな条件？」

「さあ。返事を出すべき？」

「まあ、それがきっかけになりそうね。さあ――彼に返事を出すのよ」

「どうして〝彼〟だとわかるの？」

「そりゃあ彼に決まってるでしょ。そこらじゅうにアルファ・メールだって書いてある。たぶん、あなたが演奏してるとこを見て、熱を上げた人ね」

わたしはじっくり考えた末に返信ボタンをクリックした。指をそっとキーボードにのせて返信メールを打つ。

こんばんは
やさしいお言葉をありがとうございます。
挑戦とはなんでしょう？　それから、条件とは？
敬具
サマー・ザホヴァ

すぐに返事がきた。

あなたの問いに詳しくお答えしたく存じます。
会いましょう。

彼の頼みにはクエスチョン・マークがこれみよがしに、露骨に削られている。よくないとは思いつつ、シャーロットにそそのかされて、わたしはこの見知らぬ人とデートの約束をした。翌日の正午きっかりに。

わたしは十分遅刻した。
指定されたのは、セントキャサリン・ドックスにあるイタリア式のカフェだった。その店を知らなかったくせに、知っているふりをしたおかげで、ほかの店を提案しなくてすんだ。

カフェに着くと、そこは川の真ん中だった。ドックの脇にある遊歩道の片側を歩いていて気がついた。小道は補修のため通行止めで、回れ右をして反対側を引き返すしかない。ドックにいるのはわたしひとり。行ったり来たりして、道でパン屑を見つけた蟻みたいにまごついて。きっと、得体の知れない人が心地よいカフェでわたしの動きをずっと見張っているんだわ。とりあえず、まちがった印象を与えないよう、シャーロットの手持ちのなかでいちばんおとなしい服を着ている。寝過ごしてしまい、急いで自分のフラットに戻って着替える暇がなかった。

シャーロットは、ウールとストレッチ素材でできた濃紺のワンピースを貸してくれた。オンライン・ポーカーで生活を始める前に、ごく短期間、法律事務所の受付係をしていたときの服だ。裏地がついていて、膝丈で、上品な丸い襟ぐりで、胸元にはボタンが四つ等間隔に並んでいるミリタリールック。ヒップのあたりが少しきついが、ウエストはゆるいので、クリーム色の細いベルトを締め、自前の編み上げブーツをはいた。これは地下鉄で乱闘があった前日にはいていたもの。肌色のゴム留めストッキングもはいた。パッケージには〝素足に薄くオイルを塗ったように見えます〟と書いてある。

「これをはいてるのを彼に見られたら、ヤりたいんだと思われそう」わたしはシャーロットに言った。

「そうね、ヤりたくなるかもよ」

それからシャーロットに注意された。背中のスリットからスカートのなかがのぞくほどかがみこむような、バカな真似をしないこと。幸いスリットの切れ込みが浅く、ちょっと歩きにくいが、下着をつけていないことはわからないはずだ。この生地ではパンティの線がくっきり出てしまうため、シャーロットがパンティをつけて出かけるのを許してくれなかった。わたしは玄関先で、降伏の白旗を掲げる兵士のように下着を彼女に手渡した。

シャーロットはクリーム色のウールのコートも貸してくれた。高いものだから忘れてこないようにと釘をさされた。コートは香水のきつい匂い、わたしの好みではない麝香系の香りと、ゆうべ彼女がゴム製の服の下に塗った潤滑剤のシナモンの香りがする。

カフェに着いたころには雨が降っていたので、コートがあって助かった。シャーロットは赤い傘も貸してくれていた。差しているとふしだらな女《スカーレット・ウーマン》の気分だった。黒と灰色の海で唯一の色になって、人目を引いているみたいだ。

カフェの客を見渡してみた。とりたててどうということはない。でも、カウンターに立っているイタリア人の感じから、コーヒーの味はよさそう。ほかのヨーロッパの国の空港で飲むコーヒーのほうが、イギリスのどんな店で飲むコーヒーよりましだ。これもイギリス人には言わないようにしている事実。紅茶好きの国だからしかたない。

カウンター、多少のテーブル席。柱のない階段が二階のフロアへ続いている。わたしは窓の外を見た。ドック全体がはっきり見える。彼がここにいるなら、わたしが来るのを見ていたにちがいない。一階には客がいないので、階段を上って二階に行ってみた。こちらもがらんとしている。中年の女性がひとり、カプチーノの飲み残しを前に、新聞を読んでいるだけだ。わたしの携帯電話がうなった。遅刻したり、道に迷ったりするといけないので、番号を交換してあった。

〝一階にいる〟とメールが入った。

まったくもう。いらだちを見せないようにしながら下りていくと、階段のうしろにもテーブルがあった。上げた木製のブラインドから景色がよく見える。テーブルについている男性は、こちらを見る角度と熱い視線からして、わたしの服を見上げてすばらしく楽しんだようだ。それを思うと、鋭い昂ぶりを覚えた。たったいま、わたしはこの見知らぬ男性に自分の幻を見せた。この服の下の一糸まとわぬ姿を。すぐにぱっと恥ずかしくなった。気を静めたほうがいい。大至急。

　男性は笑みを浮かべた。わたしの遅刻にちっとも不愉快そうな顔をせず、わたしがのろのろと階段を上がっていたときにストッキングの縁が頭上に見えたことをおくびにも出さなかった。

「サマーだね」質問ではなかった。彼の目は光ったけれど、なにも教えてくれない。

「ええ」わたしは手を差し出した。あくまでてきぱきと。コルセットが与えてくれた自信にあふれた態度を思い出し、わざと胸を張った。

　男性が腕を伸ばして、あらたまったやり方でわたしの手を短く握った。力強い握手だ。

「ドミニクです。来てくれてありがとう」

　彼の手は温かくて頑丈で、この前の夜に会ったマークの手より大きい。わたしは赤くなり、あわてて椅子に腰かけた。

「飲み物を買ってきましょうか？」彼が訊いた。

「あれば、ミルク入りのコーヒーを。なければ、ダブル・エスプレッソをお願いします」わたしは答えた。口調で緊張しているのがばれないといいけれど。

　ドミニクがわたしの脇をすり抜け、カウンターへ歩いていった。そのとき、彼の匂いがした。コロンの香りはまったくしない。かすかに麝香が鼻をつく、温かい肌の匂い。香水をつけない男性にはたくましいところがあると思う。彼は、葉巻を吸ったり、古風な剃刀《かみそり》で髭を剃ったりしそうな男性だ。

見ると、彼はカウンターでふたり分のコーヒーを注文していた。

ドミニクは中背で、おそらく一八〇センチくらい、体は引き締まっているが、筋肉だらけではない。水泳選手並みに力強い腕と背中を持っている。クールな物腰のわりにはとびきりセクシーな男性だ。というより、この物腰だからいいのかも。前々からわたしは、愛想笑いをしたり、必死にアピールしたりしない男性のほうが好きだった。

ドミニクはバリスタに砂糖入れを出してほしいと丁重に頼んだ。

彼の声は低くて深みがあり、パブリックスクール出身者のアクセントがあり、わたし好みだけれど、不自然な抑揚がつく。もしかして、イギリス人じゃないのかしら。わたしはアクセントが大好きだ。よその土地から来たせいで、おのずとそうなったのだろう。わたしはその考えを忘れようと、彼を魅力的だと思って優位に立たせないようにした。

ドミニクは焦げ茶色のリブ編みのタートルネックのセーターを着ている。着心地も手触りもよさそうだ。たぶんカシミア。あとは黒のジーンズと磨いたばかりのタンレザーの靴。服を見ても態度を見てもなにもわからない。わかるのは、愛想がよくて危険ではなさそうに見えることくらい。少なくとも、変質者めいた危険はなさそう。ほかの形で危険なのかも。

わたしはバッグに手を入れ、まだ切り刻まれていないとシャーロットにメールを送った。

ドミニクがトレイを運んできたので、わたしも立ち上がり、カップを下ろすのを手伝おうとした。でも彼は手を振って制し、片手でトレイのバランスを取り、コーヒーの入ったカップをわたしの前にそっと置いた。そのとき、ドミニクはほんの少しだけ必要以上に身をかがめて砂糖入れを渡し、手でわたしの腕をかすめた。その感触はなかなか消えず、よきにつけあしきにつけ、いやでも反応を引き出したが、彼が手を引くと、わたしは気づかなかったふりをした。

首を振って砂糖はいらないと伝え、〝きみは充分甘いからね〟というおきまりの文句を待ち受けたけれど、ドミニクは言わなかった。

妙に心地よい沈黙に包まれて座るなか、ドミニクがカップにそっと角砂糖をひとつ入れてかきまぜ、もうひとつ、さらにひとつ、またひとつ加えた。彼の爪はきれいに手入れしてあるが、スクエアカットにしてあり、女々しく見えず男らしかった。肌がうっすら褐色がかっているのは、民族性か休暇の名残かわからない。彼はティースプーンをカップからすうっと出して、きちんとソーサーにのせた。そうしながら手元を見ていた。ちゃんと見ていれば、滴がスプーンからテーブルクロスに落ちないですむと言わんばかりに。シルバーの腕時計が右手首にはまっている。古風な、デジタル式ではない品だ。わたしはもともと人の、特に男性の年齢を当てるのが苦手だったけれど、ドミニクは四十代だろう。年齢のわりに若く見えるわけではないかぎり、四十五歳にもならないはず。

ドミニクがバイオリンを持ってきたとしても、テーブルのそばには見当たらない。

彼は椅子の背にもたれた。またしても沈黙が流れる。

「さて、サマー・ザホヴァ」ドミニクは音節を味わうように口のなかで転がして発音する。ひとつずつ。わたしは彼の唇を見つめた。とびきりやわらかそうなのに、口元は引き締まっている。

「この男は何者か、これはどういうことかと考えているんだろうね」

わたしはうなずき、コーヒーをひと口飲んだ。思ったよりおいしい。

「おいしいわ」

「そうだね」ドミニクの顔に考え込んだ表情が広がった。

わたしは彼が先を続けるのを待った。

「きみに代わりのバイオリンを提供したい」

「なにと引き換えに？」興味が湧いて身を乗り出した。

ドミニクもこちらに身を乗り出した。テーブルに両の手のひらをつき、指を広げ、わたしの指をかすめそうだ。自分の手のなかに手を滑らせるよう誘うしぐさ。彼の息にはほんのりコーヒーの匂いがして、シャーロットがシナモンの香りがついた潤滑剤を塗っていたときのように、わたしは彼に近づいてなめたい衝動に駆られた。

「わたしのために演奏してほしい。ヴィヴァルディはどうかな？」

ドミニクはもう一度、ゆったりと座り、唇にうっすらと笑みを浮かべた。わたしが彼に惹かれているのに気づいていて、それをからかっている感じだ。

それならこっちだって同じ手で行く。わたしは再び胸を張ってドミニクと目を合わせた。ふたりのあいだに立ち上る熱気に気づかないふりをして、物思いにふけっているように見える顔つきをした。彼の突飛な申し出を仕事の契約だと思うつもりで。

前回『四季』を演奏したときを思い出す。ダレンとけんかした翌日の午後だった。あの日、だれかがバイオリンのケースに五十ポンド入れてくれた。きっとドミニクね、これでわかった。

ドミニクがテーブルの下で体重を移動させた気配がして、彼の目が光った。満足感？　欲望？

わたしは自分が望んでいたほど冷静に見えないみたいだ。

両頬がほてりを帯びた。片脚がドミニクの脚をかすめたとき、わたしはテーブルの下で男性のように股を広げていた。もう一カ月以上もご無沙汰しているから、いまにもテーブルの脚にまたがりそうだけれど、彼はそんなことを知らなくていい。

ドミニクが続けた。「一度でいい。弾いてくれたら、バイオリンはきみのものだ。場所はこちらで決めさせてもらうが、当然ながら安全面が心配になるだろう。なんなら、遠慮なく友人を連れてきてくれ」

わたしはうなずいた。ドミニクの計画に乗るつもりなどさらさらなかったけれど、時間稼ぎをして、じっくり考える必要があった。彼の申し出に下心があるのは見え見えで、あのえらそうな態度には腹が立つ。でも——どんなにがんばっても——わたしはたしかにドミニクを魅力的だと思い、喉から手が出るほどバイオリンが欲しい。

「さて、サマー・ザホヴァ、それは引き受けるということかな?」

「ええ」

あとでよく考えて、必要ならメールで断ればいい。

ドミニクがわたしに断りもなくコーヒーをもう二杯注文した。飲むと決めつけられて腹が立ち、文句を言いかけたけれど、彼の注文を取り消したついでに自分の注文をしたらばかみたいだ。ふたりで二杯目を飲み、天気の話をして、お互いの日常生活のこまごました点をざっと話し合った。わたしのほうは、バイオリンのない生活をもう日常とは思えないけれど。

「なくなってつらいのかい?　バイオリンが?」

不思議にも感情がどっとこみあげた。わたしが体に抱いているあらゆる感覚を解き放つ弓とバイオリンがなくなって、内側からばらばらになり、爆発し、ひとりでに燃えてしまいそうな気がする。

わたしは黙ったままでいた。

「じゃあ、早くなんとかしたほうがいい。来週にしようか。それまでに、きみに場所を伝えて、今回使うバイオリンを手に入れておく。すべて満足行く結果になったら、もっと長く使えるバイオリンを買いに出かけよう」

わたしは納得した。今度もまた、ドミニクの口調に漂う失礼なまでの傲慢さに気づかないふりをした。そして、その場では不安を隠しておき、椅子に置いてあったコートを取った。一緒にカフェを出て、分かれ道に来ると、礼儀正しく挨拶を交わした。

「サマー」ドミニクが歩き出したわたしに声をかけた。

「はい？」

「黒のドレスを着てくるように」

4　男と弦楽四重奏団

ドミニクは昔からスパイ小説の愛読者だったので、これまで読みふけった本から仕入れた基本的なスパイ技術をいくつか覚えていた。そこで、カフェの一階の目立たない場所に腰を下ろした。隅の階段のそばの席で、入口がよく見えるが、日差しがまぶしくて、こちらの姿が見られるとはかぎらないところだ。小説とちがい、この場合は逃げ道を確保する必要はなかったが。

彼女が入ってくるのが見えた。約束の時間にほんの数分遅れて息を切らし、がらんとした店内をざっと見回した。濃いコーヒーの匂いが壁から壁へ誘うように漂い、エスプレッソ・マシーンがしゅっしゅっと音を立てている。彼女は階段のうしろのくぼんだコーナーにいるドミニクが目に入らず、探していた。それから二階へ行った。濃紺の細身のワンピースはヒップのストレッチが効いていて、彼女が階段を一段一段上るたびになかがよく見えたが、やがて脚のあいだが暗くなって、その先はもうわからなくなった。前々からドミニクにはのぞき見の趣味があり、思いがけず彼女の秘所を垣間見られたのは喜びであり、明るい展望が期待できるという手ごたえだった。

バイオリンと夢に誘うような音楽がなければ、彼女の容姿に注目できる。旧約聖書の〝燃え尽きることのない柴"のように赤々とした髪、ほっそりしたウエスト、男らしい魅力があるといってもいい物腰。人通りの多い地下鉄通路の、低い天井の下で記憶した姿ほど背が高くない。ファッションモデルでいえば、昔ながらの美人ではないが目立つタイプ。大勢のなかにいてもひとりでいても、カフェのなかを早足でめぐっても、ドックから近づいてきても。そう、彼女は特別だ、いっぷう変わっている。そこに大いに惹きつけられた。

ドミニクはサマーの携帯電話にメールを送り、居場所を知らせて方向転換させた。彼女が階段を下りてきた。最初に通ったときに彼に気づかなかったのがきまり悪いのか、顔をほんのり赤らめている。

いま彼女が目の前にいる。

「サマーだね」そう言って、ドミニクは自己紹介をして、サマーに向かいの椅子を勧めた。

彼女は腰かけた。

かすかにシナモンの匂いがした。なんとなく、イメージにそぐわない香水だ。あの青白い肌に結びつくのは、強いグリーンノート系だろうとドミニクは思っていた。ドライで、控えめで、ずるそうで。おっと。

ドミニクはサマーの目を見た。彼女も目を合わせた。けんか腰だが興味ありげで、揺るがず、少し愉快そう。どうやら、強い意志を持っているらしい。これは面白いことになりそうだ。

コーヒーを注文すると、ふたりは黙ってお互いを観察し、よく眺め、品定めして、評価し、あれこれ思いをめぐらした。対戦を控えたチェス・プレイヤーのように、ふたりは相手の弱点を探った。対等の者が破り、なだれこめる突破口を。

ドミニクは立ち上がり、バリスタがふたりのコーヒーをのせておいたトレイを取りにいった。サマーはすかさずだれかにメールを打っている。さしずめ、友人に無事を知らせ、相手は指名手配中の連続殺人犯にも金メダル級の変態にも見えないと伝えているのだろう。ドミニクは思わず口元をゆるめた。最初のテストにパスしたようだ。それなら今度はこちらの番だ。

ドミニクはあらためて申し出をして、一見まともな構想のあらましを説明した。その間、頭のなかではもっと込み入った計画がゆっくりと形づくられていた。とりとめもない夢想が繰り広げられ、ポラロイドカメラの写真が真っ黒なフィルムから現れるように幻覚が生気を帯びた。自分はどこまでやれるだろうか？　彼女をどこまで導ける？

三十分後に別れたとき、口に出さなかった思いのせいで気づまりな感じがなかなか消えず、ドミニクは自分が硬くなって、ジーンズの前が張り詰めていることに気づいた。見ていると、サマーは颯爽と歩み去り、セントキャサリン・ドックスを横切ってタワーブリッジへ向かった。彼女はけっして振り返らないが、こちらの視線に追われていると気づいている、とドミニクは思った。ああ、これはやりがいのある挑戦になりそうだ……。危険で刺激的だが……。

人生の大半を書物の王国で暮らしてきた人間にしては、ドミニクは知識の泉——大げさだと思われるかもしれないが——であり、行動派でもある。大学時代は、学業と陸上競技をほぼ両立させ、図書館で何時間も過ごしてから、軽やかにランニングパンツに着替えてトラックへ移り、ほかの選手と競っていた。走り高跳びと走り幅跳びが得意で、中距離走とクロスカントリーでも並外れた選手だったが、団体競技となると苦手だった。チームメイトに溶け込んだり、合わせたりするのがどうにもうまくできなかったからだ。人生におけるこのふたつのちがいについて、ドミニクはちっとも矛盾していると思わなかった。

ずっと前からセックスライフは地味であり、無難でもあった。ベッドの相手に困ったためしはなく、若いころでさえ、それは変わらなかった。当時はついつい一部の女性を美化して、なぜか高嶺の花にばかり恋をしたものだが。セックスの腕前はまさに人並みで、けっして創意工夫に富んでいないが、思いやりがある。いわば内気な性格なので、寝た女性たちの目にどう評価されたかを本気で気にしたことがなかった。セックスはありきたりな営みで、必要な営みではあるが、あわただしい生活の一部でしかない。本や芸術、食べ物と同様に。

ドミニクがキャスリンと出会った日まではそうだった。

言うまでもなく、彼はマルキ・ド・サドの作品や現代性愛文学の傑作を数多く読んできた。ポルノに夢中になって（繰り返し射精する絶頂まで楽しみ）、ＢＤＳＭや支配、従属、さまざまな組み合わせの倒錯行為を知り、さらにフェチに欠かせない小道具一式も学んだが、それが彼自身の日々の現実と交差したことはなかった。それは別物であり、漠然として、縁遠い、他人がする、ふけるものだった。知的興味を持って観察するが、このもうひとつの異世界に呼ばれず、そこに加わるよう手招きもされなかった。

キャスリンは、分野こそちがうが、やはり研究者で、ふたりはミッドランズで開かれた会議で知り合った。ドミニクが基調講演の一本をしていたさいちゅう、フロア越しに問いかけるような視線を交わしたあと、夜の込み合ったバーでぎこちないやりとりをした。ロンドンに戻ると、関係を結んだ。キャスリンは結婚していて、当時ドミニクはほかの女性と長いつきあいを続けていたにもかかわらず。

情事を重ねたのはたいてい昼間のホテルの部屋か、ドミニクの大学の狭い研究室のカーペット敷きの床の上だ。時間は、夕刻のパブの割引時間とチャリングクロス駅から出る南部の郊外行き列車の終電時刻のあいだだった。

一瞬一瞬に価値があり、このセックスはドミニクにもキャスリンにも目を見張るほどの発見だった。これまでのあらゆるセックスの体験がこのひとときにつながっていたかのように。せわしなく、激しく、しゃにむになり、ドラッグのように病みつきになった。

ドミニクは薄茶色の厚いカーペットに膝をこすりつけ、キャスリンの体を下敷きにした。どちらも息を切らしてあえぎ、彼が何度も突き立てるたび、ペニスが強く、深くキャスリンのなかに入っていく。彼女がみだらな一体感を味わって目を閉じ、ドミニクは心のなかでひと息ついて、この瞬間を頭に凍結した。記憶の保存。はたして、いつの日か（どのくらい先の話だ？）、まさにこのイメージを思い起こしながら、ひとり寂しく自分を歓ばせるはめになるのだろうか。

ドミニクは、キャスリンの首筋から小ぶりな乳房のあたりがピンクに染まっているのをよく見て、愛を交わすみだらな音や、体と体がこすれあう音ががらんとした研究室で卑猥なほど大きくなるのを聴いていた。キャスリンの閉じた口からあえぎが漏れると同時に、肺からとぎれとぎれに息が出る。彼女の額に光る汗は、ドミニクの玉の汗によく似ていた。胸や腕、脚という、全身のよく使われている部分の毛穴から汗を流しながら、彼は嬉々として彼女の上となかで精を出した。

「あああ」キャスリンが声をあげた。

「そうだ」ドミニクもしぶしぶ従い、腰を突くリズムを安定させた。キャスリンのかすれた声のささやきはどれも、欲望のあと始末をする責任を快く引き受けると告げている。彼女は目を閉じ、深々とため息をついた。

「大丈夫?」ドミニクは心配になり、動きをゆるめた。

「ええ。ちょっと……」

「もっとゆっくりしてほしい? もっとやさしく?」

「いいえ」キャスリンが言った。声がしゃがれて引きつっている。「続けて。もっと。お願い」

ドミニクは膝にかかる圧迫感をやわらげようと体勢を立て直し、一瞬バランスを崩してキャスリンの上に倒れそうになった。とっさに両手を前に出したところ、キャスリンの両の手首をかすめた。彼はそれをつかんだ。

さらに触れ合ったせいで、ぴくっというけいれんが電流のようにキャスリンの体を流れた。

「うーん……」

「どうした?」

「いいえ……なんでもない……」

だが、キャスリンの目はほかのことを告げている。彼女はドミニクを見た。彼の魂を質問で掘り下げているのか? 質問ではない。要求か、懇願? ふたりのセックスでは、泣きつくほうが厳しい罰を受ける。

それに応え、ドミニクはキャスリンの手首をなるべくしっかり握って腕を頭の上に引っ張り上げた。同時に、腰を動かして何度も彼女に突き立て、蝶をピンで留めるように硬い床に釘づけにした。キャスリンの頬は真っ赤になった。痛いにちがいない、とドミニクは思ったが、彼女が歓びのあえぎ声を漏らしたばかりに、ますます強く押しつけた。彼女の体を痛めつけたのだ。

またひとしきりドミニクの目がのぞきこまれ、言葉がなくても一目瞭然だった。〝もっと〟という意味だ。

ドミニクはキャスリンの細い両手首から親指を離して、彼女に痕や傷をつけてはいけないと思い、滑り下ろして首元に押しつけ、ほかの指もチョーカーのように首に巻きつけた。脈が力強く打ち、肌の表面から彼の指先に伝わってくる。彼女が生きている証だ。

キャスリンが途方もなく深い息を吸って叫んだ。「もっと強く」

ドミニクは怯え、また昂ぶって屹立したものをキャスリンに突き入れておさめた。ペニスが異常に思えるサイズになって内側を広げ、やわらかく、濡れた壁に押しつけるとともに、指が彼女の首を圧迫していて、血流を断とうとしていた。すると、彼女の青ざめた顔がのぼせてさまざまな色に変わった。

キャスリンが大きなしゃがれたうめき声をあげて絶頂に達した。男まさりの勝利の声だ。ドミニクは彼女の首にかけた手をゆるめ、獣の叫びをあげながら激しく息をもらした。

ドミニクがキャスリンをいいようにしていたあいだじゅう、ひっきりなしに出入りするペニスが彼女をばらばらにしていた。機械のように、容赦なく、残酷に、気兼ねなく。彼は目を閉じてようやく解放に身を任せた。身も心もぱっと燃え上がっている気分だ。すさまじい。原始的な。たぶん、彼の人生でいちばん強烈な交わりだった。

あとで、まだ汗にまみれた体で、ふたりは腕時計をちらちら見ながら終電の時刻を考えていた。

キャスリンが言った。「ねえ、前から気になっていたのよ。こんなふうに激しくしたら、どんな感じがするか。あなたがやり方を知っていたなんて」

「やってみたことがなかったね。たしかに、本で読んだことはあるが、それは理屈にすぎないし、ただの言葉で、ページに並んだ概念でしかない」

「あなたなら信用できるとわかっていたの。無茶はしないって」

「きみを傷つけたくなかった。けっして傷つけないよ」

キャスリンが身を寄せ、ドミニクのまだ汗に濡れた肩に頭をもたせかけてささやいた。「わかってる」

こうして幕をあけた数週間でセックスの実験を行い、そこでキャスリンは胸の奥に秘めた欲望をゆっくりと明かした。もっとも根本的なファンタジー、みずからの従順さをあらわにした炎を。彼女はマゾヒストというわけではなく、その正反対だが、痛みを求める気持ち、限界を超えたいという憧れは疑いようもなくあり、何年も前からあったものの、それは上品な育ちに隠れていて、たがを外す機会が与えられなかった。ドミニクは彼女のこうした一面に気づいた初めての男であり、それを直感的に正しい方向に向け、彼女を支配し、解放した。

ドミニクはその手の小説を読んだり、噂話を聞いたりしたことはあったが、これは陳腐なルールに従った〝ご主人さまと奴隷〟や〝支配者《ドム》と従属者《サブ》〟の場面ではない。ふたりとも一緒に行為をして、積み重ねたものをはぎ取り、欲望とセックスの魅力の基礎をじっくり作っていった。この新しい淫乱の国には、かつてはつきものだった小道具——ラテックス、革、バロック様式の小物、拷問道具——は必要なかった。

ふたりは目を開かれた。ドミニクとしては、二度と閉じることができないと確信した。それはまた、当然ながら、ふたりの人目を忍んだ関係が終わりを告げる最初の兆しでもあった。もう引き返せない深淵に一歩ずつ近づくたび、新たに即興のプレイを楽しんでは従来のセックスから離れるたび、キャスリンの胸に疑惑の種がまかれていくのがわかった。いったい、この先どんなことになってしまうのかと。

やがて、キャスリンは現実の重荷に負けた。中流階級に育ち、ケンブリッジ大学の文学の学位を持ち、やさしいが想像力のない男と退屈な結婚をしている彼女は、別れを選んだ。ふたりは二度と口をきかず、会合や行事で鉢合わせしないように注意しあっているうち、キャスリンと夫がロンドンを出ていき、彼女は教職を辞めた。

しかし、ドミニクはパンドラの箱をあけ、広い世界が甘い誘惑にあふれたジャングルと化していた。自分はキャスリンとともに一段階上のレベルに達した、人生には以前に考えていたより多くの刺激がある、という思いが頭を離れなかった。

まずサマーを試し、彼女の意欲とプレイの嗜好を確かめるしかないとドミニクは思った。すでに見抜いたのは、彼女が自分なりの考えを持っていて、残酷な扱いや脅迫に応じそうもないことだ。ドミニクは彼女にもこの冒険に、実験に加わってほしかった。リスクやあとくされがあるのは百も承知のうえで。なにも、手間をかけて操れる人形を、やみくもに加わる相手を探しているのではない。求めているのは、鼓動を重ねて怯えてくれる共謀者だ。

あっけない出会いと口に出さなかった多くの言葉から、サマーはバイオリンが彼女を誘惑する餌《えさ》にすぎないともう気づいているにちがいない。ドミニクの要求は長期的には音楽の贈り物だけでは終わらないと。悪魔との契約ではないかもしれない――ドミニクは自分を策略家の柄ではないと思っている――が、どちらの参加者もお互いに最後までプレイできるゲームだ。自分はどちらの側につきたいのか、さっぱりわからない。そう、探ってみたい暗闇があるが、それがどれほど深いのかまだつかめずにいる。

ドミニクは、シティにある音楽大学で教えている、ややうさんくさい評判の知人に電話をかけた。彼は快く問い合わせに答えてくれた。そうだよ、まあまあのバイオリンを日割りや週割りで、月単位でも借りられる店がある。その知人はもちろん、クラシックの演奏家が仕事を探して広告を出すにはもってこいの場所を知っていた。

「ごく内輪のパーティなんだ」ドミニクは説明した。「演奏家たちは目隠しをしたくないと言うだろうか？」

受話器の向こうで、話し相手がげらげら笑った。「ちぇっ！　そんなパーティなら出てみたいね！」彼はそう言ってから、もっと考えたようすで答えた。「質のいい楽器が貸与され、申し分ないギャラを受け取れると彼らが納得したら、きみは満足のいく契約を結べるはずだ。広告を出す時点ではその特殊な条件を伏せたほうが無難だが」

「なるほど」

「首尾を教えろよ」相手が言った。「こうなると、興味津々だ」

「また連絡するよ、ヴィクター。かならず」

翌日、ドミニクは薦められた楽器店に行ってみた。ウエストエンドのデンマーク通りを半分ほど歩いた、チャリングクロス街を出てすぐのところだった。外からは、かつてティン・パン・アリー（ニューヨークの音楽地区にならった俗称）と呼ばれたこの通りの大半の店と同じく、エレキギターやベース、アンプが盛んに売られているように見える。ほかの楽器はショーウインドウに飾られていない。見当ちがいの助言をされたかと思い、ドミニクはためらいがちに店内に入ったが、大型のガラスケースを見てたちまち安心した。そこに五丁あまりのバイオリンが並べられていた。

カウンターの若い女性が彼に挨拶した。真っ黒な、どう見ても染めた髪を腰まで伸ばし、第二の皮膚のようなスキニージーンズをはき、真っ赤な口紅を塗った唇が目立つ厚化粧をしていた。鼻からずっしりしたピアスが一個下がり、耳はいろいろな金属でできた何個ものピアスの重みに耐えている。一瞬、ドミニクは彼女を見て、ほかにもピアスをつけていそうなところを想像しては面白がった。前々から、性器ピアス、または乳首リングを一、二個つけた女性と寝てみたかったが、これまではせいぜいへそピアスにしかお目にかかれなかった。それでは残念ながら、彼自身の感性にふさわしいエロチシズムを醸し出さない気がした。どことなく低所得者ふうの――いや、労働者ふうの――雰囲気があるのがへそピアスだ。

「ここでは楽器のレンタルもするそうだが」

「しますよ」

「バイオリンを一丁借りたい」

店員がキャビネットとそのガラスの扉を指さした。「ここから選んでください」

「どれでもいいのかな？」

「はい。でも、現金かクレジットカードで払う保証金と、写真つきの身分証明書が必要ですけど」

「いいとも」ドミニクが言った。いつもパスポートをジャケットの内ポケットに入れて持ち歩いている。昔の習慣が抜けないのだ。「もっとよく見てもいいかい？」

「どうぞ」

ゴス・ファッションの女性がレジに取り付けられた長いチェーンの先で揺れている鍵束から鍵を一本よりわけ、キャビネットの錠をあけた。

「バイオリンのことはよくわからないんだ。これは手助けしている友人のために借りるものでね。主にクラシック音楽を演奏している。ひょっとして、きみはバイオリンに詳しいだろうか？」

「それほどでも。わたしはそれよりロック、電子楽器をやるほうですから」店員はほほえみながら答えた。唇はかがり火のようだ。

「そうか。では、このなかでどれが最高とされるのかな？」

「いちばん高い品でしょう」

「もっともだね」

「だれにでもわかりますよ」店員が媚びるような笑みを浮かべた。

「たしかに」

店員がドミニクにバイオリンを一丁渡した。それは古そうで、何人もの持ち主の手で板がオレンジ色にこすれたように見え、つやが出て光り、店内の蛍光灯に反射していた。

ドミニクはしばらく考えていた。その間もずっとバイオリンを持っていた。思っていたよりずっと軽い。いい音が出るかどうかは弾き手によるだろう。一瞬、彼は自分にいやけがさした。少しはバイオリンのことを勉強してから来るべきだった。これではずぶの素人に見えるにちがいない。

ドミニクの指が手渡されたバイオリンの側面を撫でた。

「きみもなにか演奏するのかい？」彼は真っ黒な髪の若い女性に訊いた。彼女のTシャツが右肩からほんの少しずり落ちて、大きなタトゥーの輪郭がのぞいた。

「ギターを」彼女が答えた。「でも、子どものころはチェロを習わなきゃいけなかったんです。いつかは戻るかもしれません」

ドミニクは頭のなかで店員にピアスの穴をあけさせたイメージをすばやくプライベート・フィルムに切り替え、ステージ上で脚のあいだにチェロを挟ませた。それを考えてにんまりして、彼は唐突に切り出した。「これを借りよう。一週間くらいかな？」

「けっこうです」店員がメモ帳を取り出して計算を始めると、ドミニクは彼女のむき出しになった肩をじっと見つめ、それから黒と緑と赤の花を描いたタトゥーを見た。ごく小さな涙の滴形のタトゥーも左目の下にある。

待っているあいだ、ほかの客がどんどん出入りしていた。接客している男性店員も全身黒のゴス・ファッションに身を包み、髪を短いジオメトリック・カットにしている。

ようやく女性店員が金額を見直して、顔を上げた。

「で、いくらかな？」ドミニクが尋ねた。

バイオリンにはケースがついてきた。

帰宅して、ドミニクは高価な楽器をソファのひとつにそっとのせ、ノートパソコンを開いて週間天気予報を確認した。計画している冒険の最初のエピソードでは、室内にこもりたくない。いずれこもることになるだろう。思慮分別を失えば、人前でわいせつ行為までしかねない。天気予報はよかった。とにかく、今後四日間は雨が降りそうもない。

ドミニクはサマーにメールを送って、次に会う日時と場所を知らせた。

三十分もたたないうちに返信が届いた。サマーは都合がよく、まだやる気があるという。

〝楽譜を持参しなくてはいけませんか？〟サマーが尋ねた。

〝必要ない。演奏してもらうのはヴィヴァルディだ〟

太陽がハムステッド・ヒースに顔を出し、鳥がさえずりながら木々の並んだ地平線を飛び交った。まだ朝早く、外気には肌を刺す寒さが少しあった。サマーはベルサイズ・パークで地下鉄を降り、坂を下って、王立施療病院の前を通り、それから映画館の跡地に建てられた〈マークス＆スペンサー〉、サウス・エンド・ロードの小さな商店街、駅の地上の入口付近で野菜と果物を売る屋台を行き過ぎて、やっと待ち合わせをする駐車場に着いた。ここには以前にも、何カ月か前に友人たちと週末のピクニックをしに来たことがあった。

駐車しているのは、メタリックグレーのＢＭＷ一台きりだ。遠目にも、運転席にドミニクのシルエットが見分けられた。本を読んでいるところだ。

指示されたとおり、サマーは黒のベルベットのドレスを着ていた。肩の出た服なので、寒さから身を守るために、まだ返すよう催促されていないシャーロットのコートをはおっていた。

ドミニクはサマーが近づいてくるのに気づき、車のドアをあけて、車体の脇で待ち受けた。彼女がハイヒールでよろよろと横切った、砂と石混じりの急ごしらえの市営駐車場は、休日は催し物の会場も兼ねていた。

ドミニクがサマーの足を見下ろして、ハイヒールに目を留めた。ステージ用のフォーマルな靴だ。彼は黒ずくめだった。クルーネックのカシミアのセーターと折り目がきっちり入ったパンツ。

「ブーツをはいてくればよかったね」ドミニクが言った。「もう少し草地を歩かないと、目的の場所に着かないんだよ」

「わかったわ」

「この時間には、まだ芝生に朝露がたっぷり残っている。その靴が濡れて、だめになるかもしれない。脱いで歩いたほうがいい。タイツかストッキングをはいているようだが。靴を脱ぐのはいやかな？」

「いいえ、平気です。実は、ストッキングをはいてます」

「よろしい」ドミニクがほほえんだ。「ゴムつきのストッキングか、それともガーターで留めるタイプかな？」

サマーは頬がほてるのを感じた。やや無礼な質問にかっとなって言い返した。「どちらがお好みだったでしょう？」

「完璧な答えだ」ドミニクが言ったが、突っ込んで訊こうとせず、運転席のうしろのドアをあけて後部座席から黒光りするバイオリンのケースを取り出した。

彼はリモコンキーを押してＢＭＷをロックすると、広い草地を指さした。低めに作られた駐車場のフェンスを越えた先にある野原を。

「こっちだ」

サマーは靴を脱いで草地に入った。ドミニクの言うとおりだ。裸足も同然の足で踏む草は、濡れて水気を含んでいる。じきに、この感じは心地よいものになった。ドミニクが先に立って、池を通り過ぎ、屋外プールに面した小さな橋を渡り、小道を進んだ。そこでサマーは靴をはき直さなくてはならなかった。無数の小石が踵に食い込んでくるからだ。ずぶぬれのナイロンが硬い革にびしゃびしゃ音を立てる感覚は気持ち悪いが、またすぐに広い草地に出ると、彼女はストッキングに戻り、しっかりした足取りで進むドミニクのあとから、片手で靴のストラップをつかんで歩いた。どこへ向かっているのだろう。このあたりの荒れ野はよく知らないが、ドミニクはなんとなく信頼できる感じがする。直感で。まさか自分を森の洞窟に誘い込んで体を奪おうとはしていないだろう。そんな運命が待つと考えるのは、ちっとも不愉快ではないが。

およそ二百メートルにわたり、木々の天蓋が空の青と太陽のぬくもりを隠す場所を通り、ふたりは日差しのなかに出た。オープンエアの円形競技場へ。どこまでも緑が続き、活気のある海から浮かび出てくる島のように見える土地で、やや傾斜していて、盛り土の上に野外ステージがあった。古風なヴィクトリア朝式の錬鉄製の柱がところどころ錆びつき、のどかにがらんとした競技場を見渡している。

サマーは息をのんだ。これは美しい、完璧としか言いようがない舞台装置だ。奇妙にさびれていて気味が悪い。これで、なぜドミニクが早朝にここで会うと決めたかのみこめた。ここなら見物人はいないだろうし、いたとしても、ごくわずかだろう。だが、サマーのバイオリンの音色がはるばる荒れ野の向こうから数人を惹きつけるようになれば話は別だ。

ドミニクが会釈をして、ステージのほうに手を差し伸べた。ふたりはもうそこに着いていた。

「さあこれを」ドミニクがサマーにバイオリンのケースを渡し、彼女はステージに続く石段を上った。

ドミニクはステージの一角に立ち、柱の一本にさりげなくもたれた。

ほんの一瞬、サマーは反抗したくなった。どうしてわたしはこの人のバカげた命令に従って、こんなにおとなしくて愛想がいいの？　頭のどこかでは、断固とした態度で〝いやよ〟か〝お断り〟と言いたがっていたが、最近まであるとは知らなかった別のどこかは、ゲームにつきあいなさいとささやきかけていた。〝イエス〟と言いなさいと。

サマーは立ちすくんだ。

やがて気持ちを落ち着かせ、ステージの中央に移ってケースをあけた。すばらしいバイオリンだ。前に使っていた、ボロボロで、もう役に立たない楽器よりはるかにいい。サマーがむさぼるように手を這わせ、つややかな表板、棹《ネック》、弦をたどっていると、ドミニクと目が合った。

「これは一時しのぎにすぎない」ドミニクが言った。「お互いに納得がいく契約を結べたら、きみが長期間使えるバイオリンを用意しよう。もっと質のいい品を」

この場では、サマーはこれより上質のバイオリンを持つことを想像できなかった。この重さ、バランス、カーブ、どれをとっても申し分ない。

「演奏してくれ」ドミニクが言いつけた。

サマーはシャーロットのコートを脱いで床に落ちるに任せた。むき出しの肩に触れる冷気はそよ風にすぎず、彼女は未知の領域へ進んだ。いま立っている場所を忘れ、不自然で心細い状況を気にせず、この奇妙で危険な男性と結ぶ関係――そう、これは関係になるにちがいない――に漂う雰囲気をものともせずに。

サマーはステージの床に置いたケースから弓を取ろうとかがみこみ、自分でも意識して、ドミニクにちらりと胸を見せた。この黒のドレスを着るときはブラをつけないことにしている。振り向いてドミニクを見ると、彼はその場に立って、根気よく、無表情に待っていたので、サマーはバイオリンの調弦を始めた。その音色は豊かで、ステージ上で跳ね返り、音符という音符が屋根に向かって漂っては静かなこだまのように戻ってくる。

そしてヴィヴァルディを弾き始めた。

サマーはもう『四季』を暗譜している。路上演奏であれ、友人たちに聞かせるのであれ、ただの練習であれ、この曲は彼女の得意の出し物だった。この数百年前の曲にひたすら胸がときめき、いつも目を閉じて演奏すると、何枚もの絵画で見たルネサンス期のイタリアの風景を再現できる。自然とものごとの原理が明らかにされていく時代を。なぜか、ヴィヴァルディに刺激された音楽の夢想に実在の人物はめったに登場しないが、サマーはこの妙な事実に、性衝動に関係のありそうな欠落に理由を見つけようとしなかった。

時間が止まった。

いまバイオリンから解き放っている音はこのうえなく喜びに満ちていて、サマーはこの曲にまったく新たな未知の一面を発見したような気がした。これほどみごとに演奏し、リラックスして、旋律の核に潜む真実に気づき、その波を操り、大きな渦にのみこまれたのは生まれて初めてだった。セックスに負けないくらいすてきだ。

三曲目の『秋』に入ったころ、サマーは少しのあいだ目をあけてドミニクがどうしているか確かめた。彼は相変わらず先ほどの場所で、じっとして、考え込み、催眠術にかかったようにこちらに目を据えている。サマーは以前だれかに、体つきがバイオリンにそっくりだと言われたことがある。ウエストがくびれていて、ヒップが豊かで。あの人もいま、この黒のベルベットのドレスのうねっている襞《ひだ》の下にそんな体を見ているのかしら？

見物人が何人か、空き地の縁に立っている。バイオリンの音に惹かれて来たのだろう。名も知らない見物人だ。

サマーは深く息を吸った。ひとりだけに聴かせるコンサートではなくなり、安心もすれば、がっかりもした。『秋』を弾き終え、ついに演奏を終えた。すでに魔法は解けていた。

ジョギングウェアを着たふたりの女性が遠くで拍手した。

ひとりの男性はまた自転車に乗り、荒れ野でサイクリングを続けた。

ドミニクがそっと咳払いをした。

「四曲目の『冬』はほかよりちょっと弾きにくくて」サマーが言った。「楽譜を見ないと、ちゃんと弾けそうもありません」彼女は弁解した。

「かまわないよ」

サマーはドミニクの評価を待った。彼はこちらをじっと見ている。

重苦しい沈黙のせいで、サマーは気が滅入ってきた。また先ほどのように、朝の冷気をむき出しの肩に感じる。彼女は身震いした。ドミニクは反応を示さない。

ドミニクが見ていると、サマーは傍目《はため》にもわかるほど緊張感を募らせていった。音楽と演奏は抜群で、これ以上は望みようがなかった。ここで演奏させたのは名案だったし、このソロ演奏が彼のなかから多くの強烈な感覚を、ひどく親密に結ばれているという印象を引き出した。こうなると、サマーの肌に触れたらどんな感じがするかを知りたい。むき出しの肩のなめらかな曲線を指で、舌で触れる感じを。あのドレスに隠された数え切れない秘密を。すでに彼女の体つきを思い描いてみた。前々から後悔していたのは、若いころ楽譜の読み方を覚えず、どの楽器も習わなかったことだ。いまから始めるのは手遅れだが、サマーは楽器であり、何時間でも続けて演奏できるとわかった。そして、そうするつもりだった。

「実にすばらしかった」

「ありがとうございます、ご親切に」サマーはドミニクをからかわずにいられなかった。とびきり幸せな気分に浸っているからだろう。

ドミニクが眉を寄せた。

評価が下りたとたんにサマーの顔に安堵の表情が広がったが、彼女はまだぴりぴりしている――胸を張り、歯を食いしばっている姿から見て取れる。おそらく、これはまだ序の口だとわかっているからだろう。この先があると。

「きみにバイオリンを提供しよう」

「でも、これをわたしのものにできないんですよね?」サマーが不満げに言いながら、長くなめらかな棹を独占したいという手つきで撫でた。「すばらしい楽器なのに」

「そのとおりだが、さっきも言ったように、次はもっといいバイオリンを見つける。きみにはそれだけの価値がある」

「本当に？」

「そうだ」ドミニクの口調はきっぱりしていて、それ以上の言い合いを許さなかった。ドミニクはサマーに近づいてきて、コートを拾って彼女に着せた。ふたりは歩いて駐車場に戻り、そこでサマーはドミニクにバイオリンを返した。

サマーには訊きたいことが山ほどあったが、なにから訊いていいかわからなかった。

ドミニクが車の助手席を指さした。

「少しつきあってくれ」彼が指図した。

サマーは従った。

車内は煙草臭いのかと思ったら——なんとなく、ドミニクは喫煙者に見える——そうではなかった。ほんのり麝香の香りがするが、いやな匂いではない。

ドミニクは運転席につき、サマーがすぐそばにいると感じた。とうにシナモンの匂いは消え、いま直感でわかるのは、彼女がけさの洗顔で使った石鹸の匂いだけだ。どこか甘く、清潔で、安心させる匂い。コートに包まれた体がぬくもりを放つのがわかる。

「次の機会には、きみのバイオリンを使ってもらうことにしよう。わたしがこれから探す、きみにぴったり合うものだよ、サマー。金に糸目はつけない」

「わかりました」

「さて、今度は初めて男と寝たときのことを教えてくれ。セックスの初体験だ」

つかの間、サマーがふいに言いつけられて唖然としたように見えた。ドミニクは一瞬、見込みちがいだったかと、彼女は最後までやり通せないのだろうかと思った。

サマーが黙り込み、考えと記憶を整理した。斬新なやり方でこの男性と親しくなった以上、いまさら尻込みしてもしかたない。

車のフロントガラスが少し曇り始めていて、ドミニクがエアコンのスイッチを入れた。

サマーはことのしだいを彼に話した。


そのバイオリンはピエール・バイイという製作者が一九〇〇年にパリで作ったもので、ドミニクは五桁の安値を支払った。最初は専門の業者のカタログで目を引かれた。板はオレンジ色や茶色というより黄色に近くなっていて、穏やかな色調が静けさと忍耐をもたらすが、彼の考えでは表面のつやが長い年月旋律と経験を持続させてきたのだ。バーリントン・アーケードにある小さな店の店員は、ドミニクがまず弾いてみたいと言わないので驚いていた。知人のために買うという話を最初は信用しなかったようだ。ドミニクは自分の指が長く、演奏家の指だと知っていた——友人やこれまで寝た女性の多くにそう言われた——が、本物の演奏家に見えるだろうか？　ましてバイオリニストに見えるはずがない。

高価なアンティークのバイオリンには来歴の保証書がつけられ、過去百十二年間の所有者がすべて記載されていた。わずか五人だった。ほとんど外国の名前で、この楽器が戦禍に巻き込まれたこと、歴史の流れに従って大陸を移動したことを物語っていた。最近の持ち主はエドウィナ・クリスチャンセンという。店員が聞いた話では、彼女の死後、相続人がオークションでこの楽器を売り、同時にほかの安い品々もまとめて業者に買い取られたらしい。申し訳ありませんが、と店員はドミニクの問いにこう答えた。立場上、亡きミス・クリスチャンセンについて詳しくお教えできません。

バイイ作のバイオリンにはケースがついていないので、ドミニクはインターネットで新品を手に入れた。サマーのためにはこれが無難だと思った。今度の楽器と同様にひと目で古いとわかるケースに入れて、アンティークを持っていると見せびらかさないほうがいい。ドミニクは昔から用心深いうえに人一倍現実的な人間だった。

ケースが届くと、あせた黄色のバイオリンを新しい住まいに移し、丁寧に包装してから運送業者に渡して、サマー・ザホヴァがイースト・ロンドンで数人と同居しているフラットに届けさせた。指示は明確だった。受領証はかならず本人にサインさせること。さらに、着荷が迫ったらこちらに通知するようにと言いつけた。

サマーから届いた携帯メールの文面は、たったひと言だった。〝美しい〟

ドミニクが高価な品に添えて送った手紙には、このバイオリンでなるべく時間をかけて練習して、リハーサルをしておくように、そのうち新しい挑戦を伝える、と書いておいた。さらに、これをまだ人前に持ち出してはいけない、地下鉄構内での演奏はもってのほかだと詳しく指示を出した。

こうなると、今度は段取りをつけて何件か照会をするしかない。

ドミニクの広告は音楽大学にあるフリーランス用の求職掲示板に貼り出され、三人の演奏家を募集した。なるべく三十歳未満、弦楽四重奏団で演奏していた経験があり、最低限のリハーサル時間と変わった条件で一回かぎりの演奏をしてもかまわない者。口を慎んでくれれば謝礼を存分に支払う。申込書に写真を一枚添えること。

一件の応募がすべての条件に合っていた。大学二年生のグループで、一年生のときはずっと弦楽四重奏団として活動してきたが、いまはメンバーが不足していた。第二バイオリンが半月ほど前にリトアニアに帰国したせいだ。ふたりの若い男性は、それぞれバイオリンとビオラの演奏家で、容姿はまずまずだ。いっぽうチェロ奏者の、豊かな金色の巻き毛の若い女性はかなりの美人だ。

出張演奏の募集に応えてポストに届いたほかの申込書は、どれも経験の浅いソロ演奏家からのものだったので、あっさりと決められた。

正式な面接をする前に、ドミニクは三人のために用意したアンケートを送っておいた。そのすべてに前向きな回答が戻ってくると、三人組が高額の報酬に考えをめぐらしているはずだと思い、スカイプで相談する手配をして、残っている質問に答え、いくつかのさらに変わった注文と要求に対する反応を見きわめた。

三人とも黒一色の服を着ること。四人目の演奏家と短時間一緒にリハーサルをしてよいが、本番では目隠しをしてもらうこと。今回の秘密コンサートを口外したら制裁を受けるという違約条項が記載された契約書にサインすること。演奏が終了したら、雇い主及び匿名のバイオリニストに二度と接触しようとしないこと。

この申し出を聞いて、三人とも怪訝《けげん》そうだったが、報酬の力で疑惑をはねのけたようだ。ブロンド女性のチェロ奏者は、リハーサルをする場所の案まで出した。民間で使用されている教会の地下納骨堂は、音が反響する具合が弦楽器にうってつけで、〝なにをするにせよ、完全なプライバシーを保てる〟と彼女が言った。まるで、ドミニクの家はリハーサルに不向きだとお見通しだったように。

よくもこちらの考えがわかるものだ。ドミニクは彼女の愉快そうにきらめく目を見ながら不思議に思った。

曲目を決めると、ドミニクは三人の住所、氏名などを書き留め、面接を終えた。これで準備万端整い、あとは日取りを決めればいい。彼は携帯電話を手に取った。

「サマー？」

「はい」

「ドミニクだ。来週、また演奏してもらう」ドミニクはサマーに告げ、場所と時間を教えた。合わせて曲目も伝え、彼女は四人の演奏家のひとり、四重奏団の四人目であり、ほかのメンバーとともに二時間のリハーサルをしてから本番に臨むことを話した。

「二時間では足りません」サマーが言った。

「それはそうだが、これはほかの三人がよく知っている曲だから、やりやすくなるだろう」

「わかりました」サマーが折れた。そして言い足した。「あのバイイは地下納骨堂で最高の音を出しますよ」

「そのはずさ」ドミニクは言った。「それから……」

「それから？」

「きみは裸で演奏するんだ」

5　思い出とわたし

　ドミニクに初体験のことを訊かれた。

　打ち明け話に応じたのは、あとから思えば奇妙だけれど、『四季』を弾いたわたしはとっくに夢の世界に入っていた。いつものとおりに。

　それがいけなかった。

　そして、これはわたしが彼に話したことだ。


「初めての経験はひとりですませました。マスターベーションで。かなり早くから始めたんです。友だちより早かったんじゃないかしら。でも、だれともその話をしなかった。いつもちょっと恥ずかしかったから。なにをしているのかよくわかっていませんでした。いったことが一度もなくて——少なくとも、二、三年はありません。

　この前わたしが演奏しているところを見て気づいたでしょう、あの曲のある箇所まで来ると、まるでトランス状態になる——自分の世界に入ってしまう——けど、演奏をやめたとたんにぱっと現実に戻るんです。バイオリンを弾くと、ほら、きまって体に影響が出ました。いわば解放感があるけど、敏感にもなるから」

わたしはドミニクに視線を戻して彼の反応を確かめた。

彼は運転席を倒してもたれ、くつろいでいた。わたしも真似をして、車の匂いを吸い込んだ。清潔でさわやかな匂いは、わたしに言わせれば、いかにもBMWのオーナーらしい。車内はちりひとつなく、個性に欠け、食べたばかりのスナック菓子のかけらもなく、銃のホルスターも怪しげな包みも目に入らず、先ほど彼が読んでいた一冊の本がダッシュボードの上にのっていた。聞いたことがない作家だ。

ドミニクはこちらを見ず、フロントガラス越しにひたすら前を見据えている。表情はすっかりくつろいでいる人間のもので、瞑想に入る一歩手前といった感じだ。異例のなりゆきなのに、ドミニクの反応、というより反応のなさに、わたしは緊張をゆるめた。これまでだれにも打ち明けなかった秘密を打ち明けているのに、こんなふうに彼が車内に溶け込んでいては、ひとりごとを言ってるみたい。

先を続けた。「ときどき裸で弾きました。窓をあけて、ひんやりした空気を体に感じて。明かりをつけてカーテンをあけたままにして、わたしが裸でバイオリンを弾いている姿が近所の人たちに見えると想像してたんです。見えたとしても、いっぺんも言われなかったけど。

これがしばらく続いて、ひとりで長時間過ごすのをやめました。高校に入ると、わたしが情緒不安定で妄想を抱くようになってきたと母が心配し始めて、運動部か演劇部に入れようとしたんです。娘に〝ふつうの〟ことをしてほしかったみたいで。その件でけんかをして、結局母が勝ちました。どの運動部にするかは選ばせてくれましたけど。水泳部に決めたいちばんの理由は、母をいらいらさせるためでした。だって、母の本音は娘にチームスポーツを、ホッケーとかネットボールをさせたかったわけだけど、このラウンドではわたしが母を言い負かしたんです。腕が強くなれば、バイオリンの演奏にも役に立つって」

この話を聞いたドミニクの顔をうっすら笑みがよぎったが、彼は黙ったまま、わたしが先を続けるのを根気よく待っていた。

「水泳は、実のところ、バイオリン演奏と同じ影響をわたしに与えました。水の感触と、プールを何往復もするうちに時間が消える感じが好きだった。ちっとも速くなかったけど、いつまでも泳いでいられたんです。何百メートルでも楽々と泳いでいたから、毎回コーチに肩を叩かれて、練習時間は終わりだ、もう帰れと言われました。

コーチはハンサムな人で、学生時代は地元のプロスイマーでした。勝てなくなって引退したそうです。その後は指導者になったけど、プロの体を保ってました。プールの救助員みたいな格好をしてた——Tシャツとショートパンツとこれ見よがしの笛で。わたしはたいてい彼を無視してました。うぬぼれてると思ったし、なんだかそぐわない気がして。まるで職権をひけらかしているみたい。ほかの女の子はみんな熱を上げてました。わたしは彼が何歳だったか知りません。いくつ年上だったのか。

その人でした、結局。水泳のコーチです。初めての相手は」

もう一度ドミニクのほうを見た。彼の顔は相変わらず無表情で、ぼんやりしている。

「続けて」

「ある日の午後、コーチは練習を止めませんでした。いつまでも泳がせていたんです。わたしは自分で泳ぎをやめました。それまで何往復したことか。ふと気がつくと、あたりが暗くなってきて、プールにわたしひとりしかいなかったんです。ほかのみんなはもう帰ったあとでした。プールから上がると、コーチにこう言われました。きみはやめていいと言われるまで続けるかどうか、確かめたかったと。

タオルを持って更衣室に入り、体を拭き始めたら、なんだかその……ええと、むらむらしてきて。どうしてか、ほんとに、それがなんなのかわからない。でも、あの感じがすごく強くて、家に帰るまで我慢できなかった。自分の体に触っていると、彼がドアからのぞいてました。わたしが閉め忘れていたのかもしれない。彼がドアをあけた音には気づかなかった。

わたしは手を止めなかった。止めるべきだった、とは思うけど、向こうの目つきに押されて……続けたの。あれが生まれて初めてオーガズムに達したときだった。彼に見つめられながら。そのとき彼が更衣室に入って来たの。わたしがいったのを見届けてからよ。彼がペニスを出したから、思わずじろじろ見てしまった。

〝こんなものを見たことがないんだろう?〟と言われたわ。

ないと答えたの。

それから、これを体のなかで感じてみたいかと訊かれて、そうしたいと答えた」

わたしはドミニクのほうを向き、先を続けさせたいのか、もっと聞きたいと思っているのかどうか確かめた。彼はあっという間に現実に戻った。

「けっこう」ドミニクは運転席を元の角度に戻して言った。「知りたかったのはそれだけだ。続きはまた別の機会にでも」

「いいですよ」わたしもレバーを引いて座席を元に戻した。この人に身の上話を語ったらもっと気まずくなるはずが、そうはならなかった。どちらかといえば、過去の秘密の重さがわたしの心からドミニクの心へ移り、少し気持ちが晴れたような気がする。

「どこで降ろせばいい？」

「駅で降ろしてください」

「わかった」

ドミニクはわたしのセックス遍歴に詳しくなったかもしれないけれど、まだ彼に自宅の玄関まで見せる気にはなれない。それに、どのみち相手がそれを望んでいるかどうかもわからないのに。


ドミニクからプライバシーを守ろうとするまでもなくなった。一週間もしないうちに自宅の住所を訊かれ、外出せず荷物の受領証にサインする日時を伝えられた。ためらった末に彼に住所を教えた。通りの先にあるピザ屋の配達人を除けば、ドミニクはわたしの個人情報を知るロンドンでただひとりの男性になる。そのほうがいい。彼にはわたしに送る物があるのに、住所を教えたくないと言ったら、無愛想か、被害妄想に見えるのがおちだ。

その荷物は、うすうす察していたとおり、ドミニクが約束してくれたバイオリンだった。ヴィヴァルディを弾いたときに用意されたバイオリンの質からすると、すばらしい楽器を選んでくれると思ったけれど、まさかこれほどの名器とは思わなかった。それはビンテージのバイイで、板は淡い黄色、キャラメル色に近く、ニュージーランド産のマヌカの蜂蜜の瓶詰を光にかざした色だ。わたしは故郷を思い出した。ワイホー川の川面に日が差したときのやわらかな黄金色の色調を。

同封されている証明書によると、最近の所有者はミス・エドウィナ・クリスチャンセンという。わたしのバイオリンが持つ来歴にがぜん興味を引かれ、この名前をグーグルで検索してみたけれど、経歴がさっぱりわからない。まあ、いいか。あとは想像にお任せということで。

ケースは新品だ。外側は黒で深紅のベルベットで内張りがされている。ちょっと陰気でわたしの趣味に合わないし、バイイのぬくもりにもふさわしくない。でも、ドミニクは頭のいい男性に見えるし、ばかばかしい意味でロマンチックではなさそうなので、新品のケースは中身の価値をごまかす方便にすぎないのだろう。

ドミニクは指示書も同封していた。荷物が到着したら知らせること。それを使って、なるべく長時間練習すること。ただし、人前に出てはならない。そして、次の指示を待て。練習をしながら待っていること。

バイイで練習をするのは楽しい。これはわたしにぴったり合う。まるで、この体はこれを持つために発達したみたい。もう路上演奏の仕事は休みを取ってある。地下鉄構内でけんかに巻き込まれ、事情が事情なので、世話役はとても物分かりがよかった。わたしはバイイを毎日、絶えず弾き続けて、これまでになくめきめきと腕を上げ、音楽が自然に指から流れ出た。旋律がずっとわたしのなかにとらわれていて、ドミニクのバイオリンがそれを解放する鍵であるかのように。

練習は楽しいけれど、待つとなると話がちがう。辛抱強いたちなので、昔から持久力を競うスポーツが好きだった。でも、いったい自分がなににサインをすることになるのか、それをちゃんと知りたい。この世にうまい話などないはずだから、ドミニクはバイオリンにした投資に見返りを求めるだろう。どんな支払い条件になるかを納得するまで、このバイオリンを贈り物ではなく借りものだと考えなくちゃ。彼は取り決めを結ぼうと、お互いに満足できる契約をしようと言い、わたしの〝パパさん〟になるとは言わなかった。そんな申し出をされていたら、即座に断っていた。それでも、彼の望みがわかるまで、それを与えたくなるかどうか決められないだろう。

ダレンと別れてまだ日も浅いのに、次につきあう人を探しているわけじゃない。しばらくひとりでいるつもりだ。だいいち、ドミニクは恋人募集中という男性には見えない。近寄りがたくて、一匹狼で、必死にデート相手を探している雰囲気がない。わたしはドミニクが最初によこしたメールの内容をじっくり考えた。たぶん変態の気があって、芸術的なポルノ写真を山ほど集めているけれど、〈ガーディアン・ソウルメイト〉のサイトにはプロフィールを載せない人じゃないかしら。

わたしとデートしたくないなら、いったいなにが望みなの？

もう一度バイオリンを見て、棹の優雅なラインに手を滑らせた。これは何万ポンドもするにちがいない。

どれほど大きい見返りを、そしてどんな見返りをドミニクは求めているのかしら。どうすればあんな男性が満足するの？

セックス？　それは見えすいた答え。でも、わたしに言わせれば、まちがった答え。

セックスを求める男性だとしたら、わたしを夕食に招いていたはずだ。援助する相手を探している、裕福なクラシック音楽ファンなら、あれこれ芝居がかった行動をせずにバイオリンを贈っただろう。

ドミニクの態度にはもっとなにかがある。変質者めいたところはないけれど、どんなゲームをしているにせよ、楽しんでいるふしがある。なにか狙いがあるのか、それともお金持ちで退屈しているだけなのか。

もちろん、バイオリンを送り返してもよかったし、そうするのが当然だったかもしれない。でも、わたしはバイオリンだけに惹かれたわけじゃない。正直言って、興味がある。

ドミニクは次にどう出るかしら?

数日後、携帯電話が鳴った。

もしもしと言う間もなく、ドミニクが切り出した。ほかの場合だったら腹を立てていただろうが、最後まで話を聞くことにした。

「サマー?」

「はい」

ドミニクから落ち着き払って知らされたのは、わたしが来週の午後に演奏することだった。チェコの作曲家スメタナの弦楽四重奏曲第一番——さいわい、好きで、まあまあなじみがある。ファン・デル・フリート先生のお得意の曲だったからだ。今回わたしは、四重奏団の三人と一緒に弾くことになるという。彼らはこの曲をよく知っているそうで、バイオリニストとビオラ奏者は、以前の演奏会でも何度か弾いているようだ。わたしは自分のプライバシーや、この件にかかわる演奏家たちの慎みに不安を抱かなくてもいい。彼らは今回の詳細をけっして口外しないと請け合った。

それはありがたいわ。こっちは裸で演奏するんだから。

ほかの演奏家が目隠しをするよう指示されてから服を脱ぐので、わたしの裸を見るのはドミニクだけだ。

そう言われたとたん、体じゅうが熱くなった。やっぱり、やめると言ったほうがいいかも。たったいまドミニクは、彼の前で服を脱ぐよう露骨に要求した。でも、ここで断れば、彼がなにをたくらんでいるのかわからずじまいになる。それに、とわたしはぼんやり考えた。次はいちおう三度目のデートになる。ときには最初のデートで相手を家に連れ帰ることを思えば、裸になるのも大差はない。前もって同意したところがちがうけれど。

あら、したかしら?

ドミニクはわたしと寝たいとは言わなかった。

わたしを見ていたいだけかもしれない。

そう思うと、不安でいっぱいになったものの、一生懸命その感覚に気づかないふりをしたのに、いつしかわたしは昂ぶって濡れていた。

無理もない。わたしはずっとバイオリンをなくしたことにとらわれていて、文無しになったいまはバイイに縛られ、デートする暇がなく、ダレンと最後に寝て以来、セックスもご無沙汰している。それにしても腹が立つ。ドミニクのことを思うと体がこんなふうになるなんて。そのせいで、彼はどんな交渉をする気でいても、有利に進められる。

裸になり、ドミニクにじっと見られたら、わたしがどんな影響を受けているかばれてしまう。ハムステッド・ヒースに行った日、車のなかで打ち明け話をしたので、彼はもう驚かないだろう。

たぶん、わたしは彼が望んでいるとおりの反応を示すことになりそう。

これが意志の戦いだとすれば、わたしは彼が求めていた攻撃材料をひとつ残らず与えてしまった。


一週間後、ドミニクが借りた場所へ出かけた。セントラル・ロンドンにある、民営の地下納骨堂だ。わたしはここを知らなかった。とはいえ、こういう場所があると聞いても驚かない。ロンドンは驚きに満ちた街だ。電話で話したときにここの住所を教えてもらったけれど、新鮮な気持ちで演奏できるよう、下見してはいけないと言われた。それでも調べておこうかと思ったのに、手紙に書かれていた指示にどうしても従わなければいけない気がした。だって、ドミニクがバイオリンを買ってくれたのだから、この演奏会だけは彼のもの。

納骨堂は脇道に引っ込んでいて、場所を見つける手がかりになったのは、木製の扉の左手についている真鍮の小型プレートだけだった。おずおずと扉をあけてなかに入ると、急な階段が地下の闇に伸びていた。

一ブロック手前でフラットシューズをハイヒールにはきかえてあった。でこぼこした石の床を歩き出し、右側の壁をぎこちなく手さぐりして手すりを探しているうち、バランスを崩してまっさかさまに階段を落ちそうになった。

思わず息をのんだ。怖いからではない。たしかに、常識の声が訴えている。神経をとがらせなさい。だれかに行き先を教え、無事を知らせる電話をかける約束をしておくべきだったと。わたしはだれにも、シャーロットにさえ、バイイの件もこの地下納骨堂の件も話していない。今回迎えた人生の転機はどうにも怪しげで、人には打ち明けにくい。それに――わたしは肩をすくめた――ドミニクにわたしを殺す気があったとしたら、これまでに何度もそのチャンスがあった。

胃が締めつけられ、動悸がしても、神経はぴりぴりしていない。むしろ、わくわくしていた。三人の見知らぬ演奏家との共演はかならずやりがいがある。それに、わたしはあの曲を練習して、どんな場合でも完璧に弾きこなせるようになった。ドミニクは、自分を満足させるレベルに達しない午後を楽しまないだろう。なにをもくろんでいても、細部まで、わたしの演奏も含めて、一分の隙もなく計画を立ててあるにちがいない。

もちろん、裸になる時間が迫っているという別の問題もある。でも、ドミニクのために裸で演奏すると思うと、反感を覚えるどころか、かえってそそられる。わたしにはもともと露出狂の気があった。この貴重な情報を、ドミニクはわたしから初体験を聞き出した日に心にとどめておいたらしい。

それでも、わたしは無口なほうで、そのためもあって、人前で見せ者にされる気がするのだろう。自宅のリビングルームでは裸で気持ちよく歩き回っても、他人同然の男性の前でわざと服を脱ぐのはまったく別問題だ。きちんとできるかどうか自信がない。心が乱れていた。断ったら、ドミニクのせいで腹を立てたのがわかってしまう。でも、引き受けたら、相変わらず主導権を握るのは彼のほうになる。そのとき頭の奥に湧いた考えをどうしても振り払えなかった。わたしはこのなりゆきじたいに興奮している。でも、なぜ？　どうしちゃったの？

とりあえず、服を脱ぐ覚悟をしておくことにした。そうすれば、いざとなったら決心できる。今日の演奏会の準備は、バイオリンの練習以外にも、みっちりしてあった。けさはゆっくりシャワーを浴び、脚のむだ毛を丁寧に剃り、ビキニラインの上で手を止めた。剃るべきか、残すべきか？　それが問題だ。ダレンがつるつるにするほうを好んだから、ここを伸ばしておいた。わたしのささやかな抵抗。どうせ、彼はめったにここにキスしたりしなかった。

ドミニクはどんなふうにしてほしいのかしら？

彼はいっぷう変わった男性で、これまでは、たとえばリッチな物が好きなことを見せつけてきた。セックスの好みは奇抜な感じではないかしら。わたしのヘアを気に入るかもしれない。かすかに麝香が香る、この覆いを。心が踊り出し、暗い小道を進み、いろいろな思いは理性に打ち切られた。わたしはファンタジーを頭から押しのけた。ドミニクはもう充分わたしの魂に向けて窓をあけた。今日のほかの演奏家が目隠しをして、見られなくてすむのは助かった。

結局、恥毛は少し切り揃えるだけにして、カーテンとして取っておいた。ほんの三、四センチのプライバシー。ドミニクの前で丸裸にはなれない。いまはまだ。

納骨堂の階段をゆっくりと下り切ると、また別の木製の扉があり、それを押しあけた。たちまち五感が衝撃を受けた。納骨堂の空気は甘ったるく、どんよりしていて、ここは地下だ、閉じ込められたという感じがする。天井は高くても、部屋が狭く、頭上で曲線を描くアーチのせいで閉所恐怖症を引き起こしそうだ。一瞬、シャーロットと出かけたフェチ・クラブの地下牢を思い出した。この納骨堂のほうが地下牢のイメージにぴったり合っている。

四方の壁は弱い電灯の光を浴び、古びた雰囲気と奇妙な対照をなしていて、灯したばかりの蠟《ろう》燭《そく》の匂いが漂う。ひんやりするけれど、明かりのスイッチがあるなら、ここになんらかの暖房施設があるはずだ。ドミニクがヒーターを切ってもらったのかも。本物の雰囲気を求めて。それとも、この体が冷気にさらされたら肌がどうなるか見たいのかもしれない。バイイのケースを握る手に力をこめ、そんな考えを頭から追い払った。

三人の演奏家がわずかに高くなった舞台の上にいるのを見て、そちらへ向かった。ハイヒールで石の床を足早に横切ると、こだまがリズミカルに返ってくる。先ほどまでの不安がにわかに喜びに変わった。なるほど音響効果がすばらしい。ここならバイイも最高の音色を聞かせてくれる。もうすぐドミニクはまたとない演奏会を楽しめるはず。それだけは、わたしにも請け合えるわ。

四重奏団のほかのメンバーは位置に着き、わたしを待っていた。でも、約束どおり、ドミニクの姿がない。わたしは自己紹介をした。最初はちょっと気まずかった。だれにとっても、この状況は変わっている。

三人はそれぞれ黒のスーツとぱりっとした白のシャツを着て、黒の蝶ネクタイを締めていた。そのうちふたり、バイオリニストとビオラ奏者は男性で、物静かなほうだ。チェロ奏者は、ローラリンと名乗る女性で、グループのリーダーだと見え、三人分しゃべった。自信満々だが、うっとうしくない。彼女はニューヨーク出身のアメリカ人で、ロンドンで音楽を学んでいるという。背が高くて脚が長い、男まさりの体つきに、ドレスシャツと蝶ネクタイ、身ごろを詰めてウエストとヒップを強調した黒の燕尾服という、男性のような服装をしている。豊かな金髪と繊細な顔立ちがあいまって、昔ながらの意味で男らしさと女らしさが奇妙に同居している。また、それがとても魅力的だ。

「ところで、ドミニクとは知り合い？」わたしは訊いた。

「あなたは？」ローラリンがすまして答えた。

彼女がちらりと見せたいたずらっぽい表情を、わたしは怪訝に思った。ドミニクはこの女性に計画を詳しく話したのに、わたしには教えてくれなかったのかしら。彼女は質問という質問をかわしてばかりいた。そのうち、わたしはさじを投げてリハーサルに取りかかった。もうあまり時間がない。

今回演奏するのはかなり激しい曲で、ちょっと暗いけれど、この舞台にはすばらしい選択だ。それに、ドミニクの言った通りだ。ローラリンとふたりの内気なパートナーは曲をよく理解している。

ドミニクの足音が聞こえてから彼がやってくるのに気がついた。靴音が石の床にこつこつと響き、スタッカートの連続音が、わたしが最終楽章でバイイから弾き出したE線の倍音に重なるころ、彼が舞台に近づいた。

ドミニクはわたしに会釈してから演奏家たちに目隠しをするよう合図した。

三人がそれに従った。

ドミニクはわたしが本番では裸で弾くことを彼らに教えなかったようで、舞台に上がってわたしにそっと耳打ちした。彼の唇が耳たぶをかすめそうになり、思わず顔がほてった。

「脱いでいい」

今回は黒のドレスではなくワンピースを着てきたのは、このほうが昼間の通勤電車で人目を引きにくいからだ。これはワンショルダー・タイプで、引き締めた形がわたしの体に合い、脇に隠しファスナーがついている。わざとブラをつけなかった。服を脱いだとき、脱ぐとすれば、肌にストラップの跡がついていないように。同じ理由でパンティもやめようとして、土壇場で思い直し、あとではいていてよかったと思った。地下鉄のバンク駅で、ホームから大股で電車に乗った拍子にミニのワンピースの裾がずり上がったのだ。

ドミニクが再びメインフロアへ下がり、舞台に向いている一脚きりの椅子に腰かけ、わたしを見つめた。絶えず上品ぶっている。陰でなにを考えているかわからず、自制心の薄い壁に守られて。そこに隠された猛々しさは彼が最初にのぞかせたぶんをはるかにしのいでいそう。

どんなことをすればドミニクがその性分を見せるのか、試してみたい。

わたしは息を吸って心を決めた。

脇に手をやり、ドミニクと目を合わせてファスナーをぐっと引いた。

引っかかった。

ファスナーと格闘していると、ドミニクの目が光った。くやしい。それに、ローラリンの顔にはまた笑みが広がっているの？　厚手の目隠しを通してわたしの姿が見えるのかしら？

ローラリンの視線まで体に注がれていると思うと、頰が燃えるようだ。

いまごろは肌が消防車の色に染まったにちがいない。せめてワンピースを一度のしなやかな身のこなしで下ろしたかった。映画のなかで主演女優がかならずそうするように。家で服を脱ぐ練習をしておけばよかった。ドミニクに手伝ってと頼むくらいなら死んだほうがましだ。やっとのことで、ワンピースを蹴って脱ぎ、そこでますます赤くなった。腰をかがめてパンティを脱がなくてはならない。少し横を向いて、こぼれ落ちる乳房を隠してから、この慎み深さがいかにばかげて見えるかに気がついた。これからまともに彼のほうを向いて演奏しなければいけないのに。

わたしはバイオリンを取り上げ、これを使って裸の体をもうしばらく隠したい衝動を抑えて向き直った。バイイを肩にのせて弾き始めた。ハダカがなによ、ドミニクがなによ。一瞬のいらだちに襲われたけれど、音楽がそれを押し流した。

次回は、もし次回があったら、服を脱ぐときも彼に弱さは見せない。


とうとう曲が終わり、わたしはバイオリンの棹を握る手をゆるめた。楽器を顎から離して下ろし、体の前ではなく脇につけた。ドミニクに向き合うと、彼はわざと、ゆっくりと手を叩き、謎めいた笑みを浮かべた。わたしの弓を持つ手がわななき、少し息が弾み、額がじっとりしている。まるで、十キロほど走り終えたばかりのようだ。本当にひたすらゴールを目指していたにちがいない。でも、演奏中は気づかなかった。頭のなかは東ヨーロッパとエドウィナ・クリスチャンセン、そしてバイイに秘められたさまざまな物語でいっぱいだった。

次はいつ短期休暇を取れるだろう。いつもお金に困っていて、ヨーロッパ旅行へはとうてい希望していたほど行けなかった。

ドミニクが軽く咳払いをしてわたしの夢想をさえぎった。

「よかったよ」

わたしはうなずいた。

「もう帰っていい。見送りたいところだが、ご同輩に挨拶して、報酬を支払わねばならない。ひとりでも無事に出口まで行けるね。大丈夫かな?」

「もちろんよ」

すばやくワンピースを着た。今度はあえてなにげないふりをしたけれど、内心はそれどころではなく、無事に出口まで行くという皮肉に取り合わなかった。

たぶん彼は、わたしが階段から落ちそうになったのをなぜか知っているのだろう。

「どうもありがとう」わたしは共演者たちに言った。三人とも目隠しをしたまま、ドミニクの指示を待っている。この演奏会の流れや自分たちの行動について、あらかじめ全員が明確な指示を与えられていたのは明らかだ。

いまに始まったことじゃないけれど、わたしは心から願った。ドミニクが彼らに規則を守らせた手だてがきちんとわかればいいのに。彼が他人に及ぼすこの影響力はいったいなに？ ことにあの女は言いなりだわ。

ローラリンは従順なタイプには思えない。その正反対だ。

彼女の腿がチェロを抱え込むようすに注目していたわたしは、その弾き方を思い出した。初めは棹をそっと握っていたのに、荒々しいまでの勢いで弾き、楽器の意志に逆らって旋律を絞り出しているようだった。

ローラリンがまっすぐこちらを向いて、また意地の悪い笑みを浮かべた。今度こそ確信した。彼女はこの計画に一枚嚙んでいるか、目隠し越しにどうにかしてわたしを見たかのどちらかだ。

わたしはバイオリンのケースを持ち、向きを変えて足早に出口へ歩いていった。できるだけプロらしい姿勢を保ったまま。わたしたちはどちらも自分の側の取引条件を満たした。わたしはバイオリンを手に入れ、ドミニクは裸の演奏会を開いた。

地下納骨堂から階段の下に続く扉をあけて立ち止まり、ひんやりした石壁にもたれて気持ちを落ち着けた。

本当にこれでおしまい、契約がまとまったの？　喜んでいいはずなのに、どうしても後悔の念を振り払えない。シャーロットならよくやったと言ってくれるだろうけれど、なにかが欠けているような気がする。

　息を吸い、振り返らずに階段を上がった。


　ホワイトチャペルのフラットに戻ると、廊下と共用のバスルームががらんとしているのを見てうきうきした。ほかの住人は外出している。よかった。いつもの世間話をしなくてすむし、わたしがなにをしでかすかと、あの人たちに気をもませなくてもすむ。わたしは自分の部屋に引き取って、昂ぶったものを解放しようとした。いまでは痛いほどうずき、帰り道はずっと悩まされていた。

　ベッドルームのドアを蹴って閉めるなり、脚のあいだに手を置いた。人差し指を自分のなかに差し入れて少しなめらかにしてから、指の腹をさっと時計回りに回転させる。つかの間、パソコンに目をやり、ポルノ動画投稿サイトを見てペースを上げようかと考えた。

　ダレンはわたしがポルノを見るのが大きらいだった。一度、わたしが彼のベッドのマットレスの下で見つけたポルノ雑誌を眺めながらせっせと励んでいるところを見つけ、一晩中むっつりしていた。なぜそんなに腹が立つのか訊いてみると、女性がマスターベーションするのは知っていたが、あんなふうにするとは思わなかったという。ダレンが焼きもちを焼いたのか、わたしのことをはしたないと思っただけなのか、見当もつかないけれど、彼と別れて、したいことはなんでもする新たな自由に格別なスリルを味わっていた。それでも、この調子ならほどなくオーガズムに達しそう。自分にうってつけの動画を探すのは骨折り損のくたびれ儲けだわ。それより、午後の冒険を頭のなかでリプレイしよう。

ふと思い出した。あのとき乳首がとがったのは納骨堂の冷気に触れたせいか——それとも、ドミニクのまなざしに応えたせい？　それにローラリンの？　わたしは左手で窓の留め金をあけるいっぽう、右手の指にかける力をゆるめず、せわしなく動かしていた。ワンピースのファスナーを、今回はあっさり下ろし——こんなものよね——蹴るようにして脱いだ。納骨堂でパンティをハンドバッグに突っ込み、ドミニクの前で身をよじらせてまではき直さなかったので、これですっかり裸になった。あとはハイヒールをはいているだけで、開いた窓から入って全身を撫でるひんやりした空気を楽しんでいる。

目を閉じて、いつもとちがってベッドに倒れ込まず、脚を広げて、窓辺にいる想像上の見物人の目の前で自分をもてあそんだ。

とうとう限界を超えたのは、ドミニクの最後の命令を思い出したせいだ。わたしがかがみこんで靴のアンクルストラップを外そうとしたときの、彼の口調を。

〝いや。そのままにしておくんだ〟

あれは挑戦ですらない。ドミニクの声に疑問の余地はなく、わたしはおとなしい女にはとても見えないだろうに、言いつけに背かれるかもしれないとは考えなかったようだ。相手に権力があると思うと、うまく説明できないけれど、エクスタシーの波にのみ込まれた。

わたしはのぼりつめた。すばらしいけいれんが性器を駆け抜け、その余波が体のほかの部分を心地よく温めてくれた。

昔からずっとこうだった。そういえばそうだ。ファン・デル・フリート先生に燃え上がり、くっついてレッスンを受けるのが大好きだった。先生はいわゆる男前じゃなかったのに。水泳部のコーチに、止めなかったらいつまで泳いでいるか確かめかったと言われたときはどれほど興奮したことか。フェチ・クラブでダンジョン・マスターにお尻を叩かれて、どんな感じがしたか。

これはどういうこと？

わたしはベッドに横になり、いま考えていたことを忘れようとして、不安な眠りに落ちた。

夕方、目が覚めたときも不安なままだった。それに、むらむらしたままだ。こんな気分を押しのけようにも、ほかのことを考えられそうにない。またマスターベーションにふけったところで、欲求不満をやわらげる役には立たない。

ドミニクの口調はえらそうだとか、いやに具体的に指示を出す癖があるとかいう考えが頭のなかを駆けめぐった。地下納骨堂の住所を教えてくれた言い方でさえ、わたしに火をつけた。電話をかけてみようかと思い、たちまち考え直した。なんて言うつもり？

〝教えて、ドミニク。わたし、どうすればいいの？〟

だめよ。そんなのばかばかしい。それに、わたしにはこんなふうに力がある。彼に悩まされたことを悟られないようにできる。そのうち向こうから電話がかかってくるわ。目に渇望の光をひらめかせて。いやでも新しい計画を思いつくだろう。それに、自分が守勢に回るのはちょっぴり退屈だけれど、彼の番なら楽しめる。

さしあたり、この新たな衝動を満たす別の手だてを見つけなくちゃ。

今度もシャーロットに電話しようかと思ったものの、まだこの手の話を打ち明ける気になれない。

あのフェチ・クラブ。どうかしているけれど、ひとりで出かけて、もう一度確かめてきてもいい。ちょっと見るだけだ。いったいわたしはどうしたのか、このなじみのない、怖いもの知らずの気持ちは。いっぽうでは怖いのに、他方ではうきうきする。うまくいかなかったら、いつ帰ってもかまわないんだわ。

あのクラブでは安心できた。自分で自分の面倒を見られないわけではないが、ウエストエンドのクラブは退屈だ。酔っ払った、触り魔の男たちが群れをなしていて、ひとりでバーカウンターやトイレに行く女性に片っ端から迫るんだから。

それでも、というより、だからこそ、フェチ・クラブのあけっぴろげな人たちが、常連客がまともそうに見える。低俗な連中ではなくて。

そうよ、あれはわたしがひとりで行ける店だわ。

グーグルでざっと検索したところ、シャーロットと出かけたクラブは毎月第一土曜日しか営業していないようだ。いまは木曜日の夜。大きめのフェチ・クラブはどこもあいていないけれど、小さなクラブへのリンクを見つけた。ホワイトチャペルからもタクシーに乗れば遠くない。地下牢があって、親密でなんとも気さくな雰囲気のほかに、謎の〝プレイエリア〟を備えている。ここならよさそう。ドレスコードを見ると、一定の厳しいルールが課せられるようだ。条件を満たす服を探さなくちゃ。浮いていると思われたくない。

十一時。そろそろパーティが始まっている。タクシーを予約してからクローゼットをくまなく探してふさわしそうな服を引っ張り出し、それを着た姿を鏡でしげしげと見た。選んだのは、体にぴったり合った紺色のハイウエストのタイトスカートで、前後に大きな白のボタンが何個もついていて、太いサスペンダーを留めている。ストラップは背中で交差して、前は両の乳房の上をまっすぐ通過している。ノース・ロンドンのホロウェイ街にある一九五〇年代のスタイルの専門店で買った品だ。これに白のハイネックのブラウスを合わせ、安物でもみすぼらしくない水兵帽をかぶり、赤のベルベットのパンプスをはいて、今年の初めに隣人が開いた制服で仮装する誕生パーティに出た。

今夜は靴に合う赤いブラをつけていて、ブラウスは着ていない。これでフェチの服装として通る？　シャーロットと行ったクラブで見かけたへんてこな衣装を思い出し、頭をひねった。これじゃだめね。店の雰囲気に溶け込みたい、となると、着ている服が少ないほうが人目を引かないはずだ。最後にもう一度鏡を見て、ブラを取った。サスペンダーが乳房の上できつく張り、押さえつけ、乳首を隠した。だいいち、もう一日の大半を真っ裸で過ごしたじゃないの。

タクシーの車内ではジャケットをはおり、その下は半裸だと思うと、ふてぶてしい気分になった。

鼻にピアスをした若くて気さくな黒髪の女性が、受付でささやかなカバーチャージを取った。左目の下に涙の滴形のタトゥーがある。女性に手首を出すよう言われ、入場スタンプを押された。長袖のラテックス製のタキシード形ジャケットの下に、彼女はほかにどんな秘密を隠しているのだろう。

ラテックスか。ここに通い詰めるなら、お金をためて買おうかな。でも、てらてらしたゴムが趣味に合うかどうか。シャーロットはさんざん苦労してラテックスの服を脱ぎ着していた。服を脱ぎにくいのは、わたしとわたしの欲望には厄介になりそう。

このなじみのない、心もとない状況には素面《しらふ》で向かい合うほうがいいけれど、バーで一杯飲んで自分のするべきことを知ろうとした。

スパイスをちょっぴり入れたブラディメアリーを持って、狭いダンスフロアをまっすぐ歩いていった。周囲に踊っている人は見当たらず、数人の客がおしゃべりしているだけだ。それからわたしは地下牢へ向かった。入口はあいていて、バーを出たところにもう一室あり、ドアはないが、ダンスフロアからなかが見えない。病院のベッドを囲んでいるような、緑色の医療用のついたて二枚で目隠しをしているのだ。面白い。

客の大半が地下牢にいた。外側を囲んだ椅子に座って静かに話している人もあり、行為に近づきながらも参加者から数歩下がったところで見ている人もいる。ふたつの指示が印刷された平凡なA4の用紙が、四方の壁に貼られていた。〝現場を邪魔しないこと〟がひとつで、もうひとつが〝まず、声をかけよ〟だ。この指示を読んで、妙に気が楽になった。

ふたり組の〝プレイヤー〟数組と三人組がふけっているのは、さまざまなレベルの、まあ、合意に基づく暴力行為だ。いろいろな道具や設備も使われている。たちまち注意を引かれたのは、部屋中に響く音だった。ひっきりなしに打ち下ろされる杖。それよりやわらかく打つ、マークが使ったような房の多いフロッガー。音とリズムは使い手の動きに合わせ、それぞれが発揮する凶暴さによって変わる。

いつの間にか、三人組のすぐそばに迫っていた。ふたりの男性が三人目の人物を叩いている。がっしりした体つきと剃り上げた頭を見て、最初はてっきり男性だと思った。でも、磔《はりつけ》台に押しつけられた胸のふくらみが見え、甲高い女のうめき声が聞こえたような気がした。男か、女か、たぶんどちらでもなく、両方少しずつ混じっているのだろう。美しい生き物だ。だったら、性別《ジェンダー》になんの意味がある？　ここではあまり意味がない。壁の指示を忘れ、三人をもっとよく見ようとしてにじり寄った。わたしにはまだ、これはある意味で衝撃的でありながら、とびきり魅力的でもある。

背後から伸びてきた手がわたしの肩にそっと触れ、声がした。

「なかなかいいね。そう思わない？」その声がささやいた。

「ええ」

「あんまり近づいちゃだめだよ。現実に戻ってしまうといけないからね」

わたしは三人組に視線を戻した。たしかに、それぞれ異次元をさまよっているみたい。なんらかの形でこの部屋にいるけれども、きちんといるとは言い切れない。まるで、だれもがひとり旅をしている途中のようだ。

いま彼らがどこにいるにしても、仲間に入りたい。

声の主に欲望を気取られたのだろうか。

「プレイしてみたい？」

一瞬、ためらった。まだ自己紹介もすんでいないのに、彼、または彼女は単刀直入すぎる。その反面、これこそわたしが求めているものかもしれず、それはだれにもわからない。

「ええ、してみたい」

だれかの手がわたしの手を取って、空いている設備に連れていった。もう一台の磔台だ。

「脱いで」

体がたちまち命令に応えた。これはドミニクにされた命令とほぼ同じで、それに応えてわたしのなかに欲望、あからさまな性欲があふれたものの、それ以上のものを求める気持ちもこみあげた。それがなんなのか、まだわからない。

サスペンダーを外し、乳房を解放して、スカートを下ろす。他人に見られている、ショーを楽しまれていると自覚するスリルを今回も味わいながら。わたしは磔台の上で両手両脚を広げた。この日、裸になるのは三回目だ。これがクセになってきた。

革のストラップが両の手首に巻きついて、不愉快なわけではないがきつく締められた。今回は行為を止められる〝セーフワード〟やしぐさの指定もない。まあ、いいわ。自信満々の態度からして、謎のパートナーは場数を踏んでいるようだ。もし耐えられなくなったら、〝やめて〟と叫べばいい。一杯しか飲んでいないから、頭はまともに働いている。それにこの部屋には、いざとなったらあいだに入ってくれる人がたくさんいる。

わたしは磔台で力を抜き、強打が雨あられと降りかかるのを待った。

やってきた。

今回は強く、前回に受けた〝スパンキング〟よりずっと強く、励ますようにお尻を撫でてもらえない。マークは叩くたびに、撫でて痛みをいくらかやわらげてくれたのに。あえぎ声が漏れ、お尻ばかりか背中の両端までいっきに鞭打たれて、体ががくんと揺れた。彼か、彼女は——どちらかわからず、それを確かめようとしなかった。この経験を匿名のままにしておきたい――なにか仕掛けを、一種の道具を使っているはずだが、それがなんだかわからない。音はフロッガーに似ているけれど、当たった感じが強烈で、あの短い柄についた、やわらかくしなやかな革の束よりずっときつい。

涙が出て、頬を伝い落ちた。体を硬くして、衝撃に逆らえば、それだけ痛い思いをするとわかった。

だから力を抜いた。どこであれ、ほかの人たちが行くと思われる、例の場所を見つけようとして。自分の体がだれかの手に、それともフロッガーに、わたしを叩いている物に溶け込むと想像して。ばしっ、ばしっという規則正しい音に、パートナーが奏でる音楽のリズミカルなビートに耳を傾けているうち、苦痛がやわらぎ、ふと満ち足りた気持ちになり、わたしはパートナーのダンスの一部になった。その犠牲者になるのではなく。

そのとき手首のバックルが外された。叩かれた肌がやさしく撫でられ、触れられるたびにひりひりする。

静かに笑い、またわたしに耳打ちをして、それから声の主はいなくなり、客のなかに消えた。礫台でどのくらいじっと寝そべっていたのかわからない。ようやくなんとか体を引きはがし、服を着てタクシーを呼んだ。

目的は果たした。

そうでしょ?

あの満ち足りた気持ち、異次元に消えていく感覚、他人になった意識、それがわたしの逃げ場、わが家のようなものだった。覚えているかぎりではそうだ。

フラットに戻り、肌がずきずきしているのにベッドに倒れ込み、久しぶりによく眠った。

翌朝になってバスルームの鏡をのぞき、初めてあざに気がついた。

美しいとも言える模様を描く跡が、さまざまな色調で腰と脇腹に残っている。ベッドルームの姿見でよく調べると、お尻の片側に手の輪郭がうっすらついていた。

しまった。

ドミニクが次は何日もあけてから電話をくれるといいけれど。

6　男と欲情

　ドミニクはぼんやりして車を運転していた。午後はずっと頭のなかを同じことがぐるぐる回っていた。自動運転モードになり、グレーのＢＭＷでパディントン付近の入り組んだ道路工事現場を抜け、じりじりとウエストウェイへ向かった。

　あの肌の色。

　信じられないほどの青白さ。千の色合いが白と白のあいだを粒子のスピードで飛び交い、ピンクとグレーと退屈なベージュの微細な色合いが、昼間は日光を浴びてもいいと声を揃えている。複雑に配置されたほくろと小さなそばかすが肌一面に散らばっていた。納骨堂の照明が彼女の体の曲線を照らし出し、肌を舞い、暗い部分を強調するようす、薄い肌に守られた筋肉の震え、思わず体重を移して次の音を出す際のふくらはぎの筋肉、丸みを帯びたバイオリンの縁が首をこするようす。片手の指が弦をすばやく行き来するいっぽう、もう片方の手はぴんと張った弓を力強く配置につかせ、戦士のようにバイオリンを攻めていた。

　ドミニクは出口を見落としそうになり、しばらく思い出すのをやめて急ハンドルを切るしかなく、クラクションを鳴らされた。近くを走っていたフィアットの運転手は彼の土壇場の行動が気に食わなかったのだ。

以前からドミニクはポーカーフェイスのたぐいだと言われ、めったに人前で感情をあらわにしなかった。まして、深いつきあいの仲ではなおさらだ。彼はあの演奏会を無言の祈りをこめて見つめ、無表情で油断なく、曲とそのあらゆる微妙なニュアンスに耳を傾けていた。記憶したのは、演奏家たちが白と黒の衣装に身を包んでみごとな仕事に取り組んでいる動きだ。もちろん、なにも身につけていない者もいた。サマー。

まるで儀式のようだった。調和が取れた対照をなす、黒の礼装と白のドレスシャツとサマーの大胆なヌード。彼女は文字どおりバイオリンと闘いながら、曲から一音一音を、旋律のかけらを引き出し、それに乗り、飼いならした。途中で、小さな汗の玉が鼻の頭から落ち、片方のとがった薄茶色の乳首を伝ってから硬い石の床ではかなく消えた。その数センチ先に彼女の靴があった。ドミニクがはいているよう命じたハイヒールだ。

あの儀式はもっと刺激的になったかもしれない、とドミニクは思った。ゴムつきのストッキングも脱がないように言いつけていたら。色は黒だ、当然ながら。いやしかし、やめたほうがいいだろうか。

あの演奏会のときは、彼は外見の下をめぐる激しい欲望と抑制が混じり合った思いを抱えていた。異端審問官が大宴会に出たようなもので、もし見物人がいたら、彼はまったく関心がなさそうだったと言ったはずだ。だが、実は演奏のとりこになり、頭はフル回転し、心は千々に乱れ、じっと見つめ、吟味し、探り、あれこれ思いをめぐらしていた。すべては名曲の優雅な伴奏音楽をあの急ごしらえの四重奏団が巧みに演奏したおかげであり、映像と言葉の両方を、いい音楽を聴くとかならずそうなるように呼び覚まされた。

サマーの乳房の形、小ぶりなサイズ、ふたつを分けているささやかな谷間、さらに秘密があると請け合うように胸の下にかかる暗い三日月。へその小さな隙間。その縦穴が矢のように指しているのは、性器がある領域だ。

ありがたいことに、大半の若い現代女性とちがい、サマーは下の毛を剃り落としていなかった。カールした細い恥毛は形を整えられて赤褐色の暗がりになり、いちばんひそやかなものを守る壁のようだった。いつか、とドミニクはもう心に決めていた。彼女を剃ってやろう。この手で。しかし、それはきわめて特別な日に取っておく。祝いの日に。あの壁を越えたら、サマーはいつまでも裸でいてくれる。むき出しで。ありのままで。彼のものだ。

引き締まった腿、長いふくらはぎ、片方の膝に走るひじょうに小さな傷跡――子ども時代に遊び場のがらくたでついた傷の名残だろう――、驚くほど細いウエスト。液体さながら、ヴィクトリア朝のコルセットから彼女の肉体という美しい牢獄に流し込まれたようだ。

道路は上り坂になってハムステッドを通り、荒れ野の延長からはみ出した木々の低く垂れこめた枝が作る天蓋の下を車が走り抜けた。ドミニクは深く息を吸い、体験した音とエロチックな光景をひとつ残らず胸にしまい、雨の日にめくる感情のアルバムを作った。

ようやく見覚えのある道路に出て、ぼんやり思い出したのは、金髪のチェロ奏者の唇にうっすら浮かんだ笑みだった。名前はもう思い出せないが、彼女は黒のベルベットの目隠しをするとき、こちらに最後の一瞥を投げてからひとりで暗闇に浸った。あの目のきらめきは、あたかもなにが起こるかを知っていて、こちらの計画の本質を察したかのようだった。一瞬、彼女がウインクをしたような気さえした。わかっているわというふうに、いたずらっぽく。

また、サマーが服を脱ぐときが来て、顔色がさまざまな色合いのピンクに変わったこと。ほかの演奏家の視界がさえぎられると、彼女がドミニクに背を向けてパンティを下ろし、青白い尻の丸みを見せびらかしたようす。前かがみになるにつれて割れ目が現れ、浅い影の谷間をのぞかせたこと。それからサマーは向き直り、すばやくバイオリンを動かして、つかの間、性器の前に当て、ドミニクの目から隠すようなしぐさをした。とはいえ、彼女は百も承知していた。立って演奏する以上、陰部をそうそう隠しておけるものではない。

すでにドミニクにはわかっていたが、こうした記憶の断片をこれから長いあいだ楽しめそうだ。自宅の私道に車をとめ、ふとパンツを見下ろした。彼はこわばっていた。


ドミニクはグラスにスパークリング・ウォーターを注ぎ、黒の革張りの椅子に深く腰かけた。サマーのことで頭がいっぱいだった。

ため息をつき、グラスの中身をひと口飲むと、水はおいしくひんやりしていた。

サマーが裸で演奏している映像が、想像上のスクリーンを、キャスリンの映像に途切れることなく溶け込んだ。ベッドで、床で、彼に組み敷かれ、壁に押しつけられている。愛の営みと、ファック、肌にきらめく汗、記憶、痛みと歓びの映像が。

かつて、嫌悪感と期待の両方だったしゃがれ声がキャスリンの唇から漏れた。ドミニクは背後から彼女を貫き、その視線はポルノ映画のように満開になった尻の穴に据えられ、男同士のアナルセックスを連想して、悩みを抱えた頭に霞《かすみ》がかかった。その声が引き金になり、ドミニクはキャスリンの尻をぴしゃっと、二回続けて叩いた。あまりの勢いに、わずか数秒後には赤みを帯びた彼の手形が、ポラロイドカメラの写真が浮き出るように、きめの細かい白い肌に現れた。彼女が驚いて悲鳴をあげた。そこでドミニクは再び手を振り上げ、今度は反対側の尻を叩くと、侵入していくペニスのまわりで性器の筋肉がきつく締まった。スパンキングが及ぼしている影響を露骨にさらけ出していた。

問題は、ドミニクがそれまで女性を叩いた経験がなかったことだ。ふざけてにしろ、怒ってにしろ。そんな欲求を抱いたこともなければ、考えてみたこともない。倒錯したセックスやささいな変態趣味に興味を抱いて、自分を叩いたこともない。この手の行為は人気があるのは知っていた。主従の関係、主人とメイドの実態を描いたあまたのヴィクトリア朝の小説は、こうした描写にあふれている。また、ハードコアのポルノ映画の出演者は、本番のさいちゅうにたびたび共演者の尻に手を当てるが、あれは慣習にすぎず、多くの俳優がカメラに向かって見せつけるしぐさだという気がした。そうでもしなければ、ぶつかり合う性器が単調に出入りするピストン運動を繰り返すだけだからだ。

あとになって、ドミニクはキャスリンに訊いた。「痛かった？」

「ぜんぜん」

「本当に？　じゃあ、気に入った？」

「それは……なんとも。あれも行為のうちだった、とは思うけれど」

「どうしてあんなことをしたのかな」ドミニクは言った。「とにかくやってしまった。ほんの出来心だったんだ」

「いいのよ」キャスリンが言った。「気にしていないわ」

ふたりはドミニクの書斎の床で、カーペットの上に手足を伸ばして、まだひと休みしていた。

「向こうを向いて」ドミニクはキャスリンに頼んだ。「ちょっと見せてくれ」

キャスリンが腹這いになり、堂々とした、角ばった尻を見せた。ドミニクは目を凝らした。青白い肌についた手形はほとんど見えなくなっている。セックスの刻印は人の体からみるみるうちに消え、いったん服を着て、市民生活で使っている仮面をつけたら、なにがあったかわからないとは。これにはいつも当惑した。まるで胸の奥底では、セックスしたしるしがついたらいいと思っているようだ。どうせいつでも顔に出てしまうのだから。とにかく、広げた指の輪郭はキャスリンの尻に記憶として残っているだけだ。

「ほとんど消えたよ。わたしの手形だが」

「よかった。家に帰ってもあったら、主人にいいわけがたたなかったところよ！」

その後、ふたりのはかない情事が続いていたあいだ、あるときドミニクはキャスリンを週末まるまる家庭から連れ出すことができた。ふたりは口実をつけてブライトンの海辺のホテルの部屋にこもり、昼の光もビーチもけっして見なかった。ドミニクが前より乱暴にキャスリンの尻に跡をつけたので、彼女は海辺を見渡す近所のレストランで腰を下ろしたとき、鈍い痛みが取れないと文句を言った。ドミニクは自分がやむにやまれぬ欲望のままキャスリンの尻を打ち、彼女を叩いたことに驚いて、一瞬恥ずかしくなり——女性に暴力を振るったことに嫌悪感を覚えた。パートナーを叩くなど、以前は夢にも思わなかったのに。叩くほう《スパンカー》と叩かれるほう《スパンキー》。ふたりはこんな関係になりつつあるんだろうか？　いったい、この支配したいという衝動は、欲望の深さを乱暴に表したいという衝動はどこから来たんだろう？

だが、キャスリンはけっして逆らわなかった。

この問題はふたりが別れたずっとあとまでドミニクを悩ませた。本当はキャスリンがあのときどう思っていたのか、それについてはうやむやのままだ。

ドミニクはパンツのジッパーを下げ、ついに自分のものを解放した。細い血管が上下に走っている。すっかり硬くなったペニス、先端部の隆起、子ども時代に受けた割礼で皮膚を切開した跡と上部を縁取る色が濃い部分。ドミニクはちらりと見えた青白いものを思い出した。サマーは形のよい、華奢な尻を見せて服を脱いでから演奏に飛び込んだ。

ドミニクはペニスを握ってこすった。上へ、下へ、上へ、下へ。ひそかに想像したのは、自分の袋がサマーの引き締まった尻を打ち、両手が鋭く、乾いた音を立てて当たるたび、衝撃が繰り返されるたびに彼女の肌が震えるようすだ。どんなひそやかなメロディが彼女の肺から絞り出され、すぼめた唇を通って鳴り響くのか。

ドミニクは目を閉じた。想像力がもうオーバーヒートして、映画の巨大スクリーンがいっぱいになってきた。

そしていった。

そうさ。ドミニクにはわかっていた。そのときになれば、ぜったいにサマー・ザホヴァの、この行政区に住むバイオリニストの尻を叩く。とはいえ、まず落としてからそれでも欲しい女だけを叩くものだ。欲しくたまらない女たち。特別な存在を。

ドミニクはわずか四十八時間だけ様子を見て、再びサマーに連絡を取った。何度も何度も、前回の演奏会を思い起こした。直感によれば、サマーがこのいかがわしい冒険に乗り出したのは、バイオリンのためだけではなさそうだ。彼が贈った高価なビンテージのバイイの澄み切った音色は、激しくも美しく、はっきりと、納骨堂であの日の遅い午後を支配した。これか、とにかくこれがどんどん変わっていく関係は、ただの後援者と被後援者、依頼人と顧客、好色な男と道徳を柔軟にとらえる若い女性との交流にとどまらない。出会った瞬間から、サマーの目になにかを見つけた。好奇心、口にはしない挑戦、胸に秘めた情熱を消さないために不当なリスクを負う心意気。少なくとも、それこそサマーがドミニクに向けた言葉と身ぶり、彼の型破りの要求にあっさり応じた態度だった。彼女はけっして素人娼婦ではなく、あれを金目当てで、あるいはバイオリンのためにやっているのではない。

もちろんドミニクはサマーが欲しかった。それを言うなら、たまらなく。裸で演奏させたとき、サマーは頬をほんのり赤らめてようやく服を脱ぎ、ついには妙《たえ》なる調べに最後に残った不安が消え、さも体を見せつけるように演奏した。それは否定しようがない。あの特別な演奏会を通して、唇のかすかな曲線がその事実を暴露していた。サマーは安らかな気持ちになり、心の奥の秘密の場所をふわふわ漂っていて、周囲の人々も事情もすっかり忘れていた。あの演奏で興奮したのだ。ドミニクはやっとわかった。サマーをベッドに連れていくだけでは気がすまない。

それは物語の始まりにすぎない。

結局、土曜日の昼近くにサマーに電話をかけた。この時間はホクストンのレストランでアルバイトをしているはずだ。話を早々に切り上げ、質問する間を与えたくない。店はちょうどかきいれどきだろう。

呼び出し音が何度か鳴り、サマーが出た。

あわてている声だ。

「はい？」

「わたしだ」ドミニクはもう名乗る必要がなくなっていた。

「わかった」サマーは落ち着いて答えた。「バイト中よ。あんまり話せないわ」

「そうだろうね」

「電話を待ってたのよ」

「本当に？」

「ええ」

「また演奏してもらいたい」

「いいわ」

「月曜に都合をつけてくれ。午後の早い時間にしよう」ドミニクは、サマーに空き時間と意欲があることを確信して、すでに地下納骨堂を押さえていた。「前と同じ場所で」ふたりは時間を決めた。

「今回はひとりで弾いてもらう」

「わかった」

「楽しみにしているよ」

「わたしも。

特に聴きたい曲がある？」

「ない。どれでも弾きたい曲を選べばいい。わたしはうっとりしたいだけだ」

「よかった。なにを着るの？」

「それも任せるが、下に黒のストッキングをはいてくれ。ゴムつきの」

「いいわ」

「それに、黒のハイヒールも」

ドミニクの描くイメージが早くも具体的になってきた。

「もちろん」

昨晩ドミニクは納骨堂の鍵を受け取りに行き、管理人にわいろをたっぷり渡し、今回も、使用中は閉めた扉の向こうに職員を入れないよう言い含めておいた。

狭くて急な階段を駆け下り、ドミニクは納骨堂の扉をあけた。地下室のかび臭い、こもった匂いが押し寄せ、次に薄く塗り重ねられたワックスの匂いがして、燃え尽きた蠟燭となつかしい祈禱の消えかけた記憶がよみがえってきた。暗闇に目を凝らし、片手で冷たい石壁のまず左側に、それから右側に触れ、やっと明かりのスイッチが見つかった。前回来たときにスイッチが扉の反対側にあったことを忘れていた。細い溝にあるプラスチックのレバーを押し上げると、納骨堂がやわらかい光のベールに包まれた。フルパワーではないが、控えめで、落ち着いた、この機会にふさわしい明るさだ。ドミニクは昔から几帳面なたちで、正確で、細かい点に気を配る。しかもこれは、土曜日にサマーと短いやりとりをして今日の手はずを決めてから頭のなかでとめどなくリハーサルを繰り返した儀式だ。

高価なシルバーのタグ・ホイヤーの腕時計を見て、ドミニクはあわてて散らばっていた椅子を数脚集め、奥の壁に押しつけた。これでいいだろう。天井を見上げると、横木に小型のスポットライトが並んでいた。彼はもとの位置に戻って椅子を持ち上げ、それを中央に運んで上に乗った。凹凸のある石の床のせいでふらつくのが心配だが、真ん中のスポットライトの角度を調節して特定の場所を照らすようにした。効果を強めるため、両端のライトの電球を少しゆるめた。そうだ、このほうがずっとよくなる。

ドミニクは腕時計をちらっと見た。サマーは少し遅れている。

遅刻を叱ろうか、契約違反だといってお仕置きでもしようかと、ふと考えてみたりしたが、思い直した。ちょうどサマーが木の扉をそっと叩く音がしたのだ。

「どうぞ」ドミニクは大きな声で言った。

サマーは今日も黒のワンピースを着て、グレーのウールの上着で肩と腕を覆い、片手でバイオリンのケースを握り締めている。ハイヒールのおかげで実際より背が高く見える。

「ごめんなさい」彼女は出し抜けに言った。「ジュビリー・ラインが遅れてしまって」

「いいんだよ」ドミニクは言った。「時間はいくらでもあるからね」

ドミニクはサマーの目をのぞき込んだ。彼女も彼の目を見つめ、上着を脱ぎ、置き場所を探した。床に落とすのは気が進まないようだ。

「こっちへ」ドミニクが声をかけ、両手を差し出した。

サマーが上着をよこした。ウールはずっと彼女の体に触れていたので、まだ温かい。ドミニクは恥ずかしげもなく上着を鼻に当て、匂いを嗅ぎ、彼女の香りを嗅ぎ分けようとした。芳香に青葉の匂いと刺激的な匂いがわずかに含まれていた。ドミニクはサマーに背を向けて上着を持ち去り、奥の壁際に寄せた椅子にのせた。

それから彼女のほうに戻っていった。「今日はどんな曲を弾くんだい?」

サマーはおずおずと答えた。「実は、ちょっとした即興曲よ。元になったのは、『フィンガルの洞窟』序曲。メンデルスゾーンのバイオリン協奏曲が大好きだけど、これはすごく難しくて、ややこしい奏法をまだ全部マスターしてないの。今日の曲にも同じくらいすてきな旋律があって、何年も前から演奏しているのよ。フルオーケストラの作品で、バイオリンの独奏曲ではなくてもね。厳密に言えばクラシックのレパートリーから外れるけど、かまわないかしら?」

「いいとも」ドミニクは答えた。

サマーがほほえんだ。この一日、彼女は選曲をめぐってくよくよしていた。

まだ扉からほんの数メートルの場所で、ふと前を見ると、ドミニクが照明の位置を調節していた。スポットライトが石の床にきらめく白い輪を投げかけるようすを見て、あれが自分の〝ステージ〟になるとわかった。今日、彼は自分にあそこで演奏してほしいのだと。

サマーはそちらに数歩近づいた。ドミニクがそれを目で追い、彼女の動きにはっとした。納骨堂のでこぼこの石の床で見るからに不安定なハイヒールをはいているのに、サマーは優雅に踊るように歩いていった。

ドミニクがちょうど次の指示を出そうと口を開いたとき、サマーがバイオリンのケースをそっと床に置いて、ワンピースの脇にあるファスナーを下ろした。

ドミニクがにっこりした。サマーは彼の命令を先取りして、また裸で演奏させたいのだと察しをつけた。ただし、今日はほかの演奏家がそばにいない。今回は彼だけが服を着ていることになる。

ワンピースが滑り落ち、上半身があらわになると、サマーは腰をすばやく振って、もぞもぞと動いた。服が脚の端から端まで伝い下り、アコーディオンのようにくしゃくしゃになって足元の床に重なった。

彼女は下着をまったく着けていない。

クリーム色の腿のなかほどで止まっている真っ黒なストッキングだけだ。

それに、デザイナー・ブランドの十二センチのハイヒール。サマーはしゃれた靴をかなり持っているんだろうな、とドミニクはぼんやり考えた。

サマーが目を上げ、ドミニクを見据えた。

「これがお望みでしょ」

それは質問ではなく断定だった。

ドミニクはうなずいた。

サマーは明かりの輪に入り、背筋を伸ばし、堂々として、大胆に自分を見せていることを自覚していた。ドミニクのやり方というより自分のやり方で。

またしても、納骨堂の古い石に埋もれた冷気が体を包んでいき、乳首がとがり、性器が湿り気を帯びてきた。

ドミニクが息をのんだ。

「こっちへ来るんだ」彼が命じた。

サマーはほんの一瞬ためらってから、まぎれもなく見せ物になっていた狭い光の輪を出て、彼のほうへじりじりと進んだ。サマーがゆっくり歩くので、ドミニクは薄暗い室内に目を凝らした。彼女の脇腹に細い筋が一本走り、かすかに赤らみ、尻の丸みと細いウエストをつないでいる。ドミニクは目を細くして、最初は影ができたのだろうと思った。サマーがあらかじめ作られた光の輪を出て、もっと心地よい明暗のあわいに入ったせいだと。ちがう。肌になんらかの傷があるのはまちがいない。前回、音大の学生が目隠しをして、サマーがこちらに背中を向けて服を脱いだときは傷など目に入らなかった。そういえば、彼女はさっきから正面ばかり向いている。

ドミニクは眉を寄せた。「回ってみて」彼は言った。「背中が見たい」

サマーがはっとした。クラブで尻についた傷がまだくっきりと見える。演奏に備えてシャワーを浴びていたとき、鏡で確かめてきた。まさか今日まで残っているとは思わなかった。だからこそ、ドミニクに尻を見せないように用心しながら服を脱いだ。彼がどんな反応を示すかわからず、一瞬、強い不安を覚えた。だが、心のどこかでは、個人で参加した破廉恥行為で勝ち得た傷跡を見せつけたいとも思った。

サマーはため息をついて命令に従った。

「それはなんだ?」ドミニクが訊いた。

「傷跡よ」

「だれがきみにそんなことを?」

「だれか」

「そのだれかには名前もないのか?」

「知らないのよ。そんなに名前が大切? わたしは自己紹介もしなかった。したくなかったわ」

「痛かったかい?」

「ちょっと。でも、長いあいだじゃなかったから」

「きみはマゾヒストか?」

「ふだんはちがうわ。その……」サマーは言葉を切り、口ごもり、考えた。「痛い思いをしたかったわけじゃないの」

「だったら、どうして?」ドミニクは質問を続けた。

「欲しかったのは……あの快感よ」

「いつ?」ドミニクは問いかけたが、答えはわかっているような気がした。

「この前、四重奏での演奏が終わってすぐ」

「すると、きみは痛みを欲しがるふしだら女か?」

それを聞いたサマーが笑みを浮かべた。たしか、シャーロットもそんな言い方をしていた。船内にあるクラブで彼女の知り合いの話をしていたときだ。

サマーが口を閉じ、考え、さらにじっくり考えた。自分は〝痛みを欲しがるふしだら女〟だろうか? 痛みに耐えたし、ときにはいいものだと思いもしたが、あの場での痛みは手段にすぎなかった。自分を異次元へ運んでくれるものであって、あの経験をする動機ではない。

「いいえ」

「では、ただのふしだら女か」

「たぶん」

サマーはこう言うなり、なかば冗談だったのに、自分はすでに決定的な一歩を踏み出したという気がして、ドミニクも同じことを感じているのがわかった。サマーは思わず背筋を伸ばし、引き締まった乳房をたっぷり見せた。ドミニクの視線を感じるのは、尻に残る細い格子状の線と色あせたあざだ。この仮のタトゥーがサマーのみだらな内面を暴露していた。

ドミニクはじっくり考えた。規則正しいリズムの呼吸から静かに息がもれ、納骨堂の重苦しい空気を吹き抜けた。

「これはただのスパンキングじゃない」彼は言った。

「わかってる」

「もっとこっちへ」

サマーがつま先立ってもう五、六センチあとずさりすると、ドミニクがすぐうしろに立っていた。服を通してぬくもりが伝わってくる。

「かがみこんで」

サマーは自分が見せている眺めを意識しながら、言いつけに従った。

こうなるとドミニクには傷跡ばかりかサマーの秘密の場所まで見える。

「脚を開いて」

サマーはドミニクの手が左の尻に触れるのを感じた。最初はやさしく撫でるように肌を探る。ざらざらした手袋がヒップの丸みを滑っていくようだ。彼の手はひどく熱い。

でも、それを言うなら彼女の肌も熱い。

ドミニクはしばらく手をさまよわせてから、尻を交差するピンクの平行線をたどり、点々と浮いている、薄茶色と黄色のあざの孤島を探った。

やがて一本の指が尻の割れ目をゆっくりとたどり、むき出しの肛門で脈打っている筋肉をかすめ、サマーは息を詰めた。陰部をすっと撫でられ、彼女はびくっとしたが、指はゆっくりと割れ目に向かっていた。自分がすでにどれほど濡れているかわかり、こうして生理的にも心理的にもすべてをさらけ出していることが恥ずかしくなかった。つまり、ドミニクの愛撫と、彼の言葉、彼の振る舞いに、サマーは興奮した。だからどうだと？

手が引っ込んだ。

一瞬、触れ合いが断たれたのは耐えられなかった。まさかドミニクはここでやめないだろう。そうよね？　彼はそこまでむごい人？　自分はこれほどむごい仕打ちをされて当然なの？

「これが気に入ったんだね。そうだろう？」

サマーは黙ったまま、たしかに、気に入ったと言いたくてたまらない衝動と葛藤していた。

「教えてくれ」ドミニクが重ねて訊いた。彼の声はほとんど聞き取れないくらいで、サマーの耳にやさしく響いた。

「ええ」彼女はやっとのことで答えた。「ええ、気に入ったわ」

ドミニクがあとずさりして、再び彼女のまわりを回った。今回はゆっくり時間をかけるつもりだった。体をよく見ると、荒々しい熱気が放たれていた。ここは冷えるのに、サマーは汗をかきそうだ。ドミニクは自分の言葉が彼女に刺激を与える仕組みに気づいた。

面白い、とドミニクは思った。

「なぜ？」

「さあ」

ドミニクはさらに問い詰めた。

「なにを望んでいるか教えてくれ」

脚がうずいてきたが、サマーは動かなかった。同じ姿勢を保ち、かすかな空気の流れが体に吹きつけるのを感じていた。ドミニクは彼女のまわりを歩き続け、どんどん近づきながらもけっして触れようとしない。

「なにが欲しいか言いなさい、サマー」

「あなたに触ってほしいの」

サマーは小さな声で答えたが、ドミニクには通じたとわかっていた。

ドミニクは本気でせがませようとしているのだろうか？

「もっと大きな声で。はっきり言うんだ」

そう、どうやら彼はその気でいるようだ。

サマーの体はいつの間にかドミニクの言葉に応えて動いていた。ほんの小さい、けれどまぎれもない、昂ぶりを覚えたしるしだ、と彼は思った。彼女は抱いてほしいと頼むだろう。

これはまずまちがいない。だから、彼としては焦っていなかった。

ドミニクはじっくりとかまえた。

「触って。お願い」

とうとうきた。

ドミニクは一歩下がった。サマーの声に潜む必死の思い、欲求に満足していた。

「まず、演奏するんだ」

サマーは欲望をかなえられずに身を震わせた。ドミニクにからかわれていても、自分で自分を守れないとわかって、ゆっくりと体を伸ばした。

光の輪に戻り、振り向いてドミニクの顔を見た。

「メンデルスゾーン作曲の『フィンガルの洞窟』を主題にした即興曲です」サマーは言い、繊細な弓をドミニクのほうに向けた。それから、服を脱いだ状態で精いっぱい優雅なしぐさで膝を折り、手を伸ばして床に置いたバイオリンのケースを拾い上げた。かがんだまま、ケースをあけてバイイを取り出した。

ドミニクの視線が性器に釘づけになっているのがサマーにもわかった。まるで、彼のなかののぞき魔が期待しているようだ。彼女がかがめば、唇がちょっぴり開いて、どんどん濡れていく部分がのぞくかもしれないと。そう考えただけで、全身の体温が上がり、納骨堂に戻ってきた冷気が消えた。

ビンテージものの楽器の黄色みがかったオレンジ色のニスを塗られた表面が、一カ所に集めた光の下できらめくようだった。その光をサマーも浴びている。彼女は弓を握り直し、目を閉じて、曲を弾き始めた。

頭のなかでこの曲を弾くたびに連想するのは、スカンジナビア半島の岩だらけのフィヨルド海岸で波が砕け、風の吹きすさぶ灰色の空を背景に泡が霧のように浮かんでいるところだ。サマーに言わせれば、どの曲にも特有の風景があり、演奏しながらたびたびそこへ向かい、心の旅に出て異国の風に吹かれた。彼女は現実のフィンガルの洞窟が巨人の石道にゆかりがあると知っているが、どちらも現地で見たことはない。想像のほうが役に立ってくれることもある。

荒い息づかいが落ち着き、体の緊張がゆるんできた。ときが止まろうとしている。夢に誘う音楽の壁と自分で決めた目隠し——だから目隠しは必要ない——を超えて、彼女はドミニクの存在を感じ取れた。痛いほどの沈黙、呼吸のくぐもった音。見られているのはわかっていた。こちらがよみがえらせていた音符という音符に耳を傾けているだけでなく、彼の鋭い目は探検家が地図に載っていない土地を調べるようにこの体の起伏をたどり、学者が蝶の標本を集めるように、この体を空想上の地図にピンで刺していく。この体から贈られた、裸身の傷つきやすさを愛でながら。

最後に、大げさに手首を動かして観客を惹きつけ、サマーは即興演奏を終えた。石壁に反響した旋律がやまず、つかの間音が続いたかと思うと、完全な静寂が戻ってきた。そのあまりの深さに、自分はいま納骨堂にひとりきりなのかと一瞬サマーは勘ちがいした。しかし、目をあけると、ドミニクが先ほどの場所で立ち尽くし、身じろぎもせず、うっすらと笑みを浮かべていた。

両手が上がってゆっくりと叩かれ、念を入れて感動を伝えた。

「ブラボー」

サマーは会釈し、まるでステージに立っているように賛辞を受けた。

貴重なバイオリンを石の床に置こうとして身をかがめ、乳房が揺れ、息づくのを意識した。

次の指示を待ってもう一度ドミニクを見たが、彼は黙ったままだった。

サマーは乾いた唇に舌を這わせた。きっと、体が発散している熱気が周囲にオーラのようなものを作り、SF映画に出てくる地球外生物や、核実験に失敗して放射線を浴びたばかりの物理学者に見えるだろう。

「すばらしい」ドミニクがようやく言った。

「わたしが？　それとも音楽が？」サマーは手厳しく尋ねた。

「両方だ」

「それはどうも」サマーは言った。「もう服を着てもいい？」

ドミニクの視線は揺るがない。「だめだ」

獲物に忍び寄る豹の優雅さと秘めた危険を備え、ドミニクが近づいてきた。サマーは顔を上げ、彼と目を合わせた。向かい合ってもそこから動こうとせず、彼のすぐそばで再び耐えがたいほどの熱波に全身を貫かれていた。

ドミニクがサマーの肩をつかみ、その場でくるりと向きを変えて押し出したので、彼女は石壁に向き合う格好になった。ドミニクはサマーの腰のくびれに手を当て、骨盤と突き出た尻が作るアーチを強調した。

彼の手が触れ、サマーの体を歓びの稲妻が駆け抜けた。

首を回してドミニクを見たいけれど、だめだと言われるに決まっている。彼女は石の床を見据え、開いた脚のあいだに逆さに広がる縮れ毛のデルタを眺め、性器から突き出した唇を視野の周辺でとらえていた。

もぞもぞ身動きする音がして、サマーがなんの音か考えていると、まだなにごとかわからないうちに、ドミニクのペニスの熱を入口に、すぐ近くに、触れそうだと感じた。彼はごくわずか離れているだけにちがいない。

サマーが姿勢を、ほんの少しでも変えて、心もち下がったら、ドミニクを迎えられそうだった。だが、彼はまだそんな要求をしていない。

「これがきみの欲しいものか?」ドミニクが言った。「教えてくれ」

「ええ」サマーは小さな声で答えた。もっと大きな声で話したら、快感の声を抑えられそうもない。

「ええ、なんだ?」

もう待てない。サマーは体をドミニクのほうに押し返したが、ろくに動けず、入口で彼の先端が脈打つのをほとんど感じられなかった。ドミニクが彼女の髪に手を絡めてぐっと押し戻し、こわばったものから離した。

「だめだ」彼がしゃがれた声で言った。「きみにせがんでほしい。なにが欲しいか言うんだ」

「ファックして。してちょうだい。あなたにしてほしいの」

ドミニクがサマーの髪をつかんで彼女を引き戻し、すばやく、いっきに貫いた。にじみ出ていた濃厚な潤滑液のおかげで、彼はみるみるうちに奥深くまですんなりと侵入した。

サマーはこの快感に身をゆだね、ドミニクに満たされる感覚を楽しみながら考えた。彼はもうすっかり大きくなったのだろうか。それとも、彼女のなかでもっと大きく、硬くなるのだろうか。そういう男性もよくいるが。とにかく、彼はもう驚くほど大きくなっている。

ドミニクが突き上げ出した。

ぴったり合う、とサマーはぼんやり考え、全身にどっと押し寄せてくる感覚に浸った。いっぽう、ドミニクの片手は彼女の腰を押さえて無防備な姿勢を保っている。

「もう一度言うんだ」ドミニクが迫った。言いつけに応えてサマーが締めつける力を感じ、激しく、残酷ともいえる勢いでひと突きし、彼女の内側の壁を大槌のように叩いた。

「あああ」サマーはこれ以外に返事の言葉が見つからなかった。

「ほら、ファックしている」ドミニクが言った。

「そうね」サマーは息をついた。「わかってる」

「じゃあ、これがきみの欲しかったものか？」

サマーがしぶしぶ同意してうなずいたとたん、激しく突かれて額が危うく石壁に激突しそうになった。

「答えろ」

「ええ」

「ええ、だけか？」

「ええ、これがわたしの欲しかったものよ」

「それで、なにが欲しかった？」

そうだ、体のなかでドミニクがますます大きくなり、押し広げ、満たしている。内部の壁を無理に広げて隠れ家にして。

「あなたにファックしてほしかった」

「なぜ？」

「わたしはふしだら女だから」

「それでいい」

ドミニクが刻む激しいリズムが加速した。この行為に微妙なところはないと、どちらもわかっていた。欲望のなかでもいちばん基本的な動物的欲望だが、この場にはふさわしい。

ふたりの初めての経験には。

この数週間ふたりのあいだにあった焦燥感、渇望がとうとう明るみに出て、おのずと姿を現していく。

ドミニクが再びサマーの髪をつかみ、片手で乱暴に引っ張りながら、馬に乗るように彼女に乗った。サマーはあえいだ。なじみのない感情が脳裡を駆け抜けていき、すっかり混乱して動揺させた。この経験は恐ろしいけれどもありがたい。すぐに、ドミニクがコンドームをつけていないと気づいた。自分は裸で、避妊具もつけずに利用されている。たとえダレンが相手でも、コンドームをつけてと毎回しつこく言った。でも、今回はもう手遅れだ。だいいち、こうなるのはわかっていた。ドミニクのむき出しのペニスがこちらの反応を待っていた。あとで忘れなければなんとかなる。事後にのんでも効くピルがあるのだから。

ドミニクの息づかいが途切れ途切れになり、不規則になってきた。

ドミニクは激流のように頂点に達すると同時に、左の平手でサマーの尻をしたたか叩いた。激痛は一瞬だがつらく、興奮がたちまち落ち着いた。尻に残った手形は数時間消えないとわかっていたが。

ドミニクはさらに一分あまりとどまってから身を引いた。サマーは自分が空っぽになったような気がした。もう彼に犯されていないし、いっぱいに満たされてもいない。むしろ不完全な感じがする。体を伸ばそうとしたが、腰のくびれにドミニクの手がしっかり当てられていた。そのままの姿勢を取り、大きく体を開いていろということだ。

サマーはほくそえんだ。ドミニクは声をあげずにいく人だ。彼女は物静かな男とおしゃべり男とをはっきり区別している。昔から前者のほうが好きだった。欲望にあえぐさなかにも、言葉を出すにはふさわしいときと間が悪いときがある。

そのとき、ドミニクが言った。「わたしの精液がきみのなかから落ちてくる。腿の内側を伝って、肌をつやつやにして……。こんなに爽快な眺めはないね」

「卑猥のまちがいじゃなくて？」サマーは言ってみた。

「とんでもない、美しいよ。死ぬまで忘れない。ここにカメラがあったら、写真を撮っておくんだが」

「あとでわたしを脅迫するわけ？　あざも撮って？」

「傷跡があればなおいいだろうね」

「あなた……わたしが傷を見せなかったとしても、欲しいと思った？」

「もちろん」ドミニクが言った。「もう体を起こしていい。荷物をまとめるんだ。バイオリンも。きみをわが家へ連れて帰る」

「わたしにほかの予定があったらどうする気？」サマーはあわててワンピースを拾いにいった。

「きみに予定はない」ドミニクが言った。サマーは目の片隅で、彼が黒い革のベルトを締めている姿をとらえた。セックスしていたのに、まだ彼のペニスを見ていなかった。

ドミニクの家は本の匂いがした。玄関ドアを入り、彼のあとから進んだ最初の廊下には本棚がずらりと並んでいた。目につくのは、棚板に本がぎっしり詰まり、背表紙の色の洪水がさあっと追いかけてくることだった。廊下の両側で何枚もあいているドアの前を通り過ぎると、ほかのどの部屋にも本棚が並んでいるのが見えた。サマーは書店以外でこれほど多くの本を見たことがなかった。ドミニクはあれを全部読んだのだろうか。

「いいや」

「どういうこと？」

「いいや、全部は読んでいない。きみは本のことを考えていたんだ。図星だろう？」

ドミニクにはこちらの考えを読めるのか、この家に来たらだれでも最初に思いつくことなのか？

サマーがその点をじっくり考える間もなく、両脚の下に片腕がかけられ、背中をもう片方の腕で支えられ、ドミニクに抱き上げられていた。彼はサマーを廊下から書斎に運び、ドアを蹴ってあけ、一直線にデスクに向かい、大きな木製の天板の中央に寝かせた。小物はきれいに片づけられ、あるのは筆記具が詰まった瓶、片隅に積まれた書類だけだ。スタンドはアームが動くタイプで、円錐形のシェードがついている。

サマーはドミニクに向かって座り、そわそわしていた。地下納骨堂の匂いと激しい行為の匂いが、くしゃくしゃの黒いワンピースに包まれた体に残っている。

「服をまくり上げて」ドミニクが言った。「脚を大きく広げるんだ」

サマーは従った。むき出しの尻がデスクに触れているのを、まだシャワーも浴びていないことを強烈に意識した。温かいものが湧き出しているが、まだドミニクに拭きとる許しを与えられていない。

ドミニクはサマーの尻のあたりで両の太腿をつかんで自分のほうに引き寄せ、彼女がちょうどデスクの縁に来るように腰かけさせた。次に、ふたりのうしろにある、壁際に寄せられた低いベッド（書斎にベッドを置くなんて変な人、とサマーは思った）のほうを向き、枕を取り、彼女の頭をそっと持ち上げて下に置いた。そしてスタンドを引き寄せ、スイッチをつけると、彼女の性器をまともに照らした。

サマーは息をのんだ。ここまでむき出しになり、これほど人目にさらされたのは生まれて初めてだ。自分はお堅い女ではなく、暗い部屋がいいとか、明かりを消してほしいとか言わないが、これはさらに進んだレベルの露出行為ではないか。

ドミニクが椅子を出し、そこに腰かけ、サマーの濡れている部分を見つめた。先ほど彼にかまわれていたため、まだ開いて、ゆるんでいる。

「自分でやるんだ」彼が言った。「見物したい」

サマーはためらった。これは絡み合うよりはるかに強烈で、個人的だ。この男性をろくに知らないのに、ひどく興奮する。それと同時に、脚をみだらに広げ、とびきり秘めやかな場所にスポットライトを浴びるとは。ドミニクが椅子の背にもたれ、サマーをじっと見つめ、集中力と好奇心の混じった表情を浮かべている。サマーの指が内側と外側の襞の起伏を巧みになぞっていき、敏感な部分にしっかり、すばやく円を描いた。その手つきは熟練して、正確に調整されていて、バイオリンを弾いていたときと変わらない。

ドミニクが興味を持って観察し、サマーは彼の感想や指示、ペースを上げたり落としたりという要求、あとでこんなことをしてやるという彼の約束に応えた。その約束のひとつがきっかけになり、サマーはいっきに絶頂を迎え、唇からやわらかい声が漏れ、体がわななないた。ドミニクがいる見晴らしのいい場所では、ヴァギナの筋肉がけいれんするようすが見え、彼女が演技をしているのではないとわかった。演技をすると思っていたわけではないが。

ドミニクがもう一度サマーを抱き上げ、そのまま抱き締め、彼女の脚を自分の腰に巻きつけた。濡れた陰部《プッシー》が服を着たままの体に熱く押しつけられた。

「キスしてくれ」

ドミニクの唇はやわらかく、男にしてはやわらかすぎる、とサマーは思った。

ドミニクの舌がじわじわと道を押し開き、唇を過ぎ、歯の壁をかすめて通り、ついに彼女自身の舌に触れた。サマーが思わず舌を絡み合わせると、ワンピースのファスナーが下ろされ、締めつけから解放された。キスはそのまま続き、今度はサマーもドミニクを味わうことができた。支配者ぶった感じのない印象と、ミントの長持ちする匂いが漂う息、そばにいる彼のたくましい精力が混じり合ったカクテルだ。鼻がむずむずする香水やアフターシェーブローションが使われた形跡はない。まるで新たな領地に、探検したことのない奇妙な土地に入るようだ。

「両腕を上げて」ドミニクが命じた。

ドミニクにワンピースを頭の上まで引き上げられ、サマーの乱れた髪がくしゃくしゃになった。うしろに押され、やむをえず脚を下げて再び床に立つと、彼の両手が素肌をさまよい出した。愛撫し、試し、全身の隅々まで、背中、肩、あざのできた尻にも手を触れた。

こうしながらも、ドミニクはもう片方の手でサマーの顎をそっとつかんで、彼女の唇を自分の唇と触れさせて二度目のキスをした。だが、最初のキスさえやめたのでは、さえぎられたのではなかったか？　サマーは気づかずにいた。

ドミニクはサマーをベッドに押し倒した。

サマーは寝返りを打ち、ドミニクが服を脱ぐところを眺めた。最初にシャツ、次にパンツ、それが蹴ってどけられると、黒のボクサーショーツだ。ペニスが見えた。太くて、長くて、血管が浮き出ている。

ドミニクはサマーをベッドの縁まで引っ張り、そこにひざまずき、彼女の脚を開いて膝を立てさせた。それから指先をゆっくり這わせ、足首の内側から内腿を通り、わくわくするほど性器に近づいた。サマーの体が愛撫に応えて小刻みに震えた。ドミニクは太腿の肌に唇をつけ、彼女の望む場所以外ならどこにでもキスを浴びせてからかった。サマーは期待して声をあげ、背中をそらしてドミニクに寄り添った。彼が体を引き、苦しいひとときを待たせてから彼女の丘に顔を埋めた。サマーは隠しきれないエクスタシーの吐息をつき、彼の舌に襞をなぞられて身を震わせた。

ほんの一瞬、サマーはドミニクの変わらない熱っぽさにひるんだ。自分の体は汚れている。セックスしたばかりで、清潔にする暇もなかった。といっても、乗っかったのはドミニクだし、彼が気にしていないならどうでもいい。

ドミニクの舌が与えている陶酔感が高まり、サマーはそこにしか集中できなくなった。どんな考えも、いまの状況も忘れていき、漂い、飛び、なすすべもなく、昼と夜、生と死のあいだをさまよう。快感のほかに大切なものがない領域では、歓びと痛みが心地よい忘れっぽさでひとつに溶けている。

とうとう、ドミニクがサマーの暗い三角州から顔を上げ、彼女にのしかかってペニスをあてがった。

「そうよ」サマーが言うと、ドミニクはやはり黙ったまま、なかに入ってきた。今度も彼女をいっぱいに満たし、太くて長いペニスが入口を押し広げ、規則正しいリズムで侵入しながら内部の壁を大きく傷つけている。

これが長く長く続くあいだ、ドミニクは恥ずかしげもなく両手をサマーの体の隅々まで、人に見せてもいいところからけっして見せられないところまでさまよわせ、ふたりの欲望を絶妙にかなえていった。彼の舌が出て、あるときはサマーの耳に、またあるときはうなじのくぼみに差し入れられ、歯がゆっくりと耳たぶをなぶった。指がおくれ毛をたぐり、もういっぽうの手が尻をつかみ、それから二本の手で（いったい手が何本あるの？）少しのあいだ尻の丘を押さえて広げた。ドミニクがサマーのなかを出たり入ったりして、ひと撫でするたびに、よくわからないが魅力的な目的地に続く階段をもう一段上ったような気がした。

サマーの考えではまちがいなく、ドミニクはテクニシャンであり、彼女を荒っぽく扱えるし、いましているようにゆったりともてあそぶこともできる。ほかにもどんな顔を見せてくれるだろう？

ついにドミニクがいった。大きくうなり声をあげて。遠いジャングルから聞こえる音。そうではない、ちゃんと意味がわかる言葉だ。

サマーはため息をついた。ドミニクが出たり入ったりする動きがだんだん遅くなっていき、彼がまた息をのんだ。
もうミスター・サイレントどころじゃない……。

7　メイドとわたし

もう夕方になり、晩秋の太陽がドミニクの顔に温かい輝きを投げ、柄に合わない光を浴びせている。どんどん暗くなっていく空から降る最後の淡い光で不自然に包まれ、彼はまともな世界におさまりきっていない印象を与える。もっとも、外から見るかぎり、ここでちゃんとうまくやっているようだ。たぶん、この浅黒く、素朴な顔立ちには、寒い気候のほうが合うだけのことかも。ドミニクは魅力的で、それはそのとおりだけれど、薄暗い納骨堂にいたほうがすてきに見えた、んじゃないかしら。

ドミニクが戸口に寄りかかっていて、体が玄関ポーチに長い影を落としている。わたしは彼の一歩うしろに立って、出ていく支度をしているところだ。その晩は仕事がないのに、あるとドミニクに言って、泊まっていけと誘われた場合の気まずい思いをかわしておいた。というより、誘われなかった場合の気まずい思いかも。

そよ風が芝生を吹き抜け、風が吹くたびに廊下と、ほかの部屋にも並んだ本の匂いがかすかにした。本はほとんどドミニクの一部になっていて、彼の肌は羊皮紙みたいな手触りがしそうだけれど、もちろん、ほかのすべての男の肌と同じ手触りがする。でも、唇は気持ちいいくらいやわらかかった。

本は、いくらドミニクに似合っていても、わたしが期待したものではなかった。蔵書といえば、むさ苦しい人たちを連想した。頭のおかしな講師やどこから見ても学者というタイプ。ドミニクのことは、おおかたシティのやり手だろうと、銀行のトレーダーとか、金融関係の人だと見て、大学教授とは思わなかった。職業を教えてくれたのは、わたしがこの家はなぜ図書館みたいなのかと訊いたからだ。

靴の光り具合と、バイオリンを買い、ほかにも準備万端を整えた経済状態から判断して、ドミニクがわたしを連れ帰るのはモノトーンのフラットだと思っていた。住所はブルームズベリーかカナリーウォーフ、家具はステンレス製、インテリアはさまざまな濃淡の銀と黒、彼の車の色だ。まさかこんな、きちんとした一軒家、住宅とは思わなかった。それどころか、書斎と本物のキッチンがあって、どこに行っても本があり、あらゆる色とサイズで、文学の万華鏡が壁を覆っているとは。初めは、猫もいると思った。丸くなって、棚の陰からわたしをじっと眺めていそうだ。でも、ここに来て間もなく、ドミニクはペットを飼う人じゃないと察しをつけた。動物には我慢ならないはずだ。自分の思いどおりにならず、足のまわりをうろうろされて。猫のように人に甘えない動物でもだめだろう。

ドミニクはむやみに秘密主義じゃなく、わざと隠しごとをしてはいないようだけれど、それでも生活についてほんの少ししか教えてくれなかった。わたしとの約束とは別の、日々の型どおりの生活を。きっとプライバシーを大切にしてるのね。無理もないわ。わたしも自宅に人を招きたがらないくちだから。ドミニクはわたしをよくここへ連れて来てくれたものだ。でも、本のおかげで彼に人間らしさを感じる。少なくとも、自分に身の上話がなくても、他人の話を集めるのは好きらしい。たぶん、わたしがバイオリンの来歴を想像し、演奏する音楽は、どの曲もそれぞれ鮮明なイメージに彩られていると考えるところに似ていなくもない。

そう思うと、ますますドミニクが好きになった。わたしたちは大してちがわない。この人とわたしは。ちょっと目には大ちがいに見えるだろうけれど。

ドミニクの巧みな愛撫のしかたを思い出した。わたしのマスターベーションをどうしても見物すると言ったあとだ。考えただけで、再び体が震えた。これまでセックスした人数はすごく多い。これはほんとのこと――欲情と孤独に苦しんで、ゆきずりの男とデートサイトで見つけた男を人並み以上に相手にした――だけれど、だれにもあんなふうに吟味されなかった。明るいスタンドの下で、わたしが脈打っている部分に指で円を描くようすを熱心に見るなんて、医者に似ていながら、医療スタッフの無関心な態度がない。彼は、ドミニクは恥を知らない。嬉々として、わたしの恥まで一度に少しずつ捨てさせるように思える。まるで、自分があとで正確に再演する予定の実演を眺めているようだ。ドミニクはわたしにペースを上げたり落としたり、力を加えたりゆるめたりするよう言いつけた。思うに、今回はわたしを興奮させるためじゃなく、わたしの反応を見守るのが目的だったのだろう。この体がどんな行為に反応して、どんな行為には反応を示さないのかを見極めるため。ドミニクはわたしに体をさらけ出させて、新しい検体を観察する科学者のように振る舞った。そのうちメモを取り始めるんじゃないかと思ったくらい。

「いつか」ドミニクが言っていた。「きみがまたこうするのを見るつもりだ。そのときは、きみのその指を尻の穴に入れてもらおう」

それをきっかけに、わたしは絶頂を迎えた。そうあっさりといくほうじゃないのに、とりわけ新しい相手のときはだめなのに、彼が見ている、彼があちらへ考えをめぐらしそう、みだらな要求をされると思うと……。ドミニクはわたしが自分にあるとも思わなかったツボを押さえた。

ドミニクは楽器を弾かないと言ったけど、彼ならかなり上達するだろう。

そうよ、どうしても彼にまた会いたい。

わたしはもじもじしてバイオリンのケースを握った手をゆるめた。ドミニクはまだわたしを帰したくないようだ。そこで、彼が口を開くのを気長に待っていた。

「次回の計画はきみに任せようかな」

わたしはちょっと黙っていた。またしても作戦変更。ちょうど彼という人を理解できたと思ったときに。

「趣味に合わない計画を立てられたらどうする気?」

ドミニクが肩をすくめた。「わたしが好きになれないお膳立てをして、きみは楽しめるのか?」

よく考えてみた。だめ、楽しめっこない。またデートをするなら、当然ながらふたりとも楽しまなくちゃ。だれだってそう思うでしょ。それでも、ドミニクがわたしに求めているものがはっきりせず、だから次回を計画するのは難しい。

ふと言葉に詰まり、首を振った。

「わたしもきみが楽しめるとは思わなかったよ」ドミニクが言った。「電話を待っている」

わたしは同意して、ドミニクに挨拶して帰ろうとした。

「サマー」彼が声をかけた。ちょうどわたしが門に着いたところだ。

「はい?」

「日にちと場所は任せる――なんなら、ここでもいい――が、時間はこちらで決めて、細かい点をうまく処理する」

「わかったわ」

小さくほほえんでみせて、もう一度向きを変えて立ち去った。

ドミニクは支配する誘惑に勝てない。

それに、意外にもわたしもそのほうがいいと思っている。


帰り道、頭のなかではずっと嵐が吹き荒れていた。じきに暗くなるので、ハムステッド・ヒースを歩いて頭をすっきりさせるという考えは捨てた。運動と新鮮な空気こそ、いまのわたしに必要なものだったけれど。

セックスは最高だった。すっごく激しくて。筋肉がちょっと、特にふくらはぎがうずいている。たぶん、納骨堂でドミニクに前かがみにさせられたせい。わたしはずきずきする脚でいつまでも立ち、そのまわりを彼が歩いてから体を重ねた。これほど負けず嫌いでよかったのは、つらくても愚痴をこぼさないことだ。

それからドミニクがわたしにオーラルセックスしたのは、わたしが自分の手でいった直後で、シャワーを浴びる暇もなく、彼の精液がまだなかにあった。まずバスルームであそこを拭いてくることもできなかった。そう言えば、ドミニクの家に着いたとたん、書斎に運ばれ、デスクに寝かされて脚を広げられたっけ。彼がわたしを抱えて新婚さんみたいに敷居をまたいだときは、思わず笑いを嚙み殺した。

あれは、皮肉にも、わたしがこれまでに経験したいちばんロマンチックなセックスだった。コンドームを使わず、わたしがしつこくこだわる基本ルールを破ったけれど。病院で検査を受けなくちゃ。避妊具なしのセックスをしたと医者や看護師に話すところを想像したら、ちょっと恥ずかしくなった。それはばかな真似なのに、彼のペニスの熱がわたしの頭から分別をきれいに拭い去った。彼がわたしをあんなにも激しく、なにかにとりつかれた人みたいに抱いて、馬に乗っているみたいにわたしの髪を引っ張り続けたやり方が。

体が痛むのもうなずける。

ドミニクにはちょっぴりずるいところがあるかもしれないけれど、ベッドではすご腕だし、自分勝手じゃない。ベッドマナーにも、あの手の男性にありがちな、えらそうなところがなかった。帰宅するなりシャワーに直行して、あれこれ考え続けながら、この日の経験の跡をきれいに洗い流した。

ほとんどすべてだわ、とわたしは思った。ぼんやりした傷跡がいくつかバスルームの鏡に映ったのがちらりと見えた。

あのうちどれかはドミニクがつけたのかしら？

少なくとも――ささやかなお慈悲に感謝――手首や二の腕には跡がひとつもないけれど、たいてい隠しておける場所にはある。どれもさほど痛々しい傷ではなく、へまをした――ドアにぶつかったとか、つまずいたとか——といいわけが通用しそうだ。

これはあのフェチ・クラブに来ていた人たちにはどんな効き目があるのかしら。あの人たちは自分たちの夜（とたぶん昼）の趣味をどうやって日常生活になじませているんだろう。一部の人にとっては外出して遊ぶ夜にすぎないはずだけど、シャーロットの話によれば、みんながみんなそうじゃない。彼女の言うとおりだとすると、ロンドン中で、男女が自宅でそれぞれの伴侶とテレビの前にいて、片手にカレーの皿、もういっぽうの手に鞭を持っていることになる。

わたしもじきにそのひとりになるの？

相手はドミニクではない。そうは思わない。彼はこれまでパドルも手錠も取り出さなかった。わたしの傷跡に興味を示したときは、ひょっとしたらと思ったけれど。ちょっぴりがっかりしていた。ドミニクに縛られなかったし、天井から吊るされなかったし、家中に置いてありそうな器具に留められなかった。見たのはいまのところ書斎とキッチンだけで、ベッドルームは見ていない。書斎にベッドがあるなんておかしなものね。ドミニクに言わせれば、ベッドは考えるためにあるという。なにを考えるというの？　ますますわたしを戸惑わせ、誘惑する方法かしら。

それを考えれば考えるほど、見えてこない撤退戦略を必死で練ることになった。自分のセックス革命と、ふとはまった性倒錯行為をうまく解決できないほかにも、ドミニクのことをどうしていいかわからない。

ドミニクに電話をかけて次回の段取りをつけると思うと、途方に暮れる。すぐできることなのに、頭のなかで何度も練習を繰り返すほど、いっそう思い知らされた。これまで型破りな振る舞いをされたのに、わたしは彼の命令のしかたが好きだったと。嬉しかったのはその単純さ、そして彼の指図に潜んでいた驚きだ。ドミニクが次にどんな計画を立てたかわかったときのときめきが恋しい。でも、その事実をたとえ頭のなかでも認めてしまったら、昔の婦人参政権論者たちが草葉の陰で嘆くだろう。それに、あれからわたしは鞭打ちとスパンキングの経験も積んだ。

これではだめ。

クリスに電話してみようか。彼はバンドが初めて出すミニアルバムの録音で一日中働いていて、わたしたちはもう何カ月も会っていなかった。ただ、たまにメールのやりとりはしていた。ダレンがずっとわたしたちの友情に嫉妬していたので、けんかにならないよう、わたしはクリスとのつきあいを減らしていった。いまとなってはそれが悔やまれる。クリスがずっと前から、頼りになり、助けてくれ、逃げ場になってくれたのは、わたしには芸術の道を歩む苦労と奇抜さを理解する人が必要だからだ。

でも、いまの事情をクリスに洗いざらい打ち明けられないけれど。過保護な人だし。わたしに高価な贈り物をしたり、地下の秘密の場所で服を脱げと命じたりする男をうさんくさく思うだろう。この話を人づてに聞いたら、わたしだってドミニクをうさんくさいと思うはず。

そこでクリスはやめて、シャーロットに電話した。この問題は彼女の得意分野だから。

「あら」シャーロットが電話に出た。「元気だった?」

今回は彼女ひとりだ。助かった。わたしの話をひとりの人間に話すだけでも大変だ。別の人間に立ち聞きされたくない。

「わたしにメールを送ってきた男の人を覚えてる?　取引条件を出した人だけど?」

「もおーっちろん」突然シャーロットは話に聞き入った。

わたしはシャーロットに一部始終を話した。バイイ、地下納骨堂、裸の演奏、なにからなにまで。ドミニクと彼の謎めいた指示のすべてを説明した。

「それなら、納得がいく」シャーロットが言った。

「どういうことよ、納得がいくって？　なにもかも狂ってるのに」

「ううん、狂ってやしない。その人は立派な支配者《ドム》っていうだけで」

「ドム？」

「そう。ドムはみんなそうなの——ずるくて、なんでもかんでもコントロールしたがる。でも、あなたは気に入ったみたいね」

「うーん」

「名前はなんて言ったっけ？」

「ドミニク」

シャーロットが笑った。「あらま、バカ正直なんだから。名前くらいでっちあげればいいのに」

「それより、どう返事したらいい？　デートのことよ」

「それは、あなたがその人からなにを手に入れたいかで決まるでしょ」

考えてみた。わたしはドミニクになにを求めているのか、本当にわからない。そう、なにかを求めてはいる。彼を忘れられない。でも、どうして？

「よくわからなくて」わたしは答えた。「だから電話したの」

「そうね」いつも現実的なシャーロットが言った。「まずは欲しいものをはっきりさせなきゃ、手に入りっこないわ」

もっともな助言だ。

シャーロットが続けた。「待たせておいてもいいわね。一、二週間かな。また今度も、もちろん裸で弾くと持ちかけるの。それで向こうがおおいに燃えちゃうんだから。で、場所は彼の家――お返しにあなたの家に招かなくてすむ。おまけに、次は自分が受けて立つ番にされたと彼が思うはず。あなたはそうしてないわね、どう考えても」

シャーロットが悦に入ってにやにやするのが目に浮かぶようだ。

「わかった」わたしは言った。

「で、それまでは、よかったら、来週開くパーティへ給仕をしに来てもいいわ」

「給仕を？」

「ウエイトレスの真似ごとよ。メイドね。お客はフェチの人たちばかり。そのうちの何人かにきちんと紹介するから、支配されることが本心から気に入るかどうかを確かめるのね。あなたはひと晩だけのお試しだって、みんなに言っとく。もし気に入らなかったら、エプロンを取ってパーティに加わればいいの。本物の〝奴隷〟も呼んでおいたから。その人たちがきつい仕事を全部引き受けるのよ。あなたは料理の皿を持ち歩いて、セクシーに見せるだけ」

「どうやってセクシーに見せるわけ？　なにを着ればいいの？」

「そうねえ、頭を使いなさいよ。リッチな恋人に電話でおねだりして、なにか買ってもらったら？」

「彼はわたしの恋人じゃない！　だいいち、おねだりなんかするもんですか」

「いらいらしないの。ちょっとからかってるだけよ。まったくすぐ怒るんだから」

「いいわ」わたしはぷりぷり怒っていた。「やってみる」

「よかった」シャーロットが言った。「この話、彼に伝えたほうがいいかもね。どんな反応を示すか確かめるの。じゃあ、土曜日に。ついでにコートを返してね」


シャーロットの助言に従って、三日置いてからドミニクに電話をかけた。

「サマー」彼の声がした。こちらが名乗る暇もなかった。

「デートのことだけど」わたしは切り出した。「どうかしら、来週の水曜日では？」

ドミニクが間を置き、ページをめくる音がした。手帳をチェックしているようだ。

「いいとも。予定はない。どんな計画を練ったんだい？　聞かせてくれたら、しかるべき手はずを整える」

「また一曲弾くわ。今回はあなたの家で」

「言わせてもらえば、すばらしい選択だ」

わたしは体の力を抜いた。ドミニクはこの案を気に入ったと見える。わたしたちは選曲について話し合った。わたしはちょっと変わった曲を考えていた。納骨堂では即興曲を楽しんでもらったからだ。彼がきっと知らないであろう、ロス・ハリスというニュージーランドの作曲家の曲にするか、クラシック音楽以外の、ダニエル・Dあたりの曲にするか。でも、どうしてもその気になれず、ドミニクの選曲に賛成した。マックス・ブルッフのバイオリン協奏曲の最終楽章からとった一楽節だ。

「じゃあ、そのときに」わたしはわざとらしく陽気な声を出した。だから電話はきらい。「サマー」ドミニクがまた呼びかけた。電話を切ろうとするときにかぎって、最後の言葉が割り込んでくる。

「はい?」

「土曜の夜は会えるかな?」

「ごめんなさい。予定があって」

「わかった。いいんだよ」

ドミニクはがっかりしているようだ。もっと早くわたしに会いたかったのかしら。そのときシャーロットの入れ知恵を思い出した。例のパーティの話を出しておけという。

「実は、ちょっと変わったパーティに出席するの」

「ふうん。どう変わっているんだい?」

ドミニクの声は愉快そうで、不愉快そうではないので、わたしは先を続けた。

「友人のシャーロットの主催で開かれるの。フェチ・クラブに連れていってくれた人」

「なかなか興味深そうな友人だ」

「そのとおりよ。彼女から……ええと……ひと晩メイドになってほしいと頼まれたの」

「メイドに?　ウエイトレスじゃなくて?　ただ働きだろう?」

「だと思うわ。お金の話は出なかったから」

「ただ快感が欲しくて。きみに言わせればそうなるね?」

「そうでしょうね」

「なんとも風変わりだ」
それがほめ言葉なのかそうでないのか、わたしにはわからなかった。

その週の金曜日、また荷物が届いた。ドミニクからだ。やっぱりサインしなくてはいけなかったけれど、今回彼はわたしの在宅を確認しなかった。

ドミニクはわたしが家にいると決めてかかったのか、とにかく送ってみたのだろう。でもやっぱり、そこが少し引っかかった。彼にあまりにもたくさんの秘密を知られ、窮屈に感じてしまう。

標準サイズの特徴のない段ボール箱のなかに、もうひとつ小さな包みが入っていた。白い薄紙に包まれ、黒いリボンがかけてある。慎重にリボンを取り、紙をたたんで脇にどけた。薄紙のなかには黒のサテンの巾着袋が、袋のなかには黒のコルセットが入っていた。それは美しく、安っぽい下着店の棚で見かけた悪趣味な品とは似ても似つかない。全面に骨で張りがつけられ、腰の部分にはマチが何枚もはぎ合わされ、身につける者のスタイルを引き立たせるよう、胴の中央部にダイヤモンド形のベルベットがつけられている。ベルベットで細かい飾りがついた三センチほどの幅の布が、両脇の広いサテンのパネルに伸びている。模様は幾何学的な図形、つまりアールデコ風で、一九三〇年代の映画スターに似合いそうな雰囲気だ。これは文句なく華やかで、猥褻《わいせつ》な下着じゃない。といっても、まあちょっと丈が短すぎる。鏡の前で体に当ててみたら、縁がオーバーバストではなくて、アンダーバストだった。ブラをつけるか、乳首隠しのシールでもつけないかぎり、胸が丸見えになってしまう。

そう考えるとわくわくした。これをつけたらどんな姿になるかをどうしても見たくなり、わたしは紐をいじり出した。そのとき気がついた。ドミニクはもうわたしの裸を見た以上、半裸で演奏してほしがることはなさそうだ。わたしの着る物にも全然こだわらないみたい。わたしがその場に合わせて、選んだ服を微妙に変えているところを楽しんでいるようだけれど。このコルセットはドミニクよりわたしの趣味に近い。もっと手がかりを求めて箱の隅々まで探すと、内側に敷かれた保護用の紙、緩衝材の下から包みが二個と手紙が出てきた。

手紙の文面はこうだ。〝これをわたしのために着てくれ。D〟

あと二個の包みのうち一個には、白いフリルのついたパンティ、ストッキングとガーターベルトが入っていた。ストッキングはいい品物で、ナイロン百パーセントのシーム入りだ。ナイロン製のストッキングの話は聞いたことくらいあるけれど、はいたことはない。滑りやすくて、わたしの肌には少しざらざらする。それに、ちっとも伸びない。長くて薄いパラシュートに似ていて、ふだんはいている、やわらかくてよく伸びるパンティストッキングとはちがう。

もうひとつの包みには小さなエプロンが入っていた。白いコットン製で、黒と白の波形のレースで縁取られている。お揃いのキャップはソーサーくらいの大きさだった。

メイドの衣装。土曜日のために。シャーロットのパーティに備えて。

靴は見当たらない。ドミニクが、ありえそうもないけど、うっかり忘れたのか、わたしが靴を持っていると見抜いたかのどちらかだ。なにを隠そう、黒のピンヒールで、つま先部分が厚底で白の縁取りがついた靴を持っている。これはハックニーのナイトクラブでケージダンスをしていた子のお古を買ったものだ。彼女はダンスをやめて帽子作りに専念したので、靴は売り払ってしまった。あの靴はメイドの衣装にぴったり。はき心地は悪いけれど。それでも、犠牲を払う覚悟はできていた。かならずしも華やかさのためじゃなく、〝見た目〟をきちんとしたいから。

箱の底にもう一品入っていた。小さなベルだ。教会の屋根についている鐘に似ているけれど、柄はわたしの指一本分の大きさと変わらない。振ってみたら、驚くほど澄んだ音色が出た。ペットの首輪か自転車のベルの軽やかなちりんちりんという音より、むしろ打楽器が鳴らす深みのある弔鐘に近い。

荷物を受け取ったと知らせたほうが礼儀にかなうけれど、ドミニクの贈り物好きな性格を刺激したくない。ただでさえ、バイオリンのことで恩があるのに。そうは言っても、ドミニクはこの衣装を自分のために買ったという感じがありありとした。わたしのためじゃない。わたしがこれを身につけている姿を想像して、〈フーターズ〉のウエイトレスみたいに、衣装はこっちのほうがお上品だけど、おっぱいを突き出させて給仕させれば、自分の力に酔える。ベルはパーティのお客が鳴らして、用事を知らせるためのものだろう。

結局、荷物を受け取ったことをドミニクに知らせなかった。なんと言えばいいかわからないというより、気をもませたい気持ちが大きかった。まあ、荷物が届くときにわたしが家にいるというのはドミニクの読みちがいで、荷物は店に送り返されたかと、彼に考えさせても悪くない。

それでもわたしはシャーロットに携帯メールを送って、衣装がパーティにふさわしく、お客をひとりも怒らせないことを確かめた。

〝トップレスで出てもいい？〟

〝もちろん。すごく楽しみ〟

衣装一式を箱に戻し、蓋を閉めてベッドルームの片隅に置いてきた。箱がじろじろと、非難がましい目でわたしを見ているのは、孤独な生き物がとらえられ、自由にしてもらえるのを待っているようだ。

翌朝、例の衣装と今度のシャーロットのパーティを忘れようとして、わたしは近所のプールに出かけ、水中用ヘッドフォンでエミリー・オータムの曲を何度も聴きながら猛烈に泳いだ。それからブリック・レーンでウインドウ・ショッピングをして、お気に入りのカフェに立ち寄ってコーヒーと朝食にした。このあたりは、うまいことにベーコン通りという名前だ。カフェは古着屋でもあり、一九〇〇年代までさかのぼる衣料品が棚に並んでいるため、昔の物特有の甘い、埃っぽい匂いが漂う。ちょっぴりドミニクの本の匂いに似ている。

まだ早朝で、わたしがふだん起きる時間よりずっと早いのに、外の通りはすでに人があふれていた。その両側に衣料品のラックがびっしり並び、舗道にはアンティークやがらくたが毛布に置かれていた。豹柄のソファがオフィス家具の隣に鎮座し、屋台ではスペアリブのバーベキューからココナツの殻で出されるフルーツ・スムージーまでなんでも売っている。売る気満々の店主と初めてここを訪れて浮かれている観光客で、空気がびりびりしている。わたしは熱心な売り主とお買い得品をあさる人たちのあいだをゆっくりと進んだ。最近のセックス体験のおかげで、自分が別の意味でも心を開くようになったことにはもう気がついていた。これまでは、軍帽や軍服、ガスマスクを並べた陳列台を見たら、戦争記念品のコレクターが買うのだろうと考えていた。その人たちはいつも全身をコレクションで固めていて、この手のマーケットにちょくちょく現れるにきまってると。

今日はどこを向いても、コレクターズ・アイテムではなくてフェチ系の衣装に見える。上着と帽子は、例のクラブでシャーロットが〝ドム〟と呼びそうな役が好んでいた。マスクをつけていたのは、主にそれをかぶっていた服従役か、それともパンク風の、ひと目ではだれかわからない性倒錯者だがフェチ系ファッションに興味がありそうな人だった。こんなことを、ほかの通行人にはわからないかたちで気づいて、秘密クラブの会員になれたみたいに嬉しかった。人知れず、きわどい生き方をしている人たちでいっぱいの社会。また、かすかな不安とともに気づいたのは、こうした考えを頭から消せないことだ。知らず知らず、わたしは引き返せない道に入っていた。いくら自分で望んだといっても。

その日は一日中カフェの椅子に腰かけて、客の出入りを眺めていた。もしいるとしたら、あのなかのどの人が、やっぱり秘密の世界の住人なのかしら。向こうにもわたしが同類だとわかるのかしら。異端者同士、抑えようもなく惹かれあうのかしら。それとも、わたしがまともな服を着ていれば、ごくふつうに見えるのかしら。

こんなあきらめの気持ちに後押しされ、いわば運命を受け入れて、ドミニクが今夜のために贈ってくれた衣装を身につけることにした。彼の目論見どおり、胸を完全にむき出しにして。一時間くらいかけ、説明書を手元に置いて、鏡を見ながら紐をいじった。やがて、本来望ましい締め上げ方にはとうてい及ばなかったが、なんとか身につけ、シャーロットの家に出かけた。ホワイトチャペル駅からハマースミス・アンド・シティラインに乗って、ラドブローク・グローヴで降りた。わたしは赤のトレンチコートを着て、悦に入っていた。この見かけの下に潜んでいる正反対の人格、本来の自分は、社会の一般的な規範にはいっさい従わない。人前でブラをつけるなんてまっぴらよ。

ところがシャーロットの家に着いてコートを脱ぐ段になると、そうそう勇ましくなれなかった。あえて早めに入り、ほかの客が来る前に雰囲気に慣れようとした。結局、神経質になっていないと言わんばかりに、深呼吸を一度しただけでコートを脱いだ。おどおどしているところをシャーロットに見られたら、からかわれるのが落ちだもの。

「すてきなコルセットじゃない！」シャーロットだ。

「ありがとう」これはドミニクからのプレゼントだとは言わなかった。

「でも、もっと紐をきつく締めなくちゃ。こっちへ来て」

シャーロットはわたしを壁に向かわせると、腰のくびれに手を当てて前に押し出した。

「壁に手をついて」

納骨堂でドミニクとセックスしたことを思い出した。彼に押しやられて同じような姿勢を取らされたことを。彼がここにいて、また同じやり方でしてくれたらいいのに。そう思うと乳首が硬くなり、今夜の〝給仕〟がそそられる経験になりそうだと気づいてますますとがった。乳首がこんなふうにとがったままでは、興奮していることを隠せそうもない。ドミニクはこうなると考えたの？　彼は観察力が鋭くて、わたしが昂ぶるきっかけを見逃さなかったけれど、わたしにメイドの仕事をさせ、自分の手で選んだ衣装をつけさせたのは、興奮させるためだったのかどうかわからない。ドミニクは今夜のわたしに燃えてほしいのかしら。たとえ彼がいなくても？　確実にそうなりそうなのに？　それとも、ただ自分の力を振るおうと、どんどん大胆になる指図にわたしが従うかどうかを確かめようとしただけ？　お互いを独占する話は出たことがなかった。それはまだ早すぎる。わたしたちは正式につきあっているかどうかもわからない。

「これが気に入ってるのね、そうでしょ?」

わたしは物思いにふけっていて、シャーロットがコルセットの紐を強く引っ張っているのに気づかなかった。

「息を吸って」

わたしはあえいだ。シャーロットがわたしの背中に片足を当て、思いっ切り紐を引っ張った。

これでコルセットがきちんと上まで結ばれ、背中に余分な三センチほどが垂れた。この感覚は、以前にシャーロットのコルセットをつけたときとはまるでちがう。あれはだぶだぶして、ちょっと窮屈なだけだった。ドミニクは体にぴったり合う品を見つけてくれた。紐で調節すれば多少はサイズの融通がきくけれど。きつく締めたので、息が苦しくなり、背中はぴんとまっすぐになった。びっくりするほど満足した。なんだかぎゅぎゅっとハグされてる気分。これに合うハイヒールをはいてきてよかった。もう腰を曲げようとしても無理だから。今夜床に落ちた物を拾う場合は、まっすぐ伸びた背中のまま、かがむしかない。そう考えるとむらむらした。目の前でストッキングの皺を伸ばしているシャーロットは、昂ぶった匂いに気づくにちがいない。


その晩はほとんどキッチンで過ごした。料理の盛り付けをして、たまには創造性を発揮するチャンスを楽しんだ——そこのシェフからは指示を厳守するようしつこく言い渡されていた。ベルが鳴ると、すぐに応え、ダイニングルームとキッチンを行き来するたびに、パーティのようすがわかってきた。シャーロットの面白い客たちが寄り添い、グラスにお代わりを注ぐたびにだんだん服を脱いでいく。ここにはざっと同数の男女がいて、船上パーティの客と似たような服装をしている。大半がラテックスとランジェリーのコーディネートだ。男性のひとりはメイドの格好で、バブルガムピンクのミニワンピースの上に白のフリルつきエプロンをつけているが、彼は給仕役ではなかった。キッチンには話し相手がいるし、つらい配膳をしなくていいとシャーロットが言ってくれたけれど、働いている客はわたしひとりだ。

一晩中、息苦しくなったり、ぶざまにかがんだり、しゃがんだり、きついコルセットに動きを抑えられるたび、ドミニクに行動をコントロールされている気がした。彼の力があれば、わたしの胸が上下して、サテンのパネルと胴体をめぐる張り輪にきつく押しつけられる仕組みさえ変えられるみたいに。ベルが鳴るたびに、わたしは駆けつけて皿を下げたり、ワインを注ぎ足したりした。その客をドミニクだと想像すると、頭に無数のイメージが押し寄せた。彼に奪われたい、使われたい、ありとあらゆるやり方のイメージが。まるで、猛烈な欲望が頭のなかでいっきに解き放たれたようだった。

シャーロットがこちらに好奇の目を向けている。

「あとでびっくりさせることがあるの」飲み物を注ぎ足すと、こう耳打ちされた。その晩、彼女はだれよりも多くベルを鳴らしてわたしを呼んでいた。

「ほんと?」わたしはあまり興味がなさそうに答えた。自分の頭のなかで繰り広げられているファンタジーのほうが、シャーロットが考えていそうなことよりずっと刺激的だ。

夕食が終わり、シャーロットは見覚えのある男性の膝に座っていた。三分くらいして、彼にどこで会ったか思い出した。船上のフェチ・クラブで、スパンコールのついたレギンスをはいて軍帽をかぶっていた人だ。たしか地下牢に入る前に姿を見かけた。

シャーロットはわたしがあの人に惹かれたことに気づいていたのね。彼をわざと招待しておいて、わたしをからかうために膝に乗っているのかしら。それはちょっとばかみたい――わたしはシャーロットの友だちと口をきいたこともない――だけれど、彼女は前にもわたしが好きな男の人といちゃついたことがあった。向こうはこっちの反応を見て楽しんでるだけだから、平然として見えるよう努力した。

キッチンにいて、デザートをスプーンでボウルに入れていると、リビングルームでビオラを弾いている澄んだ音色が聞こえた。客も静かになり、音楽に聴き入っている。ブラック・バイオリンのカバーバージョンだが、本来ならビオラと一緒に演奏するバイオリンがいない。あれはクリスね。これはわたしたちがよく一緒に弾くカバー曲で、わたしがクリスをシャーロットに紹介した夜にも演奏した。彼女はあとでクリスを引っかけて、わたしを怒らせ、彼にばつの悪い思いをさせた。わたしたちの友情はこれっぽっちもセクシーな火花が散らないけれど。それはずっと前からおかしいと思ってきた。だって、わたしはどんな男にもセクシーな火花が散ると言ってもいいくらい。牛乳配達人にだって。でも、あとくされを気にせずにくつろげる男友だちがいるのはいいものだ。

クリスはわたしをどう思うかしら？

曲が終わりに近づき、ベルのカランカランという鋭い音が、拍手喝采を超えて耳に届いた。シャーロットがデザートをせかしているにちがいない。わたしはボウルを持てるだけ持って、リビングルームへ運んだ――ひとつにはドミニクのベルが誘惑の言葉のように呼んだから、やむをえず従った。またひとつには、シャーロットがわたしに挑んでいるとわかったため、彼女に勝たせてたまるものかと思ったのだ。わたしは逃げも隠れもしない。あとはクリスがなんとかするしかないわ。

わたしが姿を見せると、クリスは目を丸くした。わたしはちらっと彼を見てからうつむき、この無言のしぐさが相手に通じて、なにも言われなければいいと思っていた。でも、そうはいかなかった。

口火を切ったのはシャーロットだった。「うちのウエイトレスをどう思う?」彼女がクリスに訊いた。

「きれいだと思うよ」クリスがよどみなく答えた。

それから彼はまた演奏を始め、それ以上の話を打ち切った。わたしはほっとして息をつき、キッチンに戻った。持つべきものはいい友だちね。今後の恋人がわたしたちのプラトニックな関係をどう考えようと、もう二度とクリスと離れない。

クリスは演奏を終えると、帰り際にキッチンでわたしをつかまえた。パーティの客の行いにショックを受けているようすがありありとうかがえる。彼らはリビングルームで、ローマ時代の酒宴で最後のコース料理が出たようにどんちゃん騒ぎをしている。あたりにはセックスの気配が満ちていて、乱交パーティが計画されている予感がした——デザートのすぐあとで。

「サム」クリスはわたしのむき出しの胸を見もせず、毅然として目を合わせた。「あの連中は知り合いなのか?」

「ええと、そういうわけじゃないの。シャーロットの友だちだから」

これは本当のことだ。シャーロットはわたしを客に紹介しなかった。パーティのあいだは、わたしは名もない使用人だから。いま考えてみると妙なもので、シャーロットに押しつけられた役にすっかり夢中になっていた。エプロンをつけて最初のベルの音を聞いた瞬間に。

「なにもかも妙じゃないか？　わかるだろう」クリスが耳打ちして、ダイニングテーブルに目をやった。そこではトップレスの女性がピンクの服の男性の腿でせっせと手を上下させている。

「どうしても金が必要だったなら、力になったのに。連絡してくれればよかったんだ」

わたしは落ち込んだ。お金目当てでこんなことをしているとクリスに思われた。給仕をしているのも、こんな格好をしているのも、無報酬だと打ち明ける気になれない。すっかりいかれたありさまをどう説明したらいいの？

わたしは黙ってうなずいた。恥ずかしくてクリスと目を合わせられない。彼はわたしの肩をそっと握った。

「もう帰るよ、ベイビー。このあと深夜のライブがある。ハグしたいとこだけど……ほら……妙な感じになりそうで」

目に涙があふれた。クリスはずっと前からわたしを本当に理解してくれるただひとりの人だ。今回の件で彼を失ったらどうしていいかわからない。

クリスは身を乗り出し、わたしの胸を慎重に避けて、頰にそっとキスをした。「電話してくれ。いいね？　なんなら、あとで寄ってくれてもいい。きみが、その、これをすませたら」

「わかった」わたしは答えた。「じゃあね」

クリスが出ていき、またベルが鳴った。

シャーロットが用事をはっきり口にするには少し時間がかかった。というのも、彼女は忙しく、裸で、床にひざまずき、別の女性の脚のあいだに顔を埋めていた。シャーロットはわたしにその行為をたっぷり眺めさせてから、スプーンを一本とアイスクリームのお代わりを持ってくるよう言いつけた。

「そこにいて」シャーロットが言った。「見ててちょうだい」

わたしはその場に釘づけになった。命令されたせいばかりではない。シャーロットが上品にアイスクリームをすくい、パートナーのヴァギナに入れてから顔を突っ込んでしゃぶり取った。その女性は熱さが冷たさに変わるたびにたじろいだ。でも、見るからに嬉しそうだ。船上クラブにいた男性、シャーロットを膝に乗せていた人もこれを眺めながら、ジーンズの前を膨らませている。ジッパーを下ろして出してあげたくても、考えたとおりに手が動かない。ドミニクのコルセットに締めつけられたまま、彼に義理立てしているせいか、こんな大胆な行動をするのはメイドの立場にふさわしくないと思えるせいだろうか。

シャーロットが首をめぐらして背後の男性と目を合わせ、こくんとうなずき、長い脚を大きく広げた。男性がジーンズを脱ぐと、下着に邪魔されず、ペニスがじかに飛び出した。なんてみごとなペニス。どこまでもまっすぐで、色むらがなく、期待できそうな長さと太さ。美術館でお目にかかる大理石の彫像みたい。男性はちょっと動きを止めてジーンズを拾い、コンドームはないかとポケットをあさった。

それから彼は膝を深く曲げて背後からシャーロットにペニスを突っ込めるようにした。その間、シャーロットの顔は純粋な歓びにあふれていた。信仰上の恍惚感といってもいい。わたしは忘れられ、彼女は太いペニスが打ち込まれている快感に溺れていた。

わたしはその場でシャーロットを許した。彼女はわたしに負けず劣らず欲望のとりこだから、燃えている彼女はすごくきれいに見える。

空になった皿と放り出されたスプーンを拾い、わたしはキッチンへ戻った。ベルはもう鳴らなかったけれど、それでも待機していた。コルセットとピンヒールのままなので、足がずきずきしてきた。この不快感がかえって満ち足りた気持ちを与えてくれた。プールを何十往復もしたあとの体の痛みに似ていなくもない。

そのうちお客が帰り、シャーロットがわたしにタクシーを呼んだ。

「あれでよかった?」彼女はやさしくわたしの肩に手をかけた。

「ええ」わたしは言った。「実はね、ちょっと楽しんじゃった」

「よかった」

シャーロットは玄関前の階段に立ち、体に巻きつけたシーツをつかみ、それだけでタクシー運転手の好奇のまなざしをよけて、わたしが夜の闇に消えていくのを見送った。


翌日ドミニクが電話をかけてきて、デートの確認をした。

「どうも声がおかしいね」

「そうみたい」

「話してごらん」

不安の影を見つけたと思ったのに、自信が持てない。ドミニクが本気でわたしを心配していたにせよ、これもゲームの新たな一手にすぎないにせよ、わたしはドミニクのベルに応えていたのと同様に、彼の質問にも答えるしかなかった。コルセットの話、シャーロットの話をした。それに、彼女がうしろから満たされている姿を見てどう思ったかも。

ドミニクが携帯電話にメールを送ってきた。約束の日の前の夜だ。〝明日は午後十時に来てくれ。観客がいる。ひとりではない〟

8　男と招待客

そこはドミニクの家のなかでもサマーがまだ入っていなかった部屋だった。最上階だ。かつては屋根裏部屋だったのだろうが、大がかりな修理と改装を経ていた。あちらこちらで天井がカーブを描き、その上にある屋根の弧をたどっている。壁の二面だけに本棚が置かれ、大半は黄ばんだ背表紙の文芸雑誌と映画雑誌がずらりと並んでいた。いっぽう左手の壁の棚の上段を占めているのは、革装で何巻も揃った、大半がフランス語の古い本だった。サマーには本棚をゆっくり見ている暇がなかった。この部屋には窓がなく、天井を正方形にくりぬいたふたつの天窓から光が差し込むだけだ。

部屋にはほかになにもない。まるで、ドミニクがわざわざ家具や気を散らしそうな物を運び出しておいたように。

サマーは午後十時に来るように命令されていた。今回は夜の演奏会になる。これほど遅い時刻に演奏するのは初めてだ。これまでの約束では、それが暗黙の了解のひとつでもあり、昼間のうちか夕方にしていた。

ドミニクが玄関でサマーを迎え、頬に軽くキスをした。相変わらず、なにを考えているかわからない顔だ。サマーは彼から答えを聞き出せないと思い、黙っていた。ドミニクはサマーを連れて階段を上がり、最上階へ続くドアをあけた。

「ここだ」

サマーはバイオリンのケースを木の床に置いた。

「いますぐ?」

「ああ、いますぐだ」ドミニクがうなずいた。

サマーはほかにもだれが来るのか訊きたくてたまらなかったが、考え直した。今夜は観客が自分の演奏を、奉仕を目の当たりにして、一挙一動に注目すると思うと、激しい昂ぶりが体のなかで渦を巻き始めた。

サマーは服を脱いだ。この家に来たときは、着古したジーンズと体にぴったりした白のTシャツだった。今日はドレスアップする必要はないとドミニクに言われていた。ストッキングもハイヒールも、はくように指示されなかった。全裸にならなくてはいけない。どうやらドミニクは演奏会のさなかに服を着たり脱いだりする微妙な変化を楽しみ、サマーの一連の演奏を、たとえ思いやりのある指揮者だとしても、無鉄砲に指揮する行為を楽しんでいるようだ。

サマーは少ない衣類をすばやく脱ぎ捨てて裸でその場に立ち、ドミニクに向き合った。一瞬、いますぐ奪ってくれたらいいのに、と思った。木の床に四つんばいになって。だが、今日の彼にはそんなつもりがないと気づいた。少なくとも、彼をそこまでみだらにさせる音楽を奏でないかぎり。今回もまた、ふたりはあらかじめ演奏する曲を決めておいた。マックス・ブルッフのバイオリン協奏曲の最終楽章からのソロ演奏だ。

　ドミニクは射貫くような目でじっとサマーを見ていた。部屋は暖かく、薄れゆく陽光の名残が天窓から射してくる。

「新しい口紅かな?」ドミニクがサマーの唇を見て訊いた。彼は目ざとい。サマーはいつも時間で口紅の色を変えていて、夜になると濃い目の赤を塗る。そうすると、昼の自分と夜の自分にくっきりと変化がつくような気がする。

「新品じゃないけど」サマーは言った。「夜は濃くて温かみのある色合いをつけるようにしてるの」

「なるほど」ドミニクがひどく考え込んだようすで言った。それから続けた。「その口紅を持っているかい?」

「そりゃあ、二本とも持ち歩いてるわ」サマーは小ぶりのハンドバッグを指さした。脱ぎ捨てたジーンズとTシャツのそばの床に置いてあった。

　ドミニクがそこに近づき、ハンドバッグから口紅を二本取ってきて、色合いを見極めた。

「夜と昼か」

「そうよ」サマーはうなずいた。

　ドミニクは口紅を一本投げ捨て、もう一本を指で挟んで回し、濃い色の、蠟のような、指に似た形の口紅をプラスチックのケースの先から出した。夜の色を選んだのだ。

「ここへ来るんだ」

　サマーは従った。ドミニクはなにを考えているのかわからない。

「背中を伸ばして」

サマーは言われたとおりにして、いつの間にか胸をほんの少し突き出していた。

ドミニクが近づいてきた。口紅を持っている手がサマーの乳首に向かい、とがっていく先端に丁寧に色を塗り始めた。サマーは息をのんだ。ひとつの乳首。ふたつの乳首。塗られて。飾られて。感度が高くなって。サマーは見下ろした。おかげで大胆極まりない女に見える。彼女はドミニクの倒錯した想像力に感心してほほえんだ。

ところが、まだ終わりではなかった。

ドミニクは一歩下がり、サマーの目を見て「脚を大きく開いて」と言い、口紅を持ったまま、片膝をついた。それから彼女の視線をたどり、まっすぐ前を見て、下を向くなと命じた。

ドミニクの指が下の唇を分け、潤った内部に入っていき、左右の唇を順番につまんで押さえ、もう片方の手が口紅で性器を縦に塗り始め、次に両方の唇を横になぞった。

サマーはおののきが全身を駆け抜けるのを感じ、つかの間、開いた脚がぐらぐらした。いまの自分はどんなふうに見えるのか、見当もつかない。

ドミニクが立ち上がった。

これでサマーはすっかり演奏する準備を整えられたわけだ。

「バビロンの大淫婦のごとく彩色したよ」ドミニクが言った。「美しく飾った。完璧だ」

たったいま起こった出来事のショックが尾を引いていて、サマーはなんとかしゃべろうとしていた。

ドミニクがパンツのポケットから黒い布を取り出し、サマーに目隠しをして闇に追いやった。

「わたしにはだれがいるかわからないのね？」サマーはかぼそい声で文句を言った。

「そうだ」

「ひとりだけなの、もっといるの？」

「想像に任せるよ」

儀式に新たなバリエーションが加わった。

その意味しか考えられなくなり、サマーは息を吸い込んだ。

「いったん失礼する」ドミニクが言った。「よかったらリハーサルするといい。あとで客を連れて戻る……あるいは客たちを……」彼があえて皮肉な口のきき方をしたことにサマーは気づいた。

「三十分ほどで戻ってきたら、わたしはひとりではない。ドアを三回ノックしてから入ってくることにしよう。それを合図に演奏を始めるんだ。ルールがすっかり頭に入ったかい？」

サマーはうなずいた。

ドミニクが部屋を出ていった。

サマーはバイオリンを手に取って調律を始めた。


ドミニクはヴィクターに階下で靴を脱いでくるように言っておいた。ふたりで最上階の部屋に入って、靴下が床にやわらかくこすれる音がしても、サマーには何人来たかわからないからだ。

サマーがまばゆいばかりの姿で立ち、バイオリンを手にして、ある部位を赤い口紅で強調されているのを見て、ヴィクターはにんまりしながらドミニクのほうを向いた。まるでおめでとうと言わんばかりだ。口をきいてはいけないことを彼は承知していた。

ヴィクターは、ドミニクがローラリンの欠員が出た四重奏団を雇った件で協力したときから、なにをもくろんでいたのかとしつこく訊いていた。ヴィクターはローラリンのちょっとした知人どころではなく、同棲相手ではないかとドミニクは思った。ヴィクターは前から大学内でも学者仲間のあいだでもうさんくさい存在だった。彼には恐ろしく込み入った東欧のルーツがあり、相手によってずる賢く態度を変えるようだ。心理学の客員講師で著名な音楽愛好家でもあり、世をはばかる賢者のように大学を渡り歩き、一カ所に長居せず、抜け目ない鋭さで階段教室を沸かせ、何度も繰り返した難解な理論を教養書として出版していた。ヴィクターは中背で白髪交じりの頭、短い悪魔風の髭を生やし、これをばか丁寧に手入れしている。

ドミニクは噂話を気にするタイプではなかったが、ヴィクターをめぐる噂は山ほどあり、その大半が眉つばものだと知っていた。ヴィクターが頼りになるのは、悪だくみやみだらな行為をする場合だ。おそらく、個人的な履歴書に載っている学生ハーレムを動員するのだろう。以前、学部長がヴィクターをたしなめ、女子大学院生の研究助手が彼に論文の指導をしてほしがったら、有無を言わさず一定のボランティア活動を課すと匂わせた。なるほど、ヴィクターの研究室に美人と言えない学生はほとんどいない。それは有名な話だった。

しばらく前からヴィクターがドミニクをおだて、彼が言う〝計画〟の中身を聞き出そうとしていた。とうとうドミニクは折れ、サマーのことを打ち明け、彼女と始めたゲームが発展している事情を話した。とはいえ、セックスがらみの部分は伏せておいた。

「会いたいな」ヴィクターが言っていた。「なんとしても」

「彼女は本当にすばらしいよ、そう」ドミニクはうなずいた。「また今度……」

「おいおい、そりゃないぞ。呼んでくれるだけでいい。たった一度だ。彼女はいやと言わないんだろ？」

「まあ、いまのところはどんな条件にも同意している。とにかく、毎回妙な遠回りをするのも我慢しているが」

「傍観者になるだけだよ。そりゃあ、興味を示さないわけじゃない。だれにでも、のぞき趣味があるだろ？」

「そうだな」ドミニクは言った。

「彼女に頼んでほしい。そうしてもらえるか？」

「彼女は同意を言葉に表さないこともあってね。そんなときはこちらで推測する。または、目を見るか、しぐさで判断するんだ」

「なるほど」ヴィクターが言った。「で、いいのか、ドミニク？　おれはきみの実験対象に興味津々なんだ」

「わたしの実験？」

「そういうことじゃないのか？」

「ああ、言われてみるとそんな気がする」

「よかった。じゃあ、これでわかり合えたな？」

「きみは彼女の演奏を見る、それだけだ。いいね？」

「もちろん、もちろんだよ」

ヴィクターは何分かおきに短い髭をぼんやりといじりながらサマーの演奏を聴いている。濃い赤の乳首はひと筋の月光を浴びた標的のようだ。四角い天窓から差し込む光が、音に反響しているような神秘的な後光でサマーを包んでいる。旋律が展開し、入り組んだ大通りと脇道を抜けてから、最終目的地という完全の域に達した。

サマーの指が指板を押さえ、弓がぴんと張られた弦の上をサーファーが波に乗るように滑らかに動く。音楽は彼女の皮膚の下を流れていて、別の場所へ連れていく。部屋に音楽が鳴り響いていたが、男たちは黙ってやりとりしながら見物した。サマーは見られているのがわかっている。ふたりに見つめられ、体の魅力とはかなさを堪能されていると。だれがこの場を動かしているかといえば、それはまったく別の問題だが。

ヴィクターの隣に立っていると、ドミニクには彼の息づかいが聞こえた。ヴィクターもやはり釘づけになっている。サマーの裸体にはこの力がある。背中はあまりにもまっすぐ伸びていて、彼女がそこにいるのは、みだらに利用されるため、または調べられるため、奪われるためだという気がする。ドミニクの頭に途方もない考えがよぎった。まさか？　あるいは……ひょっとして？　彼は舌を噛んだ。

いかにも満足げに派手な身ぶりを加え、サマーが曲を弾き終えた。魔法が解け、ヴィクターが拍手しようとしたが、ドミニクはとっさに合図をしてその動きを止め、自分の口元を手で押さえて、まだ静かにしていなければいけないと伝えた。ここにだれがいて、何人いるのか、サマーに知られてはならない。

ヴィクターとドミニクは顔を見合わせた。ドミニクはヴィクターにそそのかされている気がした。それとも、気のせいだろうか？　サマーが待っている。バイイを脇に抱え、誇らしげに裸のままで。ドミニクの視線が彼女の腹部に落ち、さらに下へ向かった。部屋を照らしている薄暗い明かりで、まばらな巻き毛のカーテンの奥に割れ目が見える。

ドミニクは数歩進み出て、サマーの手からバイオリンを取り、そっと背後の床に置いて壊れないようにした。

「きみが欲しい」ドミニクは言った。「きみがそう思わせたんだ、サマー」

サマーはまだ目隠しをしているので、ドミニクは彼女の目の表情を読めなかった。片手を乳房に置いてみた。乳首が石のように硬い。これで充分な答えになった。

ドミニクはサマーの耳に口を近づけてささやいた。「いますぐ、ここできみを奪いたい」

うなずいた気配があったが、ドミニクにはよくわからなかった。

「ただ、だれかが見ていることになるが……」

サマーが深く息を吸った拍子に胸が盛り上がった。一瞬、ドミニクは彼女のおののきを感じ取った。

ドミニクの左手がサマーの肩に上がり、やさしく握り締めた。

「膝をついて、四つんばいになるんだ」

それからドミニクはサマーを奪った。

ヴィクターは黙りこくって眺めていた。ドミニクの太いペニスがサマーの入口を滑るように出入りし、下の唇を容赦ない力で分け、奥へ奥へと突き入れるようすに魅せられて。サマーの息は奪われるたびに乱れ、かすかに揺れる乳房は体の下でバランスを保ち、ドミニクが規則正しく突き出す体に押され丸いふくらみに尻の下部をぴしゃりとぶつけられて動いている。

ヴィクターが額をぬぐい、緑色のコーデュロイのパンツ越しに少し自分に触った。

ドミニクはサマーのなかから出たり入ったりを続けながら、視界の片隅で同僚の興奮ぶりを見届けた。ヴィクターがにんまりした顔を見たものの、すぐにまた気が散った。彼のペニスが入った衝撃でサマーの肛門が大きく開いた。まるで波がヴァギナの中心を発生点として同心円状に広がっていくようだ。まず尻の穴が活気づき、それから全身へ、肌の隅々にまで生気が吹き込まれ、絶頂感が駆け抜けた。

尻の穴がほんの少し開き、ドミニクはいつかあそこをファックしたいと思わずにいられなかった。そうこうしているうち、彼はヴィクターのすばやい行動を見逃した。この人文学科の教授が目の前に、サマーのうつむいた顔の前に立っていたのだ。一瞬、ドミニクはヴィクターがペニスを出して、サマーの口に突っ込み、いわゆる〝串焼き〟を、下品な輩にこう呼ばれている行為を始めるつもりかと思った。だめだと言おうとしたが、ヴィクターはパンツのポケットからハンカチを取り出して、やけに親切に、彼女の額の汗を拭いながら、ドミニクに大きな笑みを向けただけだった。

額に触れているのは、手つきはやさしいけれどもドミニクではないとわかり、サマーがさっと顔を上げた。ドミニクはサマーの内側の筋肉にペニスを激しい力で締めつけられた。さまざまな思いが、多くのありえないこと、みだらなこと、記憶とともに脳裏を駆けめぐり、ドミニクは必死に以前読んだ文章――あれはマルキ・ド・サドの小説の一節だったか？――を思い出していた。女がセックスのさいちゅうに死んだら、ヴァギナの筋肉がきつく締まって男のペニスはそこに詰まり、ぴったり埋め込まれる……。あるいはサドではなく、女たちと警察犬が出てくるポルノ小説のなかで、コミュニティサイトの個人広告に遠回しといえない形で書かれていたのか？　あらためて強烈に思い知らされ、ドミニクは稲妻のようなショックを受けて絶頂に達した。猛烈に、自分の考えに愛想が尽きるほどに。

再び顔を上げると、ヴィクターが部屋を出ていた。ドミニクの体の下で、サマーは息を弾ませている。

「大丈夫かい？」ドミニクは気づかうように尋ね、サマーから離れた。

「ええ」サマーは途切れがちに答えた。

サマーが木の床にぐったりと倒れ込んだ。彼女は彼女で、ドミニクと同じくらい疲れ切っていた。

「見られているとわかっていたのは刺激的だった？」ドミニクは訊いた。

サマーが目隠しを外して彼のほうを向いた。頬が紅潮している。

「すごく刺激的」サマーが認め、うつむいた。

これでドミニクはサマーの考え方が、彼女の体がのぞき魔の視線にどう反応するかがわかった。だが、サマーのほうは、次にドミニクにどこへ導かれるのかまだわからなかった。


大学は学期の中休みに入った。ドミニクはかなり前から海外での学会に出席することにしていた。彼は基調講演者のひとりであり、学会後はその街で休暇を過ごす手配もすんでいた。

次はいつ会うのかとサマーに訊かれ、ドミニクはもうすぐ留守にすることを知らせた。彼女は見るからにがっかりした。ふたりはドミニクの家で最上階セックスをしてから、一階のキッチンでバターつきトーストを食べていた。サマーはTシャツに戻っていて、まだみだらに液を垂らしていた。ドミニクの要求で、ジーンズをはかずに尻をむき出しにして金属製の椅子に座り、彼が皿とグレープフルーツジュースのグラスを置いた花崗岩の調理台に向かっていた。

サマーは自分が服を着ていないことをいやというほど意識していた。椅子の十字模様が尻に食い込むのだ。今度立ち上がったら、また一時的にあざがサマーの尻に格子模様を描くのをドミニクは見届けるにちがいない。さらに、彼女がジーンズを取りに上階へ戻るときは、背後という絶好の場所で、その眺めを大いに楽しむだろう。

ドミニクはまたしてもよそよそしくなり、大事な話はなにもできそうになかった。ましてや、サマーに長期的になにを求めるかという話は無理だ。しかし、サマーは現実的で、進んで流れに身を任せた。きっと、ドミニクはそのときが来たと思ったら説明してくれる。いまのところは世間話が精いっぱいだ。サマーは彼を〝読み取る〟ため、この不思議な男性をもっとよく知るために、個人的な話を、過去を訊きたくてたまらないのに、この打ち解けない態度、このよそよそしさは、ゲームに欠かせないものなのだろう。サマーはドミニクに強烈に惹かれているいっぽうで、ドミニクには夜のようなところが、彼女が渇望すると同時に怯える暗闇を思わせるところがある。この関係もどきを一歩一歩進めるのは、まだ想像もつかない目的地への旅をこっそり続けるようなものだ。

「ローマに行ったことはあるかい？」ドミニクがぼんやりと訊いた。

「いいえ」サマーは答えた。「ヨーロッパにはまだ行ってない場所がたくさんあるわ。ニュージーランドからヨーロッパに来たとき、この際だから全域をめぐるつもりだったけど、ずっとお金に困ってたから、めったに旅行に出られなかった。一度、パリに一週間出かけたことがあるわ。ときどき一緒に演奏した小さなロックバンドとね。でも、それっきりよ」

「パリは気に入った?」

「すばらしかった。食べ物は最高だし、美術館はすっごくすてきだし、街は活気にあふれてて。でも、そのときはあまり組んだことのないメンバーと演奏したせいで――わたしは土壇場の交代要員だったの――長時間リハーサルをしていて、行きたかった場所を全部回れなかった。また戻ってきて、もっといろいろなものを見て、いろいろなことをすると心に誓ったの。いつか。パリをちゃんと楽しむんだって」

「パリではプライベート・クラブも繁盛しているらしいね」

「フェチ・クラブのこと?」

「そうともかぎらない」ドミニクが言った。「向こうでの呼び名はクラブ・エシャンジスト、翻訳すると〝スイング・クラブ〟だね。ほとんどなんでもありの世界さ」

「行ったことある?」

「これまでは連れていくのにふさわしい相手がいなかった」

それって、さりげなく誘ってるわけ?

「〈レ・シャンデル〉、つまりキャンドルという名前の悪名高いクラブがある。実に洗練された店で、薄汚いところはまったくない」ドミニクがうっすらと笑って念を押した。

そこでドミニクはその話題を打ち切った。

頭にくる人。ちょうどこちらが突っ込んで訊きたいことを山ほど思いついたときに。そのクラブへ連れていって、演じろと命令する気だろうか？　音楽だけを？　それとも、セックスのほうでも見せ物になれと？　人前でまたがられるとか？　ほかの人たちにも？　サマーの想像は狂おしく先走りした。

「ところで、わたしの留守中にどんな計画がある？　もっとフェチの経験を積むのかな？」ドミニクが訊いた。

「いまのところはなにも」なにごとも起こらないとは考えにくいともわかっていながら、サマーはこう答えた。体じゅうの神経がすでにたいまつのように燃え、昂ぶりと好奇心が滑りやすい坂を下りていくのがわかる。その勢いは日々増している。

ドミニクはどう見てもこれに気づいている。

顔つきがますます陰気になってきた。「わたしに義理立てすることはないとわかっているね。わたしの留守中にも、とことん楽しんでいいんだ。ただし、ひとつだけ頼みがある」

「なあに？」

「なにをするにしても、きみがつまらない日常生活で、アルバイト、睡眠、ちっぽけなバンドとの共演以外でかかわったものを知らせてほしい。書くんだ。詳しく。インターネット・メールなり、携帯メールなり、時間が許せば、風情のある昔ながらの手紙でもいい。書いてくれるかい？」

サマーはうなずいた。

「フラットまで送っていこうか？」

サマーは申し出を断った。この家からほんの数分歩けばノーザン・ラインの駅に着く。それに、考える余裕が必要だ。ドミニクに支配されていない、ある種の自由な時間が。

ドミニクは、ローマのサピエンツァ大学がキャンパスに近いホテルを手配するという申し出を断っていた。自分で決めた宿のほうがずっといい。予約してあるのはマンゾーニ通りを外れた四つ星ホテルで、空港から出る電車が止まるテルミニ駅からタクシーで十分のところだ。学会に出て、〝一九三〇年代から一九五〇年代までの文学における絶望の諸相〟というテーマで比較文学の講演をする。主に扱うのはチェーザレ・パヴェーゼというイタリアの作家で、見当ちがいの理由で自殺するという作家の長い伝統につらなるひとりである。テーマはどこか陰鬱だが、ドミニクは競争相手のいないところで権威となっていた。海外の研究者とも交流する予定だが、この数週間はひとりでサマーのことも考えたかった。どうしても考えをはっきりさせ、気持ちを分析して、この一件をどこへ導きたいのかを確かめなくてはいけない。解決すべき葛藤がふんだんにあるような気がする。多すぎる。ことが厄介になりかねない。

基調講演が終わって、ローマ滞在の二日目、ドミニクはほかの講演者や参加者のグループに同行して、カンポ・デイ・フィオーリの外れのレストランで食事をした。そこではフラーゴレ・ディ・ボスコ、つまり野苺にちょうどいい具合に舌を刺激された。グラニュー糖がまぶしてあるため、舌に触れると完璧な味わいを引き出す。

「おいしいわね、ちがう?」

狭い長方形のテーブルの向かいで、会場では紹介されなかった黒髪の女性がほほえみかけた。ドミニクは顔を上げ、汁けたっぷりの原色の果物が盛られた皿から目がそれた。

「いい味ですね」ドミニクも言った。

「このお店ではこれを山で育てているの。斜面で」女性が続ける。「野苺といっても、森じゃないのね」

「なるほど」

「さっきの講義はすばらしかった。本当に。興味深いテーマだわ」

「光栄です」

「三年前に出たスコット・フィッツジェラルドについての本もよかった。とてもロマンチックなテーマね、ちがう？」

「重ねて光栄です。現実の読者にお目にかかれるのは、いつも嬉しい驚きですから」

「ローマに詳しいんでしょ、プロフェッソーレ・ドミニク？」女性が訊いた。ウエイターは熱々のエスプレッソのカップをのせたトレイのバランスを取りながら、テーブルの合間を通り抜けていく。

「特に詳しいわけでは」ドミニクは言った。「以前に二度訪れた経験がありますが、わたしは旅行者の鑑《かがみ》ではなさそうです。教会や古い建物の大ファンでもないし。おわかりでしょう。ただ、こちらの空気が、人々が大好きなんです。本格的に文化狩りに出なくても、歴史を感じ取ることはできますからね」

「それはずっといいわ。思いどおりにできるっていいことよ。ありきたりなコースをたどるんじゃなくて。ところで、わたしはアレッサンドラ」女性が言った。「住まいはペスカーラだけど、職場はフィレンツェ大学よ。古代文学を教えてるの」

「それは面白そうですね」

「いつまでローマにいるの、プロフェッソーレ・ドミニク？」

「あと五日です」学会そのものは明日の晩に終わり、その後はなんの計画もない。ひたすらくつろぎ、好きな料理を食べ、天気を楽しみ、よく考える時間を見つけるつもりでいた。

「よかったら、このへんを案内するけど。本物のローマを見せてあげる。観光コースじゃなくて。教会にはぜったい行かないから。どうかしら？」

行ってみるか。ドミニクは思った。アレッサンドラの黒い巻き毛はくしゃくしゃに乱れ、こんがりと日焼けした肌はぬくもりを予感させる。サマーに念を押さなかっただろうか？　ロンドンに戻ったら、ふたりのあいだで進展している関係はもともと一対一のつきあいではないと。それとも、念を押したか？　なんの約束もしなかったはずだし、向こうもなんの要求もしなかった。いまのところ、これは恋愛関係ではなく情事だと言って。

「いいですよ」ドミニクはアレッサンドラに言った。「名案だ」

「トラステヴェレ地区をよく知ってる？」

「じきにそうなりたいものです」ドミニクがほほえんだ。

誘惑は主に大人の男と女がするゲームであり、どちらが誘惑する側でどちらが誘惑される側か、お互いに気づかない。これがペスカーラから来たアレッサンドラとのいきさつだった。ふたりでアレッサンドラのホテルの部屋に入ったのは、たんに行きやすかったからだ。最後の一杯を飲んだ（彼女は甘いマティーニ、ドミニクはいつもの氷を入れないコーラ——彼は信条ではなく味を理由に厳格な禁酒を守っていて、酒を飲んでいた若い時分にもおいしいと思えなかった）深夜営業のバーは、ドミニクのがらんとして冷たい感じのする高級ホテルチェーンより、アレッサンドラが泊まっている家庭的な民宿《ペンシオーネ》の近くにあった。

ドミニクの携帯電話が振動した。ちょうどアレッサンドラの手を握ってスイートルームに入ったときだ。すでにエレベーターでキスをして、薄いコットンのスカートの上から尻をけだるげにもむまでは許されていた。

ドミニクはアレッサンドラに断ってから、研究以外での懸案事項にかこつけて、届いたばかりのメールを読んだ。送信者はサマーだ。

〝空っぽになった気分〟と書いてある。〝あなたのゆがんだ欲望をよくよく考えてみた。戸惑って、むらむらして、どうしていいかわからない〟署名は「S」の一字だけだった。

アレッサンドラが声をかけてバスルームに入ると、ドミニクはバルコニーに出た。ローマの七つの丘が夜の熱気が漂う周囲の光景をさえぎっている。彼はサマーに返信メールを打った。

〝するべきことをして、わたしが戻ったらなにもかも話してくれ。自然に振る舞うこと。これは命令ではなく助言だと思ってほしい。D〟

ドミニクはバルコニーをさえぎる揺れているカーテンを押しのけて、室内に戻った。アレッサンドラが待ち受けていて、ふたつのグラスに飲み物が注いであった。彼女のほうは白ワイン、ドミニクのほうはミネラルウォーターに見える。

アレッサンドラは白のブラウスのボタンを上からふたつ外し、深い谷間からふっくらした小山をのぞかせ、幅の狭い椅子に座っていた。そのすぐ右手にあるベッドルームのドアは半開きになっていて、奥の暗がりは手招きしている洞窟だった。ドミニクはアレッサンドラに近づき、椅子のうしろに立ってくしゃくしゃの巻き毛をつかんだ。ドミニクの手に力が入って髪が引っ張られると、アレッサンドラが小さく苦しげな声を漏らした。ドミニクは手を放し、かがみこんでアレッサンドラのうなじに唇をつけながら両手を首に巻いた。

「シ」アレッサンドラが明らかに息を切らしている。

アレッサンドラの背後に立ったまま、ドミニクは彼女の体から立ち上る熱気を感じていた。

「シ？　どういう意味だ？」

「するんでしょ、ちがう？」

「もちろんするさ」ドミニクは言い、手をさらに下げていき、ブラウスの裾にもぐりこませ、乳房をつかんだ。アレッサンドラの心臓がどきどき打っていて、そのリズムは皮膚の表面を打ち鳴らす太鼓の音だった。

ドミニクは親指でアレッサンドラの真っ赤な乳首をこすった。肌の色からして、乳首は褐色だと思っていたが。そういえば、キャスリンの乳首は妙に調和したベージュとピンクで縁取られ、めったに硬くならない。また、サマーの乳首は薄茶色で、もっとざらざらしている。過去に心を占めたまた別の女の、さらに別の女の乳房が思い浮かぶ。やってきた女たち、去っていった女たち。彼が愛し、欲情を抱き、捨て、裏切り、傷つけもした女たち。

ドミニクはアレッサンドラのブラウスを乱暴にはぎとった。いまこの部屋にいるのが彼女であって、ほかの女性でないのが許せないという怒りに駆られたように。肌の色合いがちがい、青白くないというように。穏やかな外国語のアクセントがある声が、サマーのニュージーランド人らしい軽やかな話し方を思わせるとばかりに。ドミニクにはわかっていた。アレッサンドラが豊かな体つきで、広いヒップの上に細いウエストがないからといって、彼女を責めるのは筋ちがいだ。ちょうどいいときにふさわしくない体でいるだけだが、これで反感を買うことはない。アレッサンドラがドミニクのパンツに片手を伸ばし、硬くなりかけたペニスを下着から出して、温かく湿った口に入れた。しまった。サマーにはまだペニスを吸わせていなかった。これにはなにか意味があるだろうか？　それとも、サマーに一度も仕向けなかっただけのことか？　アレッサンドラの舌がドミニクの先端と戯れ出し、するりと滑りながら官能のダンスを踊って回り、からかい、とびきり感じやすい皮膚にわざと歯を立てた。ドミニクはすばやくひと息に、アレッサンドラの口に強く押し込んだ。自身をできるだけ深く突き立て、相手のなかにとどまった。ほんの一瞬、ドミニクはアレッサンドラを窒息させた気がして、彼女が目に恐怖と不満の色をたたえ、服従姿勢から見上げたときはぎょっとしたが、動きを止めなかった。ただ怒りが物を言い、荒っぽいしぐさを指図しているだけだ。目の前の女がいま一緒にいたい女ではないから、ひどくいらだっている。サマーではないから。

　ドミニクは力をゆるめ、服を脱いだ。アレッサンドラも黙って同じようにして、彼のペニスから口を放し、ベッドに仰向けになってひとつになるのを待った。彼女の目つきからすると、これは荒っぽい交わりに、激しい交わりになるとふたりともわかっていた。ロマンチックなところや上品なところはみじんもない、機械的な営みだ。どちらにとってもそれでよかった。これが最初で最後の情事だろう。あやまちかもしれない。赤の他人同士が夜の海でブイにしがみついている。もしかしたら、アレッサンドラもほかの男の腕とペニスを恋い焦がれているのかもしれない。だから、今夜の行為は取るに足りないことだ。

翌朝ふたりは愛のこもった言葉かしぐさを交わして別れ、再びそれぞれの道を行く。ドミニクには近いうちにローマに戻るつもりはなかった。ふたりとも全裸になると、ドミニクはアレッサンドラにのしかかり、肌と肌を合わせ、汗を光る汗に重ね、彼女の脚を開いてなかに入った。ひと言も言わず。

背後でドミニクの携帯電話が再び振動したが、彼がサマーから届いたメールを読んだのは翌朝になってからだった。

〝それならそれでいいわ。S〟

サマーは金のやりくりで苦労していた。もう地下鉄構内での演奏をやめたので、臨時のステージで手に入るわずかなギャラとレストランでのチップではぎりぎりまで追いつめられている。バンドは活動を休止していた。クリスがロンドンを離れ、友人の田舎のコテージにある安いスタジオで即興の新曲を録音している。サマーも数週間前にバイオリンの短いパートを録音したが、その仕事で報酬が出るのは、曲が実際に売れてからだ。サマーはわずかな貯金に手をつけるしかなくなってきた。タクシーに乗って遠出しすぎている。ハムステッド、フェチ・クラブなどなど。約束と行き先によっては、恥ずかしくて公共交通機関を使えない。でも、けっしてドミニクに助けてと頼まないつもりだ。それを言うなら、ほかのだれにも。

聞いた話では、ケンジントン音楽大学の掲示板には、アルバイトか、一回かぎりのスタジオセッションか、教師の口が出ているという。サマーが大学に着くと、正面の玄関ホールはがらんとしていた。いまは学期の中休みだ。まったくもう。掲示板に貼ってある仕事も応募の期限切れに決まってる！

サマーは奥の壁に向かい、画鋲で留められたメモや情報カードがあちこちにある掲示板をざっと見た。ハンドバッグから小型のノートを取り出し、古い情報に時間を無駄にしないよう、貼り出された日付をチェックしながら、いくつか電話番号を書き留めた。

郊外で暮らす子どもたちにバイオリンを教える依頼と、テレビ番組の収録でクラシックの信用性を求めているロックグループの伴奏をする、報酬の高い弦楽合奏（自前の黒いドレスと化粧品を持参すること）の欠員補充のあいだに、身に覚えがある内容が書かれたカードがあった。ドミニクは納骨堂で演奏した三人をこうやって募集したのだ。サマーはほほえんだ。たしかにすべての道はローマに通ず……。そのとき彼女は一瞬不審に思った。掲載されている電話番号は、実はドミニクのものではない。たぶん、必要に応じて別の番号を使うのだろう。

「演奏のバイトを探してるとか？」若い女性の甘い声が耳元で聞こえた。サマーは彼女のほうを振り向いた。

「ええ、でも、あんまりないわね」

若い女性はひじょうに背が高く、大女といえるほどで、染めたブロンドの髪に、褐色の革のボマージャケットをはおり、黒のスキニージーンズをピンヒールのついたぴかぴかのブーツに入れている格好は壮観だった。彼女にはどこか見覚えがある。唇の片隅に浮かぶ皮肉っぽい笑みのせいか、超然として愉快そうに、優越感らしきものを抱いてこちらを眺める目のせいか。

「これなんか面白いでしょ」女性が指さしたカードはとっくにサマーが注意を引かれていたものだった。

「そうね。ちょっと謎めいて秘密主義がすぎるけど」

「もう期限切れじゃないかな」女性が言った。「でも、だれかが外しておくのを忘れたんだな」

「そうかもね」サマーが言った。

「あたしのことがわからないんだ、そうでしょ?」

すると、記憶がどっとよみがえり、サマーは自分でも赤くなったのがわかった。この人は、納骨堂で最初にセッションしたときのチェロ奏者だ。

「ああ、ローラよね」

「本当はローラリン。印象が薄くて残念だけど、あなたはほかのことで頭がいっぱいだったみたいね。音楽のことだけど?」

ローラリンのからかうような口調がはっきり伝わり、サマーはあの日のことを思い出した。ローラリンに目隠しの下から裸を見られていたと、つかの間考えたのだ。

「あのときは演奏がうまくいった、と思うの。こっちからはあなたが見えなかったけど」ローラリンが挑発するように強調した。

「そのとおりね」サマーも同意した。四人は妙な演奏スタイルを要求されたわりには、あっという間にしっかりとまとまった。

「で、なにを探してるとこ?」ローラリンが訊いた。

「仕事よ。たくさんの仕事。この際、なんでもいいわ。できれば音楽関係で。いま、お金に困ってるの」

「なるほど。実は、条件のいい仕事はここに出ないものもあるの。あなた、ここの学生じゃないよね。みんながやりたがる演奏の仕事は口コミで伝わるものよ」

「ああ」

「コーヒーでも飲まない?」ローラリンが誘った。「一階になかなかいいカフェテリアがあるの。いまは中休みだから、混んでないし。静かに話せる」

サマーはうなずいて、ローラリンがまっすぐに進んだらせん階段を彼女のあとから上がった。ローラリンの尻の曲線にジーンズの生地が第二の皮膚のように張りついている。サマーは女性じたいに惹かれたためしがなかったが、このブロンド女性はまぎれもなく独特の雰囲気を漂わせていた。男性にさえめったに見られない、他人を支配する、自信満々なようすを。

ふたりはたちまち親しくなった。同時期にオーストラリアで、ちがう町だが、数年過ごしたとわかり、共通に知っている土地や、よく行くコンサートホールが多いとわかった。サマーはうまく操られているという含みを感じ取りながらも、くつろいだ温かい思いをローラリンに覚えていた。コーヒーを二杯飲んだあとで、摂りすぎたカフェインを静めるためにプロセッコを飲みに行くことになった。ローラリンがスパークリング・ワイン代を払うと言ってきかなかった。

「あなた、どれくらい融通がきく?」ローラリンが出し抜けに尋ねた。シドニーのコンサート会場の音響効果をめぐって、たわいない話をしていたところだった。

「融通って?」ローラリンはなにを言いたいのだろう? いまの質問に裏の意味があるとして。

「住む場所のこと」

「かなり融通がきくほうだと思うけど」サマーは答えた。「どうして?」

「二流のクラシック・アンサンブルに空きがあるの。あなたならばっちり。きっと華々しくオーディションに合格する。目隠しをしててもね」ローラリンが笑った。

「それはいいわね」

「ただし、場所はニューヨーク。先方は最低でも一年間の契約に応じられる人材を希望してる」

「まあ」

「ビショップスゲートにいるスカウト係と連絡を取ってるの。この件を扱ってる女性はニュージーランド出身だから、あなたとは共通点がありそうね。あたしもニューヨークに行ってみたいけど、いまはチェロ奏者の募集がないのよね」

「どうしようかしら」

「あの人のせいで踏み切れないとか？」

「あの人？」

「あなたの彼、後援者、って言うべき？　それとも、ご主人さま？」

「まさか」サマーは文句を言った。「そんなんじゃないんだから」

「とぼけなくていいのよ。どういう事情か察しはついてる。あなたたちふたりが、あの納骨堂でなにをもくろんでいたか。あの人に素っ裸になれと言われたのね。あたしたちは服を着てたのに、あなたは裸で演奏するところを見せて彼をわくわくさせた。でしょ？」

　サマーはごくりと唾をのみこんだ。

「自分でもわくわくしたんだ。ね？」ローラリンが続けた。

　サマーは黙り込んで答えを逃れた。スパークリング・ワインをもうひと口飲んだ。もうすっかり気が抜けていた。

「なぜわかったの?」

「わからなかった」ローラリンが言った。「あてずっぽうよ。でも、あたしの友人で、性倒錯行為のベテランが例の広告をあなたの彼のために貼り出したの。ふたりは友だちよ。だから、この話そのものがまともじゃないと筋道立てて考えたの。言っとくけど、文句なんかつけてない。あたしだって仲間入りしてるんだから」彼女はいわくありげにほほえんだ。

「もっと詳しく教えて」サマーは頼んだ。

9　新しい友だちとわたし

「あたしならもっとうまくやれるけどな」と、ローラリンが言った。「教えてあげる」

わたしたちはまだ大学のカフェテリアで、ローラリンの変態行為とのかかわりを話し合っていた。

ローラリンがすんなりした片腕をテーブルに伸ばしてわたしの手を取り、手首の内側をそっと爪でひっかいた。

思わず息をのんだ。

どういうことなの。彼女は事実を言っているのか、誘いをかけているのか。だいいち、なんの誘い？

「ドムがプレイしてるのを見たことある？」ローラリンが訊いた。

彼女は〝ム〟に力を入れて、女性の支配者《ドミナント》のことだとはっきり示した。変態仲間以外では、〝女王さま〟と呼ばれる存在だ。

「何度か」わたしは答えた。「でも、クラブでだけよ。けっして、その……個人的にはないわ」

プロセッコのボトルは二本目に突入していた。わたしがほとんど飲んでいたにちがいない。さもなければ、ローラリンはとんでもなくアルコールに強いのだ。なにしろわたしは、もうふらふらしていたのに、彼女は完全に素面のままだった。

「別の味も試してみて、修行を締めくくるべきよ。男ばかりがすべてじゃないんだから」

ローラリンが眉を上げて〝味〟と言うと、わたしは顔を赤らめた。女性の気を惹くのは慣れてないし、まるでついていけない。このやりとりじたいは、ドミニクと初めてセントキャサリン・ドックスのカフェで会った日を思い出させる。テーブルを挟んで向かい合い、お互いを品定めして、支配と従順、魅力とプライドが静かな戦いを繰り広げていた。

「ええと、どんなことをするの？」

「それはあたしが知ってるし、あなたにもいずれわかる。ネタばらしして、お楽しみを台無しにしたくないものね」

ローラリンはわたしの手を放して、肘から手首をテーブルにつけ、人差し指でワイングラスの縁をゆっくりと、丹念になぞった。指先のたどる道を、グラスを押さえつけているようすをわたしが見ていると気づき、彼女は色っぽくほほえんだ。

「彼氏のことを考えてるんだ。それとも、あたしのこと？」

ドミニクのことを考えてみた。たしかに、どちらも欲望を探っていいことになっていて、わたしは自分の経験を彼に、求められたとおり、詳しく報告してきた。でも、ゆきずりのセックスでもなく、クラブで遊ぶのでもなく、あえてほかの人をドミナントにしたら、ドミニクにどう思われるだろう。なんとなく、話がちがうような気がする。特に、そそのかしたのがローラリン。ちょっと前にドミニクに雇われて、まだ演奏会の守秘義務を負っている以上、厳密にはいまも雇われているはずの人だから。

要するに、この件をドミニクに教えるわけにいかない。ローラリンと会ったことを話したら、彼女に迷惑がかかってしまう。わたしたちが演奏会後はけっして連絡を取らないとドミニクは踏んでいた。きっとそうだ。ローラリンの誘いを受けたかったら、彼の言いつけに逆らうしかない。

そう思うと、反抗するスリルでいっぱいになった。わたしはドミニクのものじゃない。彼がわたしの振る舞いを思いのままにできるのは、こちらが許す範囲だけよ。そもそもドミニクは具体的にローラリンとセックスをするなとか、あるいは彼女がほかになにを考えていようと、するなとは言わなかった。

ローラリンのジーンズがお尻をかたどっていたように見えたところを、移り気な笑みが唇をよぎるようすを思い出す。ぜったいに、この人はいやらしい。

何度かキスと抱擁をしたり、おずおずと愛撫したりはあるけれど、女性と寝たことは一度もない。ずっと前から試してみたかったのに、勇気がなくて、次の段階へ進めなかった。どんなにそのときはうまくいきそうに思えても。

わたしはプロセッコの勢いを借り、ローラリンの明らかな性的自信に支えられていた。彼女はわたしの分まで自信を持っている。

「あの人はわたしの彼氏じゃないわ」ローラリンの目を見て打ち消した。

「よかった」

十分後、わたしたちはタクシーの後部座席におさまり、サウスケンジントンにある彼女のフラットへ向かっていた。

ローラリンも金回りがよさそう。フラットに着いて、室内をじっくり見ながらわたしは考えた。もちろん建物は古く、ロンドンのほぼすべてのものと同じだけれど、これまでに見たワンベッドルームのフラットの大半よりずっと広く、階上と階下の両方に部屋があった。インテリアは予想していたとおり、おしゃれですっきりした、白で統一されたもので、ごちゃごちゃしたところや派手なところはほとんどない。これでは冷たい感じになりがちだが、ローラリンの謎めいた個性にはどことなくユーモアが感じられ、さっきから見せている氷の女王のような態度はお芝居だろう。根は心が温かい人なのよ。きっとそう。

ローラリンは、室内を見回しているわたしを見ていた。

「防音よ」彼女が言った。「だからここに引っ越したわけ」

「防音?」

「ここは防音構造になってる」

「なるほどね」

「悲鳴だってかき消す」

例のみだらな笑みが浮かんだ。

「前は隣の住人にしょっちゅう文句を言われてたから、引っ越すしかなくて」ローラリンが続け、肩をすくめた。

わたしは笑いをこらえた。日常が卑猥なものと衝突するたびに愉快になる。いまではわたしも仲間入りしたと見えるこの世界は、外から見ればとびきり邪悪でそれはそれは魅惑的だけれど、倒錯者だって、ほかの人たちと同じように、不道徳な行為を日常生活に組み込まなくてはならない。家賃を払ったり、妙な家財道具があるのを詮索好きなルームメイトや大家にうまくごまかしたり、ときにはごくありふれた場所でテクニックを学んだり磨いたりするために。

　ローラリンがキッチンに姿を消した。続いて、氷がかちんとグラスに入れられ、しゅっという瓶があく音がした。

「座って」ローラリンが重いガラスのタンブラーに入った飲み物をわたしに渡して、ゆったりしたクリーム色の革のソファを指した。コーナーシートもついていて、リビングルームの壁の二面をほぼ占めている。「ちょっと着替えてくる。もっと……ふさわしい服に」

　わたしはうなずいて飲み物をひと口飲んだ。ミネラルウォーターだ。あのプロセッコのせいで頭がくらくらしているのを、ローラリンに見抜かれていたんだわ。お酒を飲んでから、もっと体にこたえる性倒錯行為にふけるなんて愚かなことだ。それもあって、わたしはあっさりドミニクを信用して、この体を利用させた。彼は飲まないから安全だ。

　ローラリンがまたわたしのほうを向いた。ちょうど階段を上ろうとしたときだ。

「そうそう、サマー?」

「なに?」

「これから友だちがひとり来るんだ」

　ローラリンはそれから二十分ほどわたしをやきもきさせていた。その間、ドアベルの音に耳を澄まし、彼女が戻る前に鳴ったらどうしようかと考えた。この際だから、階下のバスルームも借りた。

彼女、わたしにオーラルをする気かしら？　そう考えて、あそこをさっと洗うことにした。念のため。それとも、わたしを当てにしているの？　フェラチオならお手のもので、大好きな行為だ。男性をすっかりのみこんで、ほかのすべてを忘れるほどの歓びを与え、口のとりこにすると、ひざまずいているのはこっちなのに、自分の持つ力を満喫できる。でも、女性に舌をつけたことはない。どうしていいかよくわからない。自分はパートナーの力でオーガズムに達しにくいことを思い、わたしはたじろいだ。愛撫と導きが完璧にまとめられたリズムの結果でしか達しないようだが、その場合でもけっして確実ではない。わたしはローラリンをいかせられる？　その努力をするのがこの筋書きの一部になるかどうかもわからないのに。

少しわかったのは、サブミッシブ、つまり奴隷同士とその女主人との関係は、セクシャルではなく、むしろ力の応酬であることだ。いっぽうの奉仕と崇拝と、もういっぽうの情け深い、芝居じみた権力の行使とのあいだで、複雑なダンスが踊られる。こうした現場はどこも同じで、女王さまがリードするけれど、それどころかローラリンは、それぞれの客の独特の心理を理解して望みのものを与えるためならなんだってしてていた。

どう考えても生やさしい仕事ではない。ただ、ローラリンにはぴったりの仕事なのだろう。道理でこの高級なフラットに住み、個性のないインテリアを揃え、どこもかしこも掃除しやすくしてあるんだわ。

ローラリンの靴のヒールが再び階段にこつこつ響き、わたしはあわてて体を洗い終えた。ちょうど彼女が玄関に出ていくところへ、わたしはバスルームから現れた。

ローラリンはラテックス製のフードのないジャンプスーツを着ていた。とてもよく似合う。ブーツもはきかえていた。さっきのブーツより高いヒールをはいて、高層ビルみたいにそびえ、よく転ばずに歩けるものだ。髪はまっすぐに整えられ、軽くつや出しを塗ってあるので、明かりの下で輝いている。彼女が動くたびにどっしりしたブロンドのカーテンが揺れる。スーパーヒーローものの映画から飛び出したキャラクターみたい。

それどころか、女神だわ。なぜ男性がローラリンを崇めたくなるのか、なんのためらいもなく理解できる。彼女が歩く道では花も敬意を表して頭を下げそう。そんな気がする。

「マーカス」ローラリンが戸口にいる男性に呼びかけた。

彼女は心もち脇に寄り、わたしにも見えるようにした。

男性は十人並みの体格で、髪は焦げ茶色、まああのハンサムだけれど、目を引く顔ではない。服装は個性に欠け、ストレートジーンズと襟にきちんとアイロンをかけた白の半袖シャツだった。この人は、通りを歩いているどの男性とも取り替えがきく。容疑者になっても、警察の面通しで目撃者に特定されないタイプだ。

「女王さま」マーカスという男性がいかにもうやうやしい口ぶりで言い、頭を下げてローラリンの手にキスをした。

「お入り」

ローラリンが横柄な態度で背中を向け、マーカスは子犬が主人に従うようにあとをついていった。彼女がわたしたちを引き合わせると、彼はわたしの手にもキスをした。このしぐさにはまったく縁がないので、わたしは彼の媚びた態度にすぐさま気まずくなった。わたしはドムじゃないと言いたかったけれど、ローラリンの顔がそれを許さなかった。これは彼女の場所であって、わたしはどんな役割を命じられても、それに従うしかない。

マーカスとわたしが黙ってローラリンについていくと、彼女は階段の上り口で立ち止まった。

「ひざまずけ」ローラリンがマーカスに命令した。彼はわたしの背後ですぐにひざまずいた。

「彼女のスカートを見上げるな」

こうしていわゆる命令が出されていた。ローラリンが仕切り、わたしは仲間みたいなものになり、マーカスは彼女のサブミッシブ——奴隷か使用人だが、わたしはまだこの世界の通ではないから、ちがいがあるとしてもよくわからない。

「座って、サマー」ローラリンはわたしに言い、キングサイズのベッドのほうに手を向けた。ここは黒で統一してあり、さっきの白い部屋とは百八十度ちがう。たぶんローラリンが男たちにここでのぼりつめるのを許さないのだろう、とわたしはぼんやり考えた。シーツを清潔にしておくのは大変だもの。

わたしは腰を下ろした。

「彼女の足を洗え」ローラリンがマーカスに指図した。彼はひざまずいたまま、背中をぴんと伸ばして、ローラリンの命令を待っている。骨をもらえると思っている犬みたいな熱心さだ。

わたしはかがんで靴を脱ごうとした。

「だめ」ローラリンに止められた。「彼がやるから」

マーカスがベッドルームの隣のバスルームに這っていった。そこに洗面器とタオルが用意してあるにちがいない。彼は前にもこれをしたことがあるんだわ。

マーカスが膝を立てて小刻みに進みながら戻ってきた。片手で注意深く洗面器の釣り合いを取り、タオルを腕に掛けている。とても優雅で、ウエイターのようだ。

マーカスがわたしの片足を持ち上げ、靴を脱がせて奉仕を始めた。そのあいだ、気をつけてこちらから目をそらし、肩越しに床を見て、うっかりスカートのなかをのぞいてしまわないようにしていた。彼の手つきはやさしく、熟練していて、この腕前なら、目をつぶっていてもやり通せるはずだ。これなら美容セラピストにだってなれそう。ううん、そうなのかもしれない。別の生活では。

とても気持ちがいいけれど、この場面じたいはどうしようもなく気づまりだ。マーカスの努力に満足していないと思われたくなくて、晴れ晴れした顔をしようとした。でも、彼は楽しんでいたのだろう。ローラリンは鋭い目でわたしを見ながら部屋を行ったり来たりしていた。豹のようにしなやかなジャンプスーツ姿。ラテックスはぴかぴかしていて、そばに近づくたびに自分の姿が映っていた。彼女はいま乗馬鞭を持っていて、たまにわたしたちの目の前でこれ見よがしに振った。脅しか、約束のどちらかだ。

ようやくマーカスの仕事が終わった。わたしはほっとして息をついた。

「ありがとう」足元の男性にやさしく声をかけた。

「礼を言わなくていい」ローラリンが口を挟んだ。彼女は乗馬鞭をマーカスの顎の下に当て、そっと頭を上げさせた。「立て」

マーカスが立った。

「服を脱げ」

マーカスがシャツとジーンズを脱いだ。おとなしく。見たところ、彼はかっこいい男性だ。どこを見てもいい点ばかり。目も鼻も口もばっちりバランスが取れていて、体はほどよく引き締まっていて。でも、なぜかちっとも魅力的だと思えない。

ローラリンはわたしに息をのませてどきどきさせたのに、わたしがマーカスに抱いた気持ちは、愛憎感情《アンビバレンス》と嫌悪感のあいだぐらいを漂っている。命令されて服を脱いだ彼は弱々しく見え、裸よりもっと裸になったようだ。ハンターに毛を刈られたばかりのライオンを思わせる。

支配されているわたしを眺める人たちは、あんな姿を見るの？　考えをめぐらせた。たぶん、そうだ。見物人の独特の性癖にもよるだろう。わたしの変わった嗜好《しこう》はサブミッシブの男性たちには受けない。これは、恋愛歴から考えて、意外な結果ではなかったはずだ。ほかの人たちにも特有の癖や誘因があるんだわ。

「ベッドに乗れ」ローラリンが大声で命じた。今度はマーカスのまわりを歩いている。猫が獲物を狙っているみたい。

マーカスがあわてて従った。

ローラリンがマーカスに身を寄せて目隠しをすると、結び目を確かめながらやさしく愛撫した。ペットにこれからお仕置きをすると告げるように。

「このままあたしたちが戻るのを待ちなさい」

ローラリンはマーカスをベッドに残し、わたしについてくるよう手招きしてバスルームへ入った。ドアを閉めると身をかがめ、シンクの下のキャビネットをあけて、ジップロックから二個の黒い大型バイブレータを取り出した。どちらにも腰に固定するハーネスがついている。ストラップで固定するタイプだ。この品もポルノショップやポルノ映画で見たことがあるけれど、実物を見たのは初めてだ。もちろん、これまで参加したセックスパーティでは女性同士のプレイを見た。でも、挿入をともなう行為は、考えてみると、もっぱら異性のあいだのものだった。ちょっぴり残念。ふたりの女性、またはふたりの男性が、あんなふうにつながるところを見てみたい。

ローラリンに片方のバイブレータを渡されて、やっとのみこめた。

「これをつけて」

「ちょっと待って、彼をファックできないわ！」

「自分になにができるかわかったら、びっくりするでしょうよ。だいいち、あの男は喜ぶ。あなたはいい思いをさせてあげるんだ。本当だってば」

ローラリンがまたわたしの顔を見てから表情をやわらげた。

「わかった。どっち側か選ばせてあげる。どっちがいい？　前かうしろか」

「前にさせて」わたしは答えた。本当はどっちもいやだけれど、ローラリンが差し出したハーネスを受け取った。けっこう重く、快適そうには見えない。これはきつい仕事になりそう。「服を脱ごうかしら？」

「だめ。彼は女の裸を見てはいけないことになってる。服は脱がないで。目隠しがずれるかもしれないし」

そんなことをしてなんになるの？　それではローラリンがますます手の届かない存在になる。マーカスが彼女の弱いところを、裸の体を見ることができないのなら。

わたしたちがハーネスを留めてベッドルームに戻ると、マーカスが四つんばいになり、辛抱強く自分自身を捧げて、利用してもらおうとしていた。わたしは唾をのんだ。最後までやり抜く自信がないけれど、ここまで来たんだからいまさら引き下がってローラリンにばかにされたくない。

ローラリンは腰にバイブレータをつけ、とてもすてきだ。本当にペニスを持ってるみたいな雰囲気でつけている。ある意味では、持ってるのかも。わたしはふと、マーカスになれたらいいのに、と思った。四つんばいになり、ローラリンの前にひれ伏して、彼女の大きな、黒いペニスが体の奥の壁に侵入するのを感じたい。それはいつまでも硬いまま、嫉妬のうずきを覚えさせ、それから怒りの念を覚えさせるだろう。マーカスにわたしの場所を奪われた。それが不満だった。

わたしは自分の姿をちらりと見ることもできなかった。でも、服の上からハーネスを留めているなんて、きまりが悪くて、見苦しく、ばかみたいな感じがした。ハーネスはすごくぶ厚いし、腰のストラップがわたしには太すぎて、歩くたびにばかばかしいほど弾む。

ローラリンはもうマーカスの背後に回っている。彼のお尻を自分のほうに向け、手術用手袋を片手にはめてから、その中指と人差し指に潤滑剤をつけた。彼女の手首で手袋がぱちんと鳴る音を聞いて、マーカスが歓声をあげ、いそいそとお尻を持ち上げた。さかりのついた犬が交尾を待ち受けているみたいだ。

ローラリンがまず一本、次に二本の指をマーカスの肛門に差し入れた。さも楽しそうに。

「どうだ？　恩知らずの奴隷め」彼女が叫んだ。

「ああっ、ありがとうございます、女王さま。ありがとうございます！」

マーカスが前後に動き始め、ローラリンの指に体をこすりつけた。陰嚢が彼女の手のひらに叩きつけられた。

ローラリンがマーカスの顔を指さして、わたしにまたがれと合図した。

「口を大きくあけて、このご婦人のモノをしゃぶれ、奴隷」

わたしは少し進み出て、マーカスの口が届くようにした。見ていると、彼がわたしのペニスの先端を勢いよくなめていった。わたしは腰を突き出した。

「もうあたしのペニスを迎える準備はできてるか?」ローラリンがマーカスの肛門から指を抜き、慎重に手袋を脱いで、ティッシュペーパーと一緒にかたわらに置いた。さっき彼女はマーカスの体の下に小型のタオルを敷いていた。そそり立ったペニスにまっすぐ突き当たるところだ。こうやってシーツを清潔にしておくわけか。

マーカスが低い声をあげ、痛みと歓びが混じり合うしゃがれた声を漏らした。ローラリンは彼のお尻に入り、とびきり卑猥な穴を彼女の棹で刺し、ピストンのように腰を前後に揺り動かしている。

ローラリンがわたしの目をとらえ、じっと見つめた。

「こいつにぶち込んで」

わたしは昂ぶっていたし、腹を立ててもいた。ローラリンにぶち込んでほしかった。この哀れな、彼女のベッドでうめいている男じゃなくて。彼女の前で脚を広げているのはわたしだったはず。彼じゃない。

わたしはマーカスの目隠しをつかんで彼にわたしのペニスを押しつけ、先端で窒息させそうになった。「こういう感じがするのよ!」わめきたかった。「気に入った? え? この軟弱男」

マーカスが喉を詰まらせる音がして、わたしは彼の頭を離したのに、彼はわたしのペニスをつかんだ手を放さず、バイブレータを喉のできるだけ奥まで押し込んでいった。

ローラリンは反対側から手を伸ばしてわたしの肩をつかみ、マーカスのお尻に打ち込みながら、最後に一度力いっぱい押した。

マーカスがわたしのペニスから唇を引きはがし、叫びながら絶頂に達した。先端から放たれた白い精液がほとばしり、タオルに落ち、危うくわたしのスカートにかかるところだった。ローラリンはマーカスの肛門にきつく締めつけられたものをそっと引き抜き、彼がベッドにくずおれたところを眺めていた。彼女はかがみこんで目隠しを外し、相手の頭をやさしく撫でた。

「いい子だ。いまのはよかったか?」

「はい、とても。女王さま」

「女王さまがた、だ」ローラリンがきっぱりと言い、女王がふたりいることを強調した。

わたしは眉をひそめ、ローラリンのあとからバスルームに入った。マーカスは元気になるまでそっとしておいた。

「で、サマー・ザホヴァ」ローラリンはわたしに薄ら笑いを向けてハーネスを外した。「あんまり従順じゃなかったね。どう?」


二時間後、わたしは自宅に戻り、ベッドに丸くなって窓の外に目をやり、隣の煉瓦造りの建物というまったく見通しの悪い景色を見つめていた。いついかなるときでもそこにある煉瓦とモルタルから知恵を拝借できないかというように。

ローラリンに薦められたニュージーランド人のスカウト業者が留守番電話にメッセージを残していて、ニューヨークの仕事のオーディションに参加する相談をしようという。自分で応募したたわけではなかった。あのときローラリンがわたしの情報をスカウトに転送したにちがいない。わたしが音大を出てすぐに。

物ごころついたときからニューヨークに行きたかったし、こんな大チャンスをつかみたいと、ずっと前から夢見ていた。でも、やっとロンドンをわが街だと思えるようになり、ようやくなじめる生活を創り出している。ドミニクとか今度はローラリンとかのことがあって、混乱している生活だけれど。

自分が何者かもうわからなくなった。何者になりたいのかも。たしかなものはバイオリンだけ。わたしの美しいバイイ。でも、それだって完全にわたしのものではないらしい。バイオリンを手にすると、ドミニクのことを考えずにいられない。

バイオリンのケースが部屋の隅に立てかけてある。その存在は喜びばかりでなく罪になった。ローラリンとの行為をひどくうしろめたく思った。たったひとつドミニクに求められたのは、正直に話すことなのに、わたしはそうしなかった。少なくとも、わざとごまかそうとしている。まさか、ローラリンの奴隷とあのストラップつきのおもちゃでプレイした体験は打ち明けられない。あの行為はドミニクが知っているわたしとはかけ離れている。

あと二時間でアルバイトの時間だ。ぼんやりしている暇はない。ここ数週間はいつもの陽気で明るい自分ではなく、私生活でのあらゆる出来事に没頭していた。アルバイト先では二週間くらい前に軽い注意を受けていた。前回のドミニクの演奏会の翌日だ。わたしはあの出来事のせいですっかり混乱して、グラスを二個落として壊し、どう考えてもおつりを渡しまちがえた。なにしろ閉店時間に、レジの中身が二十ポンドも足りず、その日はたいていわたしが会計をしていたからだ。

　気分を明るくしようと、トレーニングウェアに着替えてジョギングに出かけた。フラットからタワーブリッジへ向かい、テムズ川沿いの小道を通り、ミレニアム・ブリッジを渡って対岸も一周する。今日はアメリカの曲を聴いているのは、背中を押してもらうため。ザ・ブラック・キーズの最新アルバムだ。これはクリスのお気に入りのバンド。ザ・ブラック・キーズのコンサートがハクニー・エンパイアで開かれた日、わたしたちは一列目の席に居合わせた。わたしがロンドンに着いた初めての週だった。

　ジョギングから戻ると、クリスの声が聞きたくて電話をかけたのに、彼は出なかった。シャーロットのパーティ以来、ずっと会っていない。わたしがどんどんフェチの世界にのめり込めば、それだけ溝が埋められなくなり、わたしのふたつの生活を結びつけられなくなりそうだ。そうなれば、クリスとの友情を守るには、彼にいやがられそうな生活の一部を隠すしかなくなる。

　走ったおかげでちょっぴり気持ちがやわらいだけれど、やっぱり神経をとがらせたままアルバイト先に着いた。頭を切り替えようとした。なにもかも忘れて、コーヒーメーカーがひっきりなしに立てる音に集中した。コーヒーの粉が入った容器をはめるとかたかたと鳴り、しゅうしゅうといいながらミルクが泡立てられる。

　そのうちわたしのおかしな自己催眠の力が働き出し、ミルク入りのコーヒーやカフェラテと書かれた、ずらりと並んだ伝票に夢中になった。男性グループが店に入り、案内されないのにテーブルについた。銀行員か販売コンサルタントだろう。わたしはようやくそちらに目を留めた。あのびしっときめたスーツと傲慢な感じはまちがいない。

「サマー、こっちを手伝ってくれないか？」

わたしは夢から覚めた。ウエイターのひとりがまだ休憩していて、オーナーは別のテーブルで支払いを受けている。オーナーが新しい客のテーブルを指さしたので、わたしはちょっとコーヒーをいれる手を止めて、注文だけ取りにいった。見たところ、客の何人かはすでに飲んでいて、ばか笑いと汗くさい顔に注意しなくてはだめだと思わせた。アイスペールで冷やしたシャンパンをオフィスで空けて、大口の取引をまとめたお祝いの幕開けをしたのかしら。

リーダーらしき男性が、テーブルを離れようとしたわたしの手首をつかんだ。

「おいおい、ダーリン。今日はここにいる友だちの誕生日なんだよ」彼が指さした向かいに、素面の恥ずかしそうな男性がいた。「ちょっと特別サービスをしてくれるだろ。わかるよな？」

わたしはつかまれた腕をさりげなく引き抜き、それはそれは愛想よくほほえみかけた。「もちろんです。間もなく担当のウエイターから当店の特別メニューをご説明します」

そろそろとあとずさりを始めた。コーヒーの注文がたまっているにちがいないし、たいていのお客はカフェインを摂るのが遅れるといらいらしてくる。特にそれがテイクアウトの場合は。

「そりゃないよ」男性が言った。「きみがここにいて、特別メニューを教えてくれないか、ダーリン？」

誕生日の男性はわたしがまごついているのに気づき、とりなそうとしてくれた。

「彼女はここの担当じゃない」彼は酔った友人をたしなめた。「勘弁してやれよ」

この声をきっかけにかすかな記憶が呼び覚まされ、それが頭の奥で必死に浮かび上がろうとした。

わかった。誕生日の男性は、わたしをフロッガーで叩いた名もない男性だわ。ドミニクのために初めて裸で演奏したあと、ひとりで出かけたイースト・ロンドンにあるフェチ・クラブで。この声はどこにいたって聞き分けられる。音がわたしの頭にいつまでも、ほかの経験とともに住みついてしまった。あのときはまだ新鮮な経験だった。

だれだかわかったという表情が男性の顔をよぎったと同時に、わたしも自分がそんな顔をしていると思い、わたしたちは目配せした。見つめ合っていたのが長すぎたのか、初対面ではないことが彼の連れにばれてしまった。

「ちょっと待てよ。きみたちふたりは知り合いか？」

男性が今度こそ声を張り上げた。ほかの客は目の前で始まった騒ぎに静まり返ったが、触らぬ神に祟りなしと、じろじろ見ないようにしていた。

誕生日の男性は真っ赤になり、もうひとりがびくっとした。たったいまテーブルの下で蹴られたのだろう。

「ロブ、やめろよ」

ロブは正反対のことをした。わたしのいかにも反抗的な態度に腹を立てている。

「ああ、わかったぞ！」ロブという男性が叫び、厚みのある手のひらをテーブルにばんと叩きつけると、フォークが宙に浮いた。「あんた、こないだ行った変態クラブにいた女だろ！　いいケツしてたな、ベイビー」

彼が手をふらふらと伸ばして触ろうとしたので、わたしはすばやく身をかがめて逃げ、その際に彼の腕を払った。重いカフスボタンが隣のテーブルのクロスに引っかかった。彼が腕をぐっと引っ張り、その拍子にクロスまで引っ張られ、そこで不安定に置かれていたワインのボトルが引っくり返り、そばに座っている女性の膝にまともに転がり落ちた。

中身は赤ワインで、すっかり浴びた女性客の上品な服から判断して、高級品にちがいない。女性は驚いて椅子から飛びのいた。わたしはこの隙に消えようと思い、女性客が服のしみを落とせるよう化粧室に案内した。

できるだけ長く化粧室に隠れていた。女性客はとてもやさしくしてくれた。

「あなたのせいじゃなかったわ」彼女は憮然としてシャツに石けんをつけた。「あの男を仕事の関係で知ってるの。すっごくいやなやつよ」

すると、見かけほどお上品でもないのね、とわたしは思い、女性客を改めて眺めた。

わたしが化粧室に駆け込むと同時にオーナーが例のテーブルに向かっていた。騒ぎを鎮めているはずだけれど、〝お客さまは神さまだ〟精神に従ってのことだろう。最低限でも、服を汚された女性がいたテーブルの勘定書からワインの代金を、たぶん料理の分も受け取らないと申し出る。ゆうに二百ポンドほどの損害だ。

この件については言い逃れできそうもない。

わたしが責任を取りに行ったちょうどそのとき、男たちが店を出ようとしていた。ロブはすっかりいい気になっていて、オーナーは歯を食いしばって礼儀で怒りを押し隠しているようすだ。

「サマー」男たちが出ていくと、オーナーが言った。「ちょっと来なさい」指さしたのは従業員用の休憩室だ。

「いいかい」なかに入ると、オーナーが話を続けた。「私生活でなにをしようときみの勝手だ。

それに、あの客はたしかにむかつく野郎……」口を挟もうとすると、オーナーに手を上げて止められた。「……だが、きみの私生活が世間に知れ渡ったら、それもうちのレストランでとなると、知らんぷりはできない。もうきみを雇っておけないよ、サマー」

「でも、わたしのせいじゃありません！　あの人がわたしをつかもうとしたんです。いったいどうすればよかったと？」

「そうだな、きみにもう少し……分別があれば……あんな騒ぎにならなかっただろうに」

「どういう意味です、分別って？」

「さっきも言ったとおり、サマー、きみが時間外になにをしようがそちらの問題で、こちらには関係ないが、気をつけなさい。いまに困ったことになる」

「アルバイトを失うのは困ったことじゃないとでも？」

「残念だよ、本当だ」

わたしはバッグを取ってそのまま店を出ていった。

なによ！　あのバカ男とでぶでぶした、ぶきっちょな手のせいだ。今度という今度は弱り果てた。家賃はすでに一度支払いを延期していた。どのみち最低の額で又借りしている。家主がほかの住人を入れる口実を与えたくない。もう一度支払いが遅れたら、勘弁してもらえないだろう。まったくもう。

クリスに電話するわけにはいかないし。電話したら、なにがあったか教えるはめになる。わたしの生活をとがめる口実をもう彼に与えたくない。ニュージーランドの両親に電話してもいいけれど、心配させたくないし、ふたりにはここでうまくやっていると話してあるので、帰って来いとせかされないだろう。シャーロットなら力になってくれるかもしれない。でも、プライドが邪魔して彼女にお金を借りられず、このお金に困った状態につけこまれるかもしれないという気がする。ニューヨークに行けば、給料が保証された仕事があるものの、まずオーディションを勝ち抜かねばならない。競争はかなり厳しいはず。

あとはドミニクだけだ。

あの人に借金を申し込む気はない――ぜったいにないけれど、会いたくてしかたがない。彼の声を聞けば不安がやわらぎ、この一件を解決する方法を思いつくだろう。全身の腱が張り、筋肉がぎりぎりまで緊張して、頭は不安で空回りしている。この圧迫感から解放してくれるのは、ドミニクに勝るものはない。彼はわたしの心と体を乗っ取り、あの怒りとやさしさが話にならないほど混じり合った状態でセックスして、リラックスさせ、生き生きした気分にさせる。

でも、またドミニクと顔を合わせられるかどうかわからない。ローラリンとのことが頭にあざやかに残っているのに。

正直に言うしかない。ドミニクに話すのよ。ほかに手はないわ。そう考えると胸がむかむかしたが、打ち明けるか、いつまでも気をもむかのどちらかだ。だいいち、罪悪感にバイオリンとわたしの邪魔をさせるわけにいかない。音楽の流れが止まったら、わたしは存在しなくなるだけだ。

元アルバイト先から短時間の移動で自宅に戻り、さっとシャワーを浴びて衣類を出した。大学にふさわしい服と、ドミニクにわたしは彼のものだと思わせる服。結局、前回彼に会ったときと同じ服装にした。Tシャツとジーンズ、バレエシューズ形のパンプスを身につけ、昼間用の明るい色の口紅を塗った。これを見て、ドミニクがこの前一緒に過ごしたことを思い出してくれたらいいけれど。あのときわたしが彼に自分をまるごと与えたことを。

ノートパソコンを起動してノースロンドンにある大学を検索すると、一校の文学講座に、ドミニクが教授として記載されていた。授業のスケジュール表が文科系の学部の掲示板のどこかに貼ってあるはずだ。音大でもそうだったように。ドミニクを見つけてみせる。


正しい場所を探し出すまで少し時間がかかったものの、ようやく大学にたどり着いたところ、ちょうど講義が始まろうとしていた。人気のある授業で、出ているのは女学生ばかり、美人揃いで、欲望で目がとろんとしている。ドミニクが咳払いをして話し出した。激しい嫉妬で胸がうずき、わたしは前列の椅子に座った。彼の視界にまともに入る場所だ。立ち上がって〝この人はわたしのものよ！〟と叫びたいけれど、そうはしない。だって、ドミニクがわたしのものじゃないのは、わたしが彼のものじゃないのと同じこと。または、だれも他人を本当に自分のものにしたことがないのと同じだから。

少ししてからドミニクがこちらに気づき、講義をするという目の前の仕事から脱線した。わたしを見たとき、一瞬彼の目が光って――あれは怒り？　欲望？――それから顔つきがゆるんで話が続いた。まるで、わたしはいないみたい。わたしはドミニクが取り上げている本を読んでいないのに、それでも言葉のリズムに従い、音楽みたいな言い回しに聴き入った。彼は指揮者に似ていて、穏やかに始め、だんだん盛り上げていき、それからまた静かに着地する。この授業に人気があるのも当然ね。ドミニクはときどきこちらに視線を戻した。それでもわたしは反応するそぶ

りを見せず、黙って座っていたけれど、彼がこの前のことを思い出してくれたらいいと願ってい
た。わたしがこの格好をして、この口紅をつけていた日、彼は濃い口紅を選んで私の乳首と下の
唇に塗り、刻印をつけ、自分のものにした。

授業が終わり、学生たちがぞろぞろと出ていった。わたしは息を詰めた。ドミニクがわたしを無視する気なら、一日中ぶらぶらしていられない。

「サマー」ドミニクが静かにかけた声が、かばんや本がぶつかる音の向こうから届いた。

立ち上がり、階段を下りて教壇に近づくと、ドミニクが机のうしろでノートをトートバッグに詰めていた。

彼は背中を伸ばして、にこりともせずにわたしを見た。「なぜここに来た?」

「会いたかったから」

ドミニクの表情が少しやわらいだ。たぶん、わたしが弱り切っていると気づいたのだろう。

「なぜ?」と彼が訊いた。

わたしは階段の最後の段に座り、ドミニクになにもかも話した。ローラリンのこと、奴隷のこと、わたしが人工ペニスをつけてそれを男の口に容赦なく突っ込んで楽しんだこと。でも、こんな経験をしてもなお、ドミニクに支配されたいこと。わたしは彼のものになりたい。バイトを馘にすべて打ち明けたけれど、ニューヨークでの仕事に応募する件は伏せておいた。

なったことも秘密だ。ドミニクの世界のど真ん中で、彼の足元で座っていても、弱みを見せるのはプライドが許さない。

「ここへ来てはいけなかったんだよ、サマー」

ドミニクはかばんを持ち上げてドアから出ていった。

あとでメールが届いた。帰宅してからのことだった。わたしはバイオリンのケースを抱えてベッドに寝そべり、はかない望みを抱いていた。ドミニクとわたしのあいだになにがあろうと、彼はバイイを取り上げたりしないと。今回も、猛烈に恥ずかしくなった。わたしはあの人からなんでも受け取れる気でいる。

そのとき携帯電話がぴーっと鳴った。おわびの言葉だ。

〝すまない。さっきはうろたえてしまった。許してほしい〟

〝いいわよ〟

〝また披露してくれるかい?〟

〝ええ〟

詳しい日時と場所は次のメールで届いた。明日、また別の場所で、ドミニクの家ではない。

今回、ドミニクに観客を連れてくるよう求められた。顔ぶれを選んで。わたしの回復力を試すの?

これからまたドミニクのために演奏する。前回の、うまくいったデートの、あの演奏会をそう呼べるなら、その手順を繰り返すためだ。彼は時間を巻き戻して、わたしたちを以前に向かっていたコースに戻そうとしている。

わたしはどんな人たちを呼べるか考えた。ローラリンはだめ。このうえ彼女が来たら踏んだり蹴ったりだわ。

あとはシャーロットしかいない。彼女をこんな微妙な問題に巻き込むのは気が進まなくてもしかたない。シャーロットは仕切り屋だし、わたしとドミニクがぎくしゃくしていても、そこに気づくほど親身になってくれないけれど、わたしに呼べるのは彼女しかいない。その場でほかの人たちとも知り合ったけれど、ふつうあの手のパーティで、短時間の楽しみを友情と呼べそうな意味のある関係に変えることはない。

「ええーっ、すごいじゃない」シャーロットが言った。「友だちを連れてってもいい？」

「と思うわ」わたしは答えた。ドミニクから観客を連れてくるようにと言われたのに、ここでシャーロットの申し出をはねつけるのはばつが悪い。彼女がひとりで来たら、ぜったいに邪魔をしそう。

わたしの本当の望みはドミニクとセックスすることだけれど、この奇妙な協力関係がうまくいくと彼に見せつけたいし、観客を連れてこいと言われたから、用意するまでだ。

衣裳は今回もベルベットのロングドレスにした。野外ステージで演奏した日に着た服だ。わたしは眉を寄せて考えた。はっきり言われなかったけれど、披露《パフォーム》してほしいと頼まれた以上、演奏することになるはず。それに、バイオリンを構えなかったら、この腕はむなしく感じる。

指定された住所はノースロンドンの、これまた個性のない建物だが、今回は広々としたリビングルームにキッチンとシャワーがついていた。かなり贅沢だけれど、インテリアのほうは毒にも薬にもならない。両端に革張りのソファ、床にラグが数枚、真ん中にガラスのテーブル。ずっと向こうの隅にはキングサイズのベッドがある。

この部屋がほぼぎっしり埋めつくされた。というのも、シャーロットが十五人あまりを連れてきたせいだ。なかにはあのすてきなエスコートのジャスパーもいた。あの人は時間単位で料金を取るのかしら？

それにクリスまで。

ひどいわ、シャーロットはなんてことをしてくれたの。

ところが、ドミニクは満足そうで、わたしはほっとした。彼はまっすぐ近づき、わたしの唇に温かくキスをして、やさしく肩を握った。

「サマー」静かに声をかけるドミニクは、わたしに負けないくらいほっとした顔をしている。わたしが現れないかもしれないと思っていたのだろう。

クリスとシャーロットが部屋の向こう側で話し込んでいる。ジャスパーも一緒だ。三人は密談中で、だれもわたしを見ていなかった。よかった。これでドミニクに話しかける機会をつかめる。いよいよ話を切り出そうと、どこか静かなところへ、ふたりだけで、ちょっとだけでも行かないかと誘おうとしたそのとき、シャーロットが飛び跳ねるようにやってきて、わたしに抱きついた。

「サマー！」彼女が声をあげた。「これでパーティを始められるわよ」

クリスが反対側からわたしに腕を回し、頰に親しみをこめてキスをした。

囲まれてしまった。ドミニクの顔を不満げな表情がよぎったけれど、すぐにいつもの落ち着きを取り戻した。彼はキッチンに消え、シャーロットがあとを追いかけた。いつにもまして人が悪い顔つきだ。なにをたくらんでるの？　部屋を見回し、出席したカップルを見たところ、大半が肌もあらわな格好をしているが、だれもまだセックスをしていない。ここはみだらな雰囲気にあふれているのに。これはドミニクの流儀とはかけ離れている。どこまでが彼のしわざで、どこまでがシャーロットのしわざだろう。ほとんどシャーロットのしわざではないかしら。

どうでもいい——じきに演奏を始めれば、なにもかも忘れるんだから。

クリスはわたしに会えて嬉しいのか、話をしようとしたが、わたしはキッチンにいるシャーロットとドミニクのことで頭がいっぱいだった。ふたりはなにやら妙な話をしている。だいたいあのふたりには、わたしのこと以外に話題がある？　ドミニクの顔はうまくいくときでも心のうちが読めないけれど、あの引き結んだ唇を見れば、なにか不満があるとわかる。話題がなんであれ、シャーロットはどんどん話し続けている。

「おーい、サマー……そろそろウォーミングアップしようか？」クリスがわたしの肩を揺さぶっていた。

「ええと、いいわよ」バイオリンのケースを持って、ずっと向こうの端のスペースまで移動した。クリスがビオラを置いたその場所が仮のステージだろう。

そのときドミニクがわたしの名前を呼んだ。

「サマー、ちょっとこっちへ」

わたしはケースをクリスのケースの隣に置き、ドミニクのほうへ歩いていった。

「今夜は演奏《プレイ》しなくていい。少なくとも、ああいうのはね」

ドミニクがかがみこんで唇にまともにキスをした。わたしが目の片隅でシャーロットの視線をとらえたと同時に、ドミニクが体を引いた。彼女は取り澄ましている。ふたりでどんなことを言い合っていたにしろ、シャーロットの勝ちだ。ドミニクは興奮して、動揺している。彼の心臓がせり上がるのが感じられるほどだ。彼が怒り出したとしても、驚かなかっただろう。

部屋のどこかでライターをつける音がした。

わたしはたじろいだ。

シャーロットが、ロープのような物やさまざまな付属品が入った袋を取り出していた。たしか、前から本を読んで研究していると言っていたっけ。どこかで正式な講座を取って、縛ってもいいと言う人ならだれでも縛ろうとしなければいいけれど。

シャーロットがガラスのテーブルを五、六十センチばかり押してその上に乗り、部屋中の人間にすらりと伸びた小麦色の脚とお尻を見せた。着ている白のロングドレスは、明かりを浴びると完全にシースルーになる。シャーロットは下着をまったくつけていないが、わたしだってつけていない。これははっきり言わなくちゃ、彼女はすごい脚をしている。

ドミニクが安心させるようにわたしの手を握った。でも、安心できない。シャーロットが床に下り、テーブルを片づけた。天井の金属の輪に長いロープを取りつけたのだ。

「これをやってくれるかい?」ドミニクが言った。

実は、ドミニクがなにをしてほしいのか、まだぴんと来ないけれど、するつもりだ。こんなときのシャーロットは信用ならない。でも、ドミニクなら、たとえようすがおかしくても信用できる。

シャーロットがわたしの肩をつかんで引き寄せ、ロープの下に立たせた。

「両手を上げて。ほら、心配しないで——きっと気に入るから」

わたしを吊り上げようというのね。

「まずドレスを脱がせなさいな」片方のソファから冗談半分で声がかかる。

シャーロットがわたしの肩から細いストラップを落とし、背中のファスナーを下ろした。両腕を上げる暇もない。ドレスがすとんと床に落ちた。わたしはまた観客の前で裸になった。もっとも、いまではこの感じにかなり慣れてきた。

さいわい、クリスの姿はどこにも見えない。たぶん、待ちくたびれたか、どんどん奔放になっていく客に恐れをなして、帰ったのだろう。

両腕を上げると、ロープが手首をかすめ、そのあいだとまわりの両方に巻きつけられ、ややこしい手錠ができあがった。シャーロットが手首とロープのあいだに指を一本差し入れ、締めつけすぎていないことを確認した。なんだかんだいって、思いやりがあるのかも。

「これで大丈夫？」シャーロットが訊いた。「きつすぎない？」

「いい気分よ」わたしは答えた。足はまだしっかりと床についている。身をよじっても自由になれないけれど、この姿勢がたちまちつらくならないよう、シャーロットが腕を少したるませておいてくれた。

「あとはお好きなように」シャーロットがドミニクに言った。いわくありげな言い方だ。

別の部屋で水が流れ、それからドアが開いて閉まる音がした。

クリス。

バスルームにいただけだったのね。

しまった。

「そこのあんた」クリスがドミニクに言った。「いったいなにしてるんだ？」怒りに満ちた声だ。

クリスはわたしがなにをしているのか訊かず、ドミニクがなにをしているのかを訊いただけだった。わたしがもがいていないのがわからないの？　自分でこうすると決め、進んで行動しているのが、たまたま居合わせた男性の気まぐれに合わせただけじゃないことが。

ふとクリスに腹が立った。わたしをわかってくれないし、自分の理想に当てはめようとしている。

「もう、やめてちょうだい、クリス！　わたしは平気！　ここにいるみんなが平気よ。あなた、誤解してるわ」

「サマー、自分の姿を見てみろよ！　すっかり変態になったんだな！　きみはついてるよ。ぼくはきみたちにこのばかげたゲームを進めさせて、警察には通報しないからね」

クリスはビオラとジャケットを取り上げると、部屋から勢いよく出て行き、ドアを叩きつけて閉めた。

「おやおや」ソファで声がした。先ほど声をかけた人だ。「だから一般人《バニラ》を倒錯パーティに呼んじゃダメなのよ」

数人が笑い声をあげ、緊張感がやわらいだ。

クリスのばか。これはわたしの体で、これで自分が満足できることならなんでもする。それにはドミニクがしたいことも含まれる。

ドミニクはわたしの髪を撫で、もう一度、そっとキスをして、それから乳房をもんだ。

「本当に大丈夫だね？」

「ええ、いい気分よ、大丈夫どころじゃない」

わたしはドミニクにすぐにも始めてほしかった。ファックして解放して、腕がうずくのを止め、バイイを弾かせてほしかった。

そのときドミニクが剃刀を取り出した。

10　男とその暗闇

熱気が立ち上っている。

煙が充満している部屋で。人々の頭のなかで。

クリスは出て行ったが、その言葉はまだサマーの耳で響いていた。心のどこかではクリスに非難された痛みを覚え、また別の、もっと小悪魔めいた、いいかげんな部分では彼に腹を立てていた。厚かましくもサマーをこきおろそうとし、自分は彼女の衝動が持つ矛盾した性分を理解していると思い込んでいるからだ。

サマーはため息をつき、足を動かして体重を移した。顔を上げて、部屋の向こうにいるドミニクを見ると、隅に立ってシャーロットと話し込んでいる。両手を彼女のほとんどむき出しの体になれなれしくさまよわせて。その隣ではジャスパーが、全裸でみごとに屹立したものを見せびらかし、片手で彼自身をのんびりと撫で、もう片方の手はシャーロットの下腹部の暗がりでせっせと動かしている。ふたりの男性に挟まれた格好で愛撫されていても、シャーロットはひるまないようで、この異様な場を思いのままにしていた。ドミニクは上から下まで黒い服を着たままだが、せめてもの譲歩で、ジャケットを脱いでいた。やわらかいカシミアのクルーネックのセーターは、シャーロットが彼に抱きつくたびにやさしく乳房をこするにちがいない。

薄暗い照明の下で、サマーは見て、聞くことができた。ほかのカップルたちの衣類が床に散らばり、部屋の向こう側にあるもう一台のソファや、大型のテーブルにまで放り投げられ、食べ物とグラスは片づけられていた。彼らはある種の性行為をしている——うめき声、ささやき、抱擁。だれかがサマーの横を忍び足で通り過ぎた拍子に髪を撫でたが、彼女は振り向かなかった。それがだれであれ、ぐずぐずせずにほかの絡み合う手足に向かった。サマーの目はドミニクとシャーロットとジャスパーの三人組に釘づけだった。なんの話をしているのだろう？　彼女のことを？

サマーはめまぐるしく頭を働かせていた。

短い間を置いて、陰謀めいた体験にかかわった三人がこちらを向く。サマーの目には彼らが笑い始めたときは、進んでドミニクとプレイしてきたゲームのもう一段階上のステージだったはずが、もうあっという間に落ちている。

っているように見える。まるで彼女がパントマイムの馬役で、前脚に置いていかれたうしろ脚になったようだ。

記憶がいっきによみがえった。ヒースの野外ステージでドミニクのために弾いて、それから目隠しをした演奏家たちと裸で共演し、次に裸で、地下納骨堂でソロ演奏した。それをきっかけに、ふたりはついに一線を越えた。そして、まだ頭から離れない出来事は、目隠しをされて謎の観客（ひとりだけだと彼女もいまでは確信していて、男性にちがいないと思っていた）の前で演奏して、まだ正体のわからない相手から丸見えの場所でドミニクに即座に奪われたことだ。それが今夜につながった。

いったいなにを期待していたのか、求めていたのか？　ふたりのふつうではない関係に基づく儀式がいわば残酷に進むことを？　ドミニクがイタリアで学会に出ていたあいだ、サマーが彼を恋しく思ったのはまちがいない。あの物静かな自信、穏やかだが有無を言わせない命令。サマーは自分の体にそう教えられ、彼のいないさびしさをフェチ・クラブで埋め合わせたのだ。

今夜を特別な夜にしたいと思っていた。ただの新たなタイプのお楽しみではなく、ゆがんだ見せ物ではなくて。

サマーは身震いした。先ほど性器を鋭く横切った剃刀の感覚がまだ残っている。見下ろすと、やはり性器が滑らかに露出している。彼女はぞっとした。ここまで極端な裸を見ると、ぎょっとする。いつかこれにも慣れて、他人の目の前で毛を剃られ、屈辱的な形で秘密を明かされたことを意識しなくなるのだろうか？　サマーが漠然と見込んでいたのは、こうして人目にさらされたあとは、ドミニクがロープを解いて、新たに手に入れた貴重なバイイを客の前で弾かせてくれることだった。ところが、なぜかシャーロットがパーティを仕切るようになり、サマーはここに残されていた。もう宙づりではないが、裸でなすすべもなく、ただの傍観者として。自分が心ならずも生み出した肉欲のうねりが少人数のあいだを楽々と流れ、欲望が解き放たれていた。サマーの頭のなかで小さな声が悲鳴をあげた。〝ドミニク、わたしを抱いて、奪ってちょうだい、みんなの前で。いますぐに〟。だが、この言葉は彼女の干からびて閉じた唇から出てこなかった。なぜなら、サマーはドミニクとともにさまざまな経験をしたが、それを口にするのは恥ずべきことだという気がしたからだ。心の底では、自分から頼んだり、せがんだりしてはいけないと、命令はドミニクからでなくてはいけないと思っている。自分からではない。

見ると、シャーロットがドミニクの唇に頭を下げてキスをした。ジャスパーの真うしろの絨毯の上で愛ジャスパーがさらににじり寄り、シャーロットの耳たぶを噛んだ。姿が見えないカップルがサマーの真うしろの絨毯の上で愛を交わす音が部屋に響いた。

その静かな音にはっとして、ドミニクはシャーロットから離れてサマーに近づき、ひと言も言わず、ロープを解いた。サマーは腕を下ろした。けいれんが始まらないうちにドミニクがやっと思い出してくれてよかった。彼がありったけの思いやりをこめてサマーの額にキスした。そこへシャーロットがやってきた。

「きれいだったわよ」シャーロットが言いながらサマーの頰を撫でた。「もう最高」

サマーはもうドミニクに自分だけを見つめてほしかった。だがシャーロットが、全裸で欲情しっぱなしのジャスパーを従えて、ドミニクの片腕を取って連れて行くようなそぶりを見せた。

裸で立っていて、両腕の血行が戻ってくると、サマーは友人がドミニクを放そうとしないようすに激しい嫉妬を感じた。シャーロットは知らないのだろうか？　サマーが自分でも説明できない奇妙な形でドミニクは彼女のものだと。サマーのものだと。どうしてそっとしておいてくれないのか。しょせんシャーロットが出る幕ではない。

結局、ドミニクが言った。「もう一杯飲みたい気分だ。お代わりが欲しい人は？　サマー、ミネラルウォーターでもどうかな」サマーがうなずき、ドミニクは三人を残して、動いている体をよけ、さまざまな性行為が進んでいる合間を縫って、キッチンへ向かった。

ドミニクが見えなくなると、シャーロットがサマーに耳打ちした。「あなたの彼氏が気に入っちゃったわ、かわいいサマー。ちょっと貸してくれない?」

その言葉にびっくりして、サマーは黙り込んだ。バーや、ごくふつうのパーティなら、自分が見せものにされて毛を剃られたために、興奮したカップルがセックスしたりいちゃついたりしているこの部屋以外の場所でなら、友人に大声でだめだと言ったことだろう。しかし、この不謹慎な場のゆがんだ性質のせいで、なぜか言えなかった。乱交パーティの妙なエチケットかもしれない。

だが、はらわたが煮え繰り返っていた。よくもシャーロットはそんなことが言えたものだ。友だちではなかったのか?

サマーがまだ腹を立てているところへドミニクが戻り、グラスを持って慎重に近づいてきた。彼がサマーにミネラルウォーターを渡すと、彼女はいっきに飲み干し、乾いた唇が潤う間もなかった。いまもジャスパーを連れているシャーロットは、わがもの顔でドミニクの腰に両手をかけた。「今夜は楽しいわね、みんな?」

これがきっかけで、サマーの狂気が引き出された。

または悪意か。

空《から》のグラスをドミニクに渡し、サマーはさっとジャスパーのほうを向いて、左手をゆっくりと下げて彼のペニスを握った。

「ええ、ほんと」サマーは言った。「友だちに囲まれてるものね、そうでしょ?」

「和気あいあい」シャーロットがサマーのしぐさを目に留め、愉快そうな笑みを浮かべた。部屋のどこかで、だれかが低いため息を思い切りついて絶頂に達した。

サマーの手のなかで、ジャスパーの温かいペニスが驚くほど硬くなった。これまで触ったことのあるどんなペニスより硬い、と彼女は思った。しっかりつかむと、ジャスパーの顔にうっすらと笑みが広がり、サマーはふとぬくもりと欲望を強く感じた。ドミニクの反応は確かめたくなかった。

サマーはさっと膝をつき、ジャスパーの長く、太い、滑らかなペニスを口に入れ、もっと大きくなるのを感じた。

「がんばれ」サマーにはシャーロットの声が聞こえ、ドミニクの厳しい目が上から注がれている気がした。

ほんの一瞬、サマーはドミニクのペニスはどんな味がするのかと考えた。まだ彼にフェラチオをしたことがない。どうしていままでしなかったのだろう。サマーは再び目の前の行為に集中し、舌と唇でジャスパーのペニスをなぶり、吸い、なめ、そっとかじった。愛撫のリズムを彼の心臓から付け根まで駆け下りるかすかな鼓動に合わせる。どこか異国のジャングルで静かに響くドラムのように。サマーは目の片隅で、シャーロットがドミニクのベルトに両手を伸ばすところをとらえた。張り合おうというのだ。

サマーは嫉妬で胸がうずいた。ジャスパーをオーガズムに導くことにした。だが、最高の計画はあっさり阻まれた。ジャスパーのたくましい体をかすかな震えが走り出し、サマーの口のなかで果てそうな手ごたえをつかんだそのとき、彼がそっと自分のものを離した。彼女は疑問と失望にぽかんと口をあけたまま、手をつかんで立たされ、もう空いている近くのソファにそっと下ろされた。ドミニクとシャーロットはやや乱れた服装でそばに立っていて、彼女はコルセットとストッキングを身につけ、彼はパンツを下ろしたが、下着はまだはいている。このふたりとちがい、ジャスパーとサマーは裸で、その体は欲望と青白さのコントラストが際立っていた。サマーはひざまずき、みんなに自分の体を見せつけた。包みがかさかさと音をたて、ジャスパーの突き出した部分に巧みにつけられた。それから、彼がサマーの脚を広げて背後から体勢を整え、彼女のすっかりむき出しの入口付近でからかうようにペニスを揺らした。

サマーは深く息を吸い、ジャスパーの背後を見た。ドミニクが目に深い闇をたたえ、彼女とジャスパーが繰り広げている光景を見つめている。そのときジャスパーの太いペニスにいっきに貫かれ、思いがけず大きく引き伸ばされて彼の精力を思い知らされた。まったく、なんて大きいの。サマーは息を吐き出した。まるで、ジャスパーの断固とした最初のひと押しで、肺から空気という空気が押し出されたようだ。彼が出たり入ったりを始め、サマーは頭を切り替えた。いつものように体を無の心境に漂わせ、いまこの瞬間に身をゆだね、守りはことごとく捨て、なにも気にせず、いま起こりそうなことに心を開き、あえて無防備になる。欲望の波に揺れ動く慰みものの女が解き放たれて。

サマーは目を閉じた。肉体は超伝導体並みで、思いははかない雲のよう、脳細胞はずっと下半身に移っていて、あらゆる意志の力を欲望の猛火にくべてしまった。

心の（それとも魂の？）なかの隠れた小部屋で、サマーはドミニクのなかにいる想像をした。そしてシャーロットが名人級のフェラチオをする姿を見るのではなく、ドミニクの目が催眠術にかかったようにジャスパーにモノにされる彼女に釘づけになるようすを目撃した。ああ、ジャスパーのペニスがわたしの秘部を探り、液をほとばしらせ、唇の上に汗をかかせ、息を止めるところをドミニクが見つめているんだわ。見て、ドミニク、よく見て——これが別の男がわたしをファックするところ。しかもすばらしいファックを。この人になりたいと思うでしょ？　ああ、彼はなんて硬いの。ああ、わたしは彼の思いのまま。ああ、わななき、震え、ぞくぞくさせられる。ああっ、激しく突き立てられる。ますます激しく。えんえんと。止まらない。機械みたいに。戦士みたいに。

　サマーはしゃがれた歓びの叫びをあげた。自分のなかで精密に動いているジャスパーばかりでなく、ドミニクに見られているせいもあって昂ぶっていた。

　そのとき彼女は絶頂に達した。

　絶叫した。

　すぐにジャスパーものぼりつめ、サマーのなかでどっと放出し、すばやくつけた薄いコンドームに温かい種がみなぎった。すると、妙な考えがサマーの頭に突然浮かんだ。わたしはどうかしてる？　ビョーキかしら？　ドミニクの精液を一滴残らず吸い取ったら、どんな味がするだろう。というか、それができるだろうか。途方もない考えは、間の悪いときにかぎって思い浮かんでくるものだ。

　サマーは苦しそうに息をした。ジャスパーが彼女のなかから出て、立ち上がった。もうペニスは萎えているが、やはり太さと長さは目を見張るほどだ。サマーは目を閉じて、後悔と歓びが混じった波に襲われていた。もうシャーロットとドミニクがしようとしていることを知りたくもなければ見たくもない。

　サマーは疲れていた。ひどく疲れていた。

力尽きた体を回し、いやな匂いのするソファの革に顔を埋め、むせび泣きを始めた。

その部屋で、サマーが重心となって横たわる周囲のいたるところで、乱交パーティが終わろうとしていた。


「がっかりしたよ」ドミニクは言った。

「あれがあなたのお望みでしょ?」サマーが訊いた。その翌日、ふたりは初めて会ったセントキャサリン・ドックスのカフェにいた。すでに夕方になり、ばらばらに歩いている通勤者がラッシュアワーに抵抗し、付近の橋を車が轟音をあげて進んでいる。「わたしが別の男の人にファックされるのを見たかったんじゃ――」

「ちがう」ドミニクはサマーの怒りのこもった言葉をさえぎった。

「じゃあ、いったいなにが望みだったの?」サマーはドミニクに食ってかかる勢いだ。顔に苦悩と戸惑いの色がありありと見える。ドミニクが答える間もなく、彼女は先を続けた。内なる悪魔に駆り立てられ、激怒と苦痛が高まっていた。「でも、あれを見て興奮したはず。そうよね?」

ドミニクはふと顔をそむけた。「ああ」と低い声で言った。軽犯罪で有罪を認めるように。

「ほらね」サマーの主張が通り、彼女はほんの少し勝ち誇るようすを見せた。

「もう自分がなにを望んでいるかわからない」

「そうは思えないわ」サマーの心はまだ怒りの嵐のなかで旅を続けていた。

「わたしたちはお互いに理解し合っていると思っていた」

「本当にそう思ってた?」

「なにかの罰で、思っていたよ」

「それも多くの罰にちがいないわね。まさに大量の罰」

「なぜきみはそこまでけんか腰なんだ？」ドミニクは話があらぬ方向に向かっていると感じた。まずい方向に。

「じゃあ、深入りしすぎたのはわたしのせいなのね？」

「そうは言っていない」

「だいいち、シャーロットに体をまさぐらせておいたのはどこのどなた？　わたしなんかいないも同然で、たまたまそこでばかみたいに立ってて、生まれたまんまの格好で、奴隷みたいに剃られたっていうの」サマーが続けた。

「きみを奴隷だと思ったことなどない。過去にしろ、現在にしろ、未来にしろ」

「でも、わたしを奴隷並みに扱ってもかまわないのに」サマーが言葉に詰まりそうになった。

「わたしは奴隷じゃないし、奴隷になる気もないけど」

ドミニクは主導権を取り戻そうとむなしい試みをして、サマーをさえぎった。「わたしはこう思っただけだ。きみはあの……ジゴロを相手にして身を落としたことで、わたしたちをどちらも失望させていたと。それだけさ」

サマーは黙り込んだ。恥ずかしさと怒りの涙で目がちくちくする。一瞬、握っているグラスの水をドミニクの顔にかけたくなったが、思いとどまった。

「あなたになにか約束をした覚えはないわ」サマーがようやくドミニクに言った。

「約束を求めたことはないが」

「あれはただの……衝動よ。自分を抑えられなくて」サマーは謝るつもりで言ったが、またドミニクに憎まれ口を叩いた。「わたしをあんな立場に追い込んで、置き去りにしたくせに。わたしに潜む悪魔を呼び出しておいて、遠くへ行ってしまった……わたしをあんな人たちのところに残して。どう説明していいかわからないの、ドミニク」

「わたしにはわかる。責任の一端はこちらにもある。ただ謝るしかない」

「謝罪を受け入れます」

サマーはグラスの中身を飲んだ。氷はとっくに解けて、ミネラルウォーターは生ぬるい。またしてもふたりは黙りこんだ。

「それで……」ドミニクがようやく話し出した。

「それで」

「きみは続けたいのか?」

「なにを続けるの?」

「わたしとのつきあいだ」

「どんな関係で?」

「恋人、友人、快楽を求める相手。なんなりと決めてくれ」

サマーはためらった。「どうしよう。わからないわ」

「わたしにはわかる」ドミニクがあきらめてうなずいた。「本当によくわかるよ」

「とてもややこしいのよ」

「たしかに。わたしはきみが欲しい。たまらなく欲しいよ、サマー。ただの恋人や、セックスフレンドではなく、それ以上の存在として。そのいっぽうで、その好意を説明しにくいし、それがなぜたちまちゆがむのかもうまく言えないんだ」

「うーん。じゃ、プロポーズはなしね、でしょ？」サマーはにっこりした。

「ない」ドミニクがはっきり言った。「ある種の取り決めをするのかな」

「もうとっくにしたはずよ」

「まあね」

「それがどう見てもうまくいかないってことでしょ？　あれこれなじみのない要因が登場して」

ふたりはいっせいにため息をつき、思わずほほえんだ。こんなときにもユーモアを見つけることくらいはできる。

「しばらく距離を置いたほうがいいかもしれない」

どちらがこの言葉を言い出したか、それはどうでもよかった。どのみち、相手の喉まで出かかっていた。

「バイオリンを返してほしい？」サマーが訊いた。

「とんでもない。あれはずっときみのものだ。無条件で」

「ありがとう。心からお礼を言うわ。あんなにすばらしい贈り物をもらったのは初めてよ」

「きみはあれを何度でももらう価値がある。きみが生み出してくれた音楽は忘れがたい」

「服を着ていても着ていなくても？」

「そう、服を着ていても着ていなくても」

「だから？」

「だから待って、考え、次になにが起こるか、次があるとすればそれはいつかを確かめよう」

「約束しないで?」

「約束はしないで」

ドミニクがテーブルに五ポンド紙幣を置いて憂鬱な気分で見守るうち、サマーはカフェを出て、その影がだんだん夜に溶け込んでいった。

彼は腕時計を見た。シルバーのタグ・ホイヤーは何年も前に自分で買ったもので、大学の終身在職権を取得した祝いの品だ。

見たのは時間ではない。いまはあいまいな、夕方と夜のぼやけた境だ。見たのは日付だった。初めてサマーに会ってから四十日になる。あのとき彼女はトテナム・コート・ロード駅で古ぼけたバイオリンを弾いていた。忘れられない日付だ。


アメリカのオーケストラの欠員を補充する人材スカウトとの面接は順調に進み、わずか一週間後に、サマーはニューヨークのジョン・F・ケネディ国際空港に到着した。ホワイトチャペルのフラットをあっさりと放り出し、シャーロットにもほかの知り合いにも挨拶をしなかった。クリスにだけ、短い言葉で真意を精いっぱい説明したのは、励ましてほしかったからだ。

サマーはドミニクに電話をかけなかった。なによりも、最後のひと言を言いたい気持ちが強かったのに。

エージェントが用意しておいた仮住まいは、オーケストラのほかの外国人メンバーと同居するアパートメントで、バワリー街を少し外れたところにあった。メンバーはみんな金管楽器セクシヨンだと言われた。演奏する楽器に性格が左右されるといわんばかりだ。その言葉に——あれは警告だったのか？——サマーは愉快になった。

サマーがニューヨークに来たのはこれが初めてだ。タクシーがミッドタウン・トンネルに近づき、初めて垣間見たマンハッタンの摩天楼は、これまで見たほぼすべての映画で見た姿に負けず劣らず印象的だった。サマーは文字どおり息をのんだ。

新しい生活を始めるならこうでなくちゃ、とサマーは思った。空港を出たあとはクイーンズ・ブルバードとジャマイカ・アベニューの角で渋滞をのろのろと抜け、郊外のありふれた景色を眺めただけだった。だが今度は、汚れたタクシーの窓越しに、遠くの高層ビル街と見覚えのある名所の数々を見つめ、サマーは喜びと希望でいっぱいになった。

最初の週はほとんど暇がなかった。せわしなく緊急のリハーサルに加わり、部屋を借りる手続きをして、ロウアー・イーストサイド特有の、入り組んだ地理に慣れ、この風変わりですばらしい、初めての街で状況をつかもうとしていた。

ルームメイトは人づきあいを避けていて、それはサマーもかまわなかった。ロンドンで少しずつ増えた同居人とも、めったにファーストネームで呼び合う仲にならなかった。

新しいオーケストラと初めて演奏する日があっという間に来た。グラマシー・シンフォニアが秋のコンサートの第一弾を開く場所は、最近修復されて昔の輝きを取り戻した地元のホールだった。曲目はマーラーの交響曲で、なぜかサマーはこの曲に縁がなく、あまり感情を込められない。さいわい、今回は弦楽器セクションでも七、八人いるバイオリニストのひとりにすぎず、数を考えれば、上位の演奏家にまぎれて、曲に感情移入していないことに気づかれずにすむ。

二週間後には、もっと伝統的なクラシックのレパートリーを演奏する。ベートーベン、ブラームス、ロシアのロマン派音楽から数曲。サマーはこちらのコンサートを楽しみにしているが、今シーズンの最終コンサートは乗り気でなかった。こちらはポーランドの作曲家ペンデレツキの曲が予定されている。弦楽器奏者の悪夢というべき特異な奏法が要求され、サマー個人の趣味にまったく合わない。キーキーという音が耳障りで、人間味がなく、彼女にいわせれば、もったいぶっている。だが、その演奏はまだ少し先で、リハーサルの予定が決まるのも秋の終わりごろだ。それまでは思い切り楽しもう。

ニューヨークの天気は珍しく穏やかだが、サマーは秋雨に降られる癖があるようだった。それも、よく知っているグリニッチ・ビレッジやソーホー地区を遠く離れた場所でたまに道に迷っているときに。薄手のコットンのワンピースがびしょぬれになって肌に張りついたまま、雨宿りできそうな場所に駆け込んだり、雨のなか自宅に向かったりすると、故郷のニュージーランドの晩春を思い出す。それは妙な気持ちで、けっして郷愁ではなく、あの生活がまったく別の人生だったように思えるのだ。

サマーは外出して人とつきあいたくなかったし、男性と知り合い、セックスする必要を感じなかった。休暇。これは結局そういうことだ。夜はわずかな家具がある部屋でひとりに戻り、通りの物音に耳を傾けた。一面の静けさの合間に夜通し鳴り響くサイレン、この初めての街の息吹であるあらゆる音。ときどき、薄い壁を通して隣室の音まで聞こえた。そちらに住んでいるカップルはたぶん本当に結婚している、クロアチアから来た金管楽器奏者で、ふたりは愛し合っているのだろう。隣室のささやかな演奏会では、外国語で話す声が、抑えたささやきが、当然ながらべッドのスプリングがきしむ音と荒い息づかいが聞こえた。やがて、フルート奏者がいやおうなくクラリオン並みの甲高い声をあげ、絶頂に達してクロアチア語で卑語を連発した。というより、少なくともサマーの耳にはそう聞こえた。ふたりがもつれあう動きに耳を澄まし、その光景を想像しようとした。性器と性器がベッドカバーのあいだで愛の一戦を交え、トランペット奏者は恐ろしいほど張りつめた彼自身で妻を貫いているところだ。彼はよく下着姿でアパートメントをうろついていて、サマーがいても平然としていた。小柄で毛深く、ペニスがジョッキーショーツをぎりぎりまで引き伸ばしていたように見えた。なんとなく、彼は割礼を受けていない気がして、興奮して彼のものがいっぱいに伸びたら、手つかずの襞から先端がのぞくところを想像した。この間ずっと、頭のなかからほかの知っていたペニスの記憶が消えていた。皮を切ってあるものでも切っていないものでも同じことだ。

それからサマーはマスターベーションをする。華奢な指が下の唇を広げ、そこでいつものように巧みな旋律を奏でる。ああ、そうよ、音楽家でいるメリットははっきりしている……。サマーの体が奏でる音楽が、本来はがらんとした部屋で奔流のように渦を巻いて流れ、歓喜と忘却をもたらし、ドミニクのことを思うたびに感じた消えないうずきを吹き飛ばした。

シーズン初のコンサートが近づくと、オーケストラは練習時間が足りなくなってきた。サマーやメンバーたちは週末の大半をバッテリー・パーク付近のじめじめしたリハーサル会場の奥で過ごした。演奏するパートを何度も練習するうち、もう一度バイイでアルペジオを弾くはめになったら気分が悪くなりそうだと思った。

サマーは一階の洗面室で冷たい水で顔を洗っていたので、建物を出たのは最後のほうだった。その日の名残の太陽がハドソン川の向こうに消えていく。いま欲しいのは軽い食事だけだった。トンプソン通りの〈トト〉でテイクアウトの刺身ディナーでも買って、食べたらゆっくり寝よう。舗道に出たサマーは北に向かおうとして、声をかけられた。「サマー？　サマー・ザホヴァじゃないか？」

彼女が振り向くと、そこに魅力的な中年男性がいた。背丈は中くらい、白髪交じり、髪と同じ灰色の色合いの顎髭は丁寧に手入れしてある。着ているのは、青の細いストライプが入ったシアサッカーのジャケット、黒のパンツ、鏡になりそうなほど磨き上げられたどっしりした黒っぽい靴。

サマーには心当たりがなかった。

「なんでしょうか」

「邪魔をしてすまないが、ぼくはオーケストラの経営陣に知り合いがいて、さっきのリハーサルを見学させてもらったんだ。実にみごとだった」男性の声は豊かで深みがあり、珍しい抑揚がついた。アメリカ人ではないが、サマーはどこのアクセントか特定できなかった。

「まだリハーサルに入ったばかりです」サマーは言った。「指揮者がわたしたちの腕を試しているんですよ。もっと結束させようとして」

「わかるよ」年長の男性が言った。「上達には時間がかかる。ぼくはオーケストラを見慣れているが、きみは新入りなのによく溶け込んでいるじゃないか」

「なぜわたしが新入りだとわかったんですか？」

「そう聞いた」

「だれに？」

「共通の友人がいると言っておこう」彼がにっこりした。

「なるほど」サマーはもう歩き出そうとした。

「とても美しいバイオリンだ」男性はサマーが右手で持っているケースを見つめていた。彼女は革の超ミニスカートをはき、大きすぎるバックルのついたベルトをきつく締め、靴下のたぐいははかず、ふくらはぎの真ん中あたりにくる茶色のブーツをはいていた。「バイイの作品、だろうね」

「そのとおりです」サマーは言った。やっとのことで同じ愛好家を見つけたとばかりに、唇に笑みがよぎった。

「とにかく」男性が言った。「きみはこの街に来たばかりだが、明日の夜、ぼくと友人たちの仲間になってくれたらと思っている。ちょっとしたパーティを開くんだ。ほとんど音楽好きの仲間だから、くつろげるだろう。この街の大きさは身にしみている。きみはまだここに来て日が浅いから、あまり友人がいないんじゃないか？　明日は特別なことをしない。バーで酒を飲んでから、何人かで移動する。ゆっくり話をするために、ぼくが借りている場所へ。きみはいつ出て行ってもかまわない」

「どこを借りてるんですか？」

「トライベッカにあるロフトだ」男性が言った。「ニューヨークに住むのは年に二、三カ月だけだが、手放さないんだよ。ふだんはロンドンに住んでいる」

「ちょっと考えてもいいでしょうか?」サマーが言った。「明日のリハーサルは遅くとも七時前に終わります。みなさんはどこに集まるんですか?」

男性がサマーに名刺を渡した。〝ヴィクター・リッテンバーグ、哲学博士〟と書いてある。この人は東欧人にちがいない、と彼女は思った。

「ご出身は?」

「ええと、そいつがややこしい話でね。またいつか……」

「でも、お生まれは?」

「ウクライナ」

なぜかこの取るに足りない情報に元気づけられた。

「父方の祖父母がそちらの出身なんです」サマーは言った。「ふたりはオーストラリアに渡って、それからニュージーランドに移りました。わたしの名字はウクライナのものです。祖父母に会ったことはないんですけど」

「すると、ウクライナはぼくたちのふたつ目の共通点か」ヴィクターが顎鬚のある顔に謎めいた笑みを広げた。

「そのようですね」サマーは言った。

「トライベッカにあるウォーレン通りのラクーン・ロッジを知ってるかな?」

「いいえ」

「そこで落ち合うんだよ。明日の夜、七時半に。忘れないようにしてくれるかい?」

「忘れません」

「よろしい」ヴィクターは小さく手を振りながらくるりと向きを変え、サマーの自宅とは逆方向に歩いていった。

別にいいじゃないの、とサマーは思った。いつまでも世捨て人ではいられないわ。それから彼女はヴィクターとの共通の友人とはだれだろうと考えた。


ヴィクターがサマーを誘惑したのは、うまく立ち回ってより大きな目的を果たしていく手順のひとつだった。自分がロンドンでサマーにしたことや、ドミニクから仕入れ、さりげなく問い詰めて聞き出した話から、ヴィクターはじきに気がついた。サマーには、自覚があろうとなかろうと、従順な女の特徴がある。なんという偶然だったことか。金に困ったサマーが、彼の古い悪仲間のローラリンにニューヨークの仕事を紹介された時期が、彼自身がこの街《ビッグアップル》に移動する時期と重なったとは。計画したのはかなり前、ハンター・カレッジの教職のオファーを受けたときで、いまはヘーゲル以後の哲学を教えていた。

昔から道楽者だったヴィクターは、サブミッシブの目利きでもあり、こうした相手を思いどおりにするさまざまな手管を心得ていて、とびきり腹黒いやり方で自分のもとに連れてきては、その弱みにつけこんだり取り入ったりしていた。

サマーが進んでドミニクの手に落ちたなりゆき、一度演奏と行為を見せてもらったときのようすから判断すると、彼女を動かすこつが、手を伸ばすべき神経、引っ張って操れる目に見えない糸がつかめた。新しくニューヨークにやってきた人間であるサマーの孤独につけこみ、ヴィクターは彼女の生まれつきの従順さをからかって明るみに出すようにした。一歩ずつ注意深く進み、彼女の露出趣味をそれとなく指摘したり、気まずいセックスパーティに思いつきで飛び込むはめになった無茶なプライドを甘やかしたりした。

ヴィクターに比べれば、サマーは素人であり、もてあそばれているとは夢にも思わなかった。ドミニクとの経験で、サマーの欲望がかきたてられ、セックスの欲求が高まっているのをヴィクターは知っていた。ニューヨークは大都会であり、さびしい街にもなる。ドミニクは大西洋の向こう側にいて、サマーはここにいる。だれにも守られず、ひとりきりで。

初めて一緒に過ごした夜、トライベッカにあるロフトで開いたパーティで、ヴィクターはBDSMに興味があると慎重に打ち明けた。そして話題を変えて、マンハッタンのあるプライベート・クラブと、もっと遠いニュージャージーの森のなかにあるクラブの話へ誘導した。ヴィクターはサマーの反応を確かめた。強烈な欲望が目に浮かび、セックスが大好きなことを否めない。火がつき、彼女がたちまちそこに引き寄せられるのは、蛾がどうしようもなく光に向かってひらひらと舞う姿のようだ。

どんなにがんばっても、サマーは体の欲求にあらがえず、ヴィクターが紡いだ入り組んだ罠の誘惑を拒めない。サマーはドミニクと別れてさびしく思い、彼のいっぷう変わったセクシーなゲームと、自分がそれを楽しんだことをなつかしんでいる。ヴィクターの声はドミニクとちがい、口調は断固としていて、やわらかい抑揚もない。だがそれでも、サマーは目を閉じれば、ドミニクに命令されている、彼の意志に従わされている、ともう少しで思えそうになった。

サマーにもすぐにわかったことだが、ヴィクターは彼女の情報を知りすぎていた。ローラリンから提供されたにちがいないとサマーは考えるようになった。彼女はだまされやすいほうではないが、このすべてがどんな結果に結びつくのか確かめたかった。ゆがんだ考えの呼び声と燃えている体の誘いに長いこと耳をふさいではいられない。

三度目に、ラファイエット通りの薄暗いバーで会ったときまでに、サマーはヴィクターの繊細な身だしなみにほっとするようになり、こんなことがあっても驚かなかった。クラシック音楽を現代的に演奏するのは悪趣味だという、あたりさわりのない会話（彼女としては、ヴィクターが我慢できないというフィリップ・グラスの作品の大ファンだが）の途中で、いきなりヴィクターがサマーのほうを向いて訊いたのだ。「前に奉仕したことがあるんだろう？」

サマーはうなずいた。「あなたはドムでしょ？」

ヴィクターがにやりとした。

心理ゲームの時間はすでに終わっていた。

「だったら、ぼくたちはお互いをわかり合ってるようだ。サマー、そうだね？」ヴィクターが手のひらをサマーの手のひらに重ねた。

彼の言うとおりだ。現実の世界、サマーが首を切られた鶏のようにぐるぐる回っていた秘密の世界が、再び招いている。快い声で手招きしている。

行き止まりになる道に入ったとわかっていても進むしかない。そうしなければ、不完全なままになるからだ。

サマーが次にヴィクターと会ったのは、オーケストラで長時間のリハーサルをしたあとで、今年のコンサート・シーズンの最初の演奏をするちょうど二日前のことだった。サマーは気分が高揚していた。音楽が流れ、彼女の絶妙なバイイがいまではオーケストラ全体に組み込まれている。これまでの努力が実りつつあった。サマーはどきどきしながら、ヴィクターがどんな倒錯行為を言い出しても取り組めると思った。それが楽しみでさえあった。

場所は急ごしらえの地下牢だった。アップタウンのレキシントン街をちょうど一ブロック外れたところにある、堂々とした煉瓦造りの建物の地下だ。サマーは午後八時に来るよう言われていて、ロンドンでメイドを務めたときのコルセットをつけることにした。あれもいまでは遠い昔のような気がする。ドミニクが買ってくれた物を身につけると、これは彼の求めに応じて出ているパーティだ、自分が従っているのは彼の意志だと考えることができた。

コルセットをつけてしたくをしているうち、サマーは今回も生地のやわらかさにびっくりした。手を滑らせると、一瞬ドミニクを思わずにいられなかった。どうして彼の記憶をなかなか消せないのかしら。

けれども、このしつこい思いが長続きする間もなく、サマーの携帯電話が振動した。ヴィクターが手配したリムジンが外で待っている。彼女は赤い革のトレンチコートをはおった。暖かい日にふさわしくないが、これなら足首まですっぽり覆うので、衝撃的な姿を隠しておける。紐で締め上げたコルセット、むき出しの乳房、はくように指定された黒のストッキング。これは腿のなかばまで届き、一帯の青ざめた乳白色の肌がほとんど見えないTバックに続いていた。腹が立ったことに、また恥毛がうっすらと生えてきて、あそこがちょっと見苦しいけれど、いまは始末をする時間がない。

ヴィクターは品のいいタキシードを着ている。男性客はみんなそうだ。女性の連れは、ありとあらゆる淡い色合いのオートクチュールのドレスに身を包んでいた。サマーはトレンチコートを肩から取られ、広いダイニング・ルームで自分だけ乳房をむき出しにしていることが気になった。大勢の客は酒を飲んだり煙草を吸ったりしている。煙草と葉巻の濃い煙が空気中にいつまでも残っている。

「最後のひとりが到着した」ヴィクターが高らかに言い、彼女のほうを指さした。「こちらはサマー。本日をもって、われわれの親密なグループに仲間入りを果たす。強く推薦されている人材だ」

推薦されているって、だれに？　サマーは首をひねった。

二十人ほどの見知らぬ人たちの視線にさらされ、探られ、調べられるのをサマーは感じた。乳首が硬くなった。

「行こうか？」ヴィクターが仰々しい口調で言い、地下に続くドアを指さした。

サマーはヴィクターの手が示すほうに向かい、ハイヒールでふらふらと入口に歩いていった。少しめまいがしてきた。いよいよその瞬間が迫っているせいだ。これは、ロンドンでさんざんな終わり方をしてドミニクとの仲を引き裂いた乱交パーティ以来、サマーが初めて出る集会だ。

十段あまりの階段を下りて、広く明るい地下室か地下蔵についた。壁には魅惑的なアラビア産の絨毯が並べて飾ってある。サマーは以前その名前を知っていたが、度忘れしてしまった。気がつくと、ほかの六人の女性が急ごしらえの地下牢の真ん中に輪になって立っていた。サマーは実際に数えてみた。

どの女性も下半身が裸だった。下着をつけず、ストッキングや靴さえはいていない。いっぽう上半身は、ブラウスやシャツ、透ける具合がちがう薄いシルクのトップスと、いろいろ揃っていた。全員が髪をピンで留めてシニヨンに結い、色はプラチナ・ブロンドに近い色から真っ黒までいろいろあった。サマーはここでただひとりの赤毛だ。六人のうちふたりが首にベルベットのチョーカーをつけ、ほかの四人は首輪をしている。金属製もあり、犬の首輪のように鋲が並んでいるものもあり、さらにもうひとつ、重い金属の錠で閉められた細い革製のベルトもあった。

この人たちは奴隷なの？

客たちがぞろぞろと地下牢に入ってきて、壁を取り囲んだ。

「見てのとおり――」ヴィクターが静かにサマーの隣に来て、ささやきかけた。「きみはひとりじゃない」

サマーはなにか言おうとしたが、ヴィクターがすばやく彼女の唇に指を当てて黙らせた。もはや彼女は話す役ではなかった。

ヴィクターの手がサマーの脇腹をかすめ、ちっぽけなTバックのきついゴムバンドを引っ張った。

「自分自身をさらすんだ」ヴィクターが命令した。

サマーは片足を上げ、薄い下着を下ろして足を抜いた。

「あとは？」彼が続けた。

ほかの女性たちをちらっと見ると、彼女たちは下半身をあらわにしていたので、サマーはヴィクターの命令を理解した。地下室の目という目が注がれていることを意識して、バランスを取って倒れないようにしながら、サマーはストッキングを丸めて下ろし、蹴るように靴を脱いだ。ヴィクターは手を貸さなかった。素足に触れる地面が冷たい。石の床だ。

これでサマーもほかの女性たちと同じく下半身をさらし、コルセットひとつでウエストを引き立たせ、繊細でいながら丈夫な作りで持ち上げられた乳房を、たっぷりと見せつけた。

ほかの黙っている女性たちが同じ格好で輪になっているほうを見て、サマーは自分たちがひどくいやらしいと気がついた。裸でいるのは、たとえ人前でも自然なことだが、これはもっとセックスの現実を茶化したもの、巧みな辱めの方法だ。

サマーは肩をつつかれ、女性たちの輪へ誘導されると、仲間に入れられた。全員が毛をきれいに剃っていた。ばかにきれいだ、と彼女は思った。永久脱毛でもしたように。どこかの段階で奴隷の身分が決まり、力を失ったときに行ったことだろう。サマーは自分が手入れをさぼったことが気になった。

ちょうどこの考えが頭をよぎったとき、ヴィクターが言った。「もっときれいにしてこなくちゃだめじゃないか、サマー。あそこがボサボサだ。これからはむき出しにしてこい。あとでお仕置きだぞ」

彼はわたしの心を読めるの？

サマーの顔が赤くなり、頰の皮膚の下を熱気が走った。

マッチを擦る音がして、サマーは心臓をわしづかみにされた。一瞬、痛みの儀式が始まるのかと思ったら、たんに煙草に火をつけるためだった。

「さあ、サマー・ザホヴァ、おまえも加われ」ヴィクターが今度はサマーのまわりを回りながら、彼女のもつれた髪に指を通し、もう片方の手を尻に這わせた。

「はい」サマーが小さな声で答えた。

「はい、ご主人さま、だ！」ヴィクターが怒鳴り、サマーの右の尻をすさまじい力で叩いた。

サマーはひるんだ。見物人が息をのむ音がした。ある女性がこの光景を見ながら浮かべた笑みは、おとぎ話の悪い王妃のみにくさを備えていた。サマーが盗み見ると、女性は再び唇をなめた。次を期待して？

「はい、ご主人さま」サマーはおとなしく言い方を変え、これほどあっさり役割に分けられたくない気持ちを抑えた。

「よし。ルールは知ってるな。おまえはわれわれに仕え、質問をしてはならず、われわれに敬意を払う。わかったか？」

「はい、ご主人さま」サマーはもう決まり文句を覚えた。

ヴィクターの手がサマーの乳首に向かい、ぎゅっと握った。サマーは痛みを抑えようとして息を止めた。

ヴィクターはサマーの背後に立っていて、彼女にある言葉を叩き込んだ。「おまえはふしだら女だ」サマーが答えないでいると、再び強い平手打ちが尻に飛んできた。

「わたしはふしだら女です」

「わたしはふしだら女です、だけか？」またしても彼の手のひらがたちまち痛みを呼び込んだ。

「わたしはふしだら女です、ご主人さま」

「よくなった」

ひととき沈黙が続き、サマーは目の片隅で奴隷のひとりが薄ら笑いを浮かべているのに気がついた。あの人たちに笑われているのだろうか？

ヴィクターが先を続けた。「みんなにその体を見てもらいたいだろう、ふしだら女？　おまえは見られたくて、さらし者になりたがってるな？」

「はい、ご主人さま、さようです」

「だったら、うまくいくだろう」

「恐れ入ります、ご主人さま」

「たったいまから、おまえはおれのものだ」ヴィクターが宣言した。

サマーは文句を言いたかった。その考えにはたまらなくわくわくしたが、そうであっても、芯の部分が逆らった。

だが、いまのところ、こうして地下牢に立ち、おっぱいとまばらに毛が生えた性器を見せびらかしていると、知らず知らず、中心から湿ったものがにじみ出て、自分の興奮ぶりを思い知らされる。あれはただの言葉なのに。

サマーはどんなことが待ち受けていても立ち向かうことにした。

11　ご主人さまとわたし

最初の一発は強烈で、ヴィクターの手の跡が何時間もお尻に残りそうだった。ピンクで縁取られた形は子どもが描いた抽象画に見えるだろう。

わたしはごくりと唾をのんだ。

全員がわたしに注目して、反応を待ち受け、わたしがひるむのを見たいと思っている。わたしは歯を食いしばった。見物人を楽しませたくなかったのだ。少なくとも、いまはまだ。

ヴィクターの声にはこれまでにない荒々しさがあり、まるで本性があらわになってきたようだ。やがて、コルセットを残してわずかな衣類を脱ぎ捨て、ようやくヴィクターを満足させる程度に体を露出した。こう言えば〝ご主人さま〟、ああ言えば〝ご主人さま〟、彼はえらそうで、しつこい。指示に従うけれども、うんざりする。敬称を使えだなんて。ドミニクには〝ご主人さま〟と呼べと言われたりしなかった。わたしは前からあの言葉をばかばかしいと思っていて、あれを使うと、きわどい場面がおバカな場面になり下がる気がする。まさに下品な場面にもかかわらず、自分の尊厳を守ろうとした。

わたしはその場に、身じろぎもせず、見せ物にされた奴隷のひとりとして立っていた。みんな、射撃練習場のアヒルのように並んでいる。小ぶりの乳房を持つほっそりしたブロンド、体の重心が低い黄褐色の肌のブルネット、右の腿に目立つあざがある茶色の髪のセクシーな体の女性、背の高い人、低い人、太めの人。それからわたし、きついコルセットをつけた赤毛。たったひとつ身につけているものでセックス・アピールが強調され、乳首がとがり、あそこが濡れて燃えている。

「ひざまずけ」声が命じた。今回はヴィクターじゃない。彼は客のなかに下がり、黒っぽい服を着た大勢の男女に溶け込んでしまった。

わたしたちは揃ってひざまずいた。

「頭を下げろ」

両側で女性たちがうつむき、顎が石の床をこすりそうになった。これが百パーセント従属することなら、わたしには向かない。頭を下げたけれど、床からぎりぎり離しておいた。すると、腰のくびれに足が置かれ、背骨の曲線が押し下げられてどんどん尻を持ち上げさせた。

「このお尻はいかにもジューシーね」ひとりの女性が言った。「こんなに細いウエストではこの体の売りになるわ」

足が離れた。つやのある黒っぽい革靴と十センチあまりのハイヒールがわたしとほかの奴隷のまわりを回り出した。客たちがわたしたちのあいだを進み、鑑定して、性器の品定めをする。視界の片隅に入ったのは、隣でスーツのパンツに包まれた膝が床につくところだった。片手がわたしの体の下に現れ、下を向いている乳房の重みを確かめた。もうひとりの顔の見えない参加者がわたしのお尻の割れ目に指を一本差し入れ、性器に突っ込み、濡れ具合を確かめると、指を引っ込めて肛門の締まり具合を探った。わたしは歯を食いしばり、男を入れまいとしたけれど、彼はじわじわと進んで少しのあいだ侵入した。驚いたことに、彼は潤滑剤のたぐいを使わずに、まんまと、ほんの少しだけ守りを破った。ただし、この姿勢だと、下半身が丸見えだから入りやすい。「ここはあんまり使われてないんだな」彼がコメントし、ふざけてわたしのお尻を叩いてから別のむき出しの体に移った。

突然、ヴィクターの息が耳にかかった。「見せ物になるのが気に入ったんだね、サマー？」彼は愉快そうに言った。「ぞくぞくするんだろう。もうどんなに濡れてるか想像がつく。おまえはそれを隠せない。恥を知らないのか？」

あそこはじっとりしているし、ヴィクターにじろじろ見られて頬がほてり、赤くなっているにちがいなかった。

「この女を使ってもいいか？」だれか、男性の声だ。

「完全にではないが」ヴィクターが言った。「今日は口だけだ。これにはもっと面白いことを用意してあるんでね」

「それで上等さ」もうひとりが答えた。

「見せ物にされ、人前で使われるのが好きだぞ、この女は」ヴィクターが続けた。またただ、静かな音を立てながら足を引きずって床を歩き、わたしのすぐそばを通った。ヴィクターはほんの少し足が不自由で、足音のおかげで彼だとわかる。わたしはかんかんになったものの、いつまでも怒っている暇はなかった。ヴィクターがわたしの顎に手をかけ、頭を上げさせた。目の高さをもうひとりの客のパンツのあたりに合わせ、ジッパーを下ろした。すると、見知らぬ男性がペニスを取り出し、わたしの口に差し出した。うっすらと尿の匂いが漂ってきて、吐き気がしたけれど、ヴィクターの手に両肩をがっちりつかまれ、言うことをきかされた。わたしは口を開いた。

見知らぬ男性のペニスは短くて太かった。彼は狂ったように突き入れ、わたしの髪をつかんだので、彼を丸ごとのみ込むしかなかった。わざとがつがつしているふりをして。

男性はあっという間に果て、わたしの喉の奥に精液を撒き散らした。彼はわたしの頭をつかんだまま放そうとせず、しかたなく彼が出したものを飲み込んで口を拭った。すると、彼が手を離した。苦い味が残り、バスルームに駆け込んで舌をこすりたかった。あのとき、あの味を消すためなら酸でうがいをしてもよかった。

さっと見回したところ、ほかの哀れな奴隷もみんな使われていて、交互に男性客に口を犯されているか、うしろから肉切れみたいに乗られているかしていた。ただし、郊外の主婦を思わせるひとりは例外で、女性客のひとりにせっせとオーラルセックスをしている。深紅のシルクのドレスがウエストまでまくれ上がり、奴隷の舌が敏感な芽や快感を覚える場所に触れるたび、客は小鳥のように甲高い声をあげている。

どういうことかよく考える間はなかった。ヴィクターがやってきて、石の床に敷いておいた毛布に横たわれと命じた。わたしの脚を大きく開き、迫ってきた。パンツを足首まで下げ、立派なペニスをもう包んである。ドミニクとちがって、彼はコンドームをつける主義なんだわ。要するに、わたしを、わたしの健康状態を信用してないってこと？　それとも、ドミニクが無責任なだけ？

ヴィクターがわたしに力強く押し入り、腰を動かし始めた。ふと気がついた。いくら体をヴィクターの意志にゆだねることにしても、心はやはりわたしのもので、わたしの望みを大切にする。頭のなかのあの場所を探し、体とはいわないまでも、心をこの場から連れ去ってくれるドアを求めた。じきに、周囲のものが消えていき、男たちと女たちと奴隷たちがぼんやりした形に変わり、裸体もうなっている声もなにもかも消えた。そしてわたしは現実をつかんでいる力を放し、興奮の波に流されて目を閉じた。ヴィクターはすぐに欲望を満たして二歩下がった。

瞬きする暇もなく、また別の男が現れ、まだいやな味が残っている口にペニスを差し出した。ピンクと茶色のちがう色合いで、先端が大きく、また別のかすかな匂いがする。今度はハーブ系の石鹸だ。目を上げてどんな顔の人か確かめなかった。どうでもいいんじゃない? わたしはペニスと唇のあいだを詰め、嬉しそうなふりをして温かいものをなめた。

その夜の残りの時間はぼんやりと過ぎた。

男たちはびっくりするほど没個性。女たちはちょっぴり意地悪な命令を出して、いろいろな香水から甘ったるい香りを漂わせていた。わたしはすかさず思考を切り離し、心と体が自動運転モードに入った。

次にきちんと目をあけて周囲を見回すと、大勢いた客の大半が解散し、遅くなった者が赤くなって身なりを整えていた。奴隷の輪だけがいまも部屋の真ん中に残され、汚れ、疲れ、甘んじていた。

だれかがわたしの頭を軽く叩いた。これはペットを扱うやり方だ。

「よくやった、サマー。きみはまちがいなく見込みがあるな」

ヴィクターだ。

この言葉には驚いた。なにしろわたしは冷静で、距離を置いていて、無表情で、超然としていて、セットに入った女優のようだった。それをいうなら、ポルノ映画のセットか。

「おいで」ヴィクターの腕が差し伸べられ、彼の手が見苦しいしゃがんだ姿勢からわたしを立ち上がらせた。彼はわたしのトレンチコートを最初に預けたホールから取ってきて、着せてくれた。

褐色砂岩の建物を出ると、リムジンが待っていた。

ヴィクターはまずわたしを送り届けた。ダウンタウンを走る車内は静かだった。


人間は心身ともにへとへとになるとゾンビになる。日々はリハーサルと、週に平均二回の公演で過ぎていき、空き時間があればヴィクターに呼び出された。

もちろん、断ることもできたし、断ればよかった。あなたはやりすぎた、わたしはもうあなたが抜け目なく指揮しているゲームのやる気満々の参加者じゃない、と伝えるべきだった。でも、心のどこかで、もっと体験したいと病的な好奇心から思っていることに気づいた。まるで自分の限界を試しているようだ。どの経験も川をずっと下ったところの橋であり、わたしの体が引き寄せられる挑戦だ。

わたしは自制心をなくしつつあった。

ドミニクがつなぎとめてくれないいま、わたしはエンジンのないヨットであり、探査されていない外洋で、嵐に翻弄されて漂っていた。祈りの歌を奏でていても、それはバイオリンで弾ける曲ではない。

オーケストラはベネズエラから客演指揮者を迎えていた。ロシアの作曲家による後期ロマン派の作品を一シーズン演奏するので、彼がわたしたちをしごいている。最初の音がお気に召さなかったのだ。もっと気迫と精彩のある演奏を求められた。弦楽セクションがいちばん叱られた。ほとんど男性ばかりの金管セクションはうまく強弱のつけ方を変えるようだが、こちら弦楽セクションはそれが落ち着かず、控えめな角度から曲に取り組むことに慣れていた。また、わたしたちの多くは東欧系であり、おなじみの曲に派手なテクニックを加えろといわれても、身に着いた癖はなかなか取れない。

その日の午後のリハーサルは雑な仕上がりになり、指揮者のシモンはわたしたちの努力にいやみばかり言っていた。いつもの倍の練習時間が終わったころ、わたしたちの神経はぼろぼろだった。

ウエストブロードウェイを歩いて帰る途中、携帯電話が振動した。クリスからだ。マンハッタンに立ち寄るという。バンドが東海岸の小さなクラブを回る短期間のツアーに出ていて、クリスはボストンに向かうところだ。きのうも電話をかけて、ブリーカー通りの店で演奏するゲストに誘おうとしてくれたようだ。でも、わたしは携帯電話の充電をしないまま放っておいたか、何日か電源を切って、リハーサルとヴィクターの命令にのめりこんでいた。

「みんな、きみがいなくてさびしがってる」温かい挨拶を交わしたあと、クリスが言った。

「まさか」バンドの演奏で、わたしは全部の歌に伴奏したことさえなかった。バイオリンはロックバンドに独特な音色を加えるけれど、使いすぎると、カントリー色が強まってしまう。

「ほんとだって」クリスが答える。「友だちとしても、ミュージシャンとしてもね」

「まあ、おだててもらえるのは嬉しいけど」

クリスがニューヨークにいるのは今夜だけだという。そこで、わたしの支度ができしだい落ち合うことにした。今日のリハーサルで気力も体力も絞り取られたあとだけに、シャワーを浴びて着替えなくては。

わたしたちはふたりとも日本料理が好きだ。生の食べ物が。わたしは食べ物の好みで人を判断することがあって、刺身やタルタルステーキや生ガキがきらいだと打ち明ける相手にめったに同意しない。それは食わずぎらいだ、と思う。

そのスシバーはトンプソン通りにある小さな店で、いつもわずかな客しか入っていない。ティクアウト中心に商売しているからだ。そこで、腕を振るう場がない寿司職人が大きめの握りを作ってくれる。

「で、クラシックの世界はどう?」クリスがこの夜一杯目の日本酒をひと口飲んだ。

「気を抜けないわね、それはたしか。いま組んでいる指揮者はちょっと暴君みたいな感じ。すごく要求が厳しくて、気分屋で」

「ぼくは前から言ってなかった? ぼくたちロックンローラーのほうが、きみたちクラシックの石頭よりずっと洗練されてる、って」

「言ってた、言ってた」話すたびに毎回のように。ふたりで楽しんだ冗談はずっと前に決まり文句と化していたけれど、わたしはほほえもうとした。

「疲れてるみたいだね、サマー」

「そうよ」

「万事順調かい？」クリスが心配そうな顔をした。

「疲れてるだけ。リハーサルで忙しくて。あんまり寝てないし」わたしは打ち明けた。

「それだけ？」

「ほかになにか？　目の下に隈ができてる？」

クリスがほほえんだ。おなじみのけんか仲間。わたしが嘘をつけない相手。

「なにが言いたいかわかるだろう。だから……やらかそうとしていたのか……ろくでもないことを？　きみを知ってるんだよ、サマー」

わたしは箸でぶりの切り身を刺した。

ロンドンでドミニクとなにがあったかを、クリスはおおむね知っている。まあ、一部始終とはいわない。女にもプライドがあるのだ。わたしがこれほど突然に渡米したのは逃げるためだったと、クリスは気づいている。

「あの男がここまで追ってきたなんて言わないでくれよ。まさか」クリスはカリフォルニアロールをわさび醤油につけた。

「いいえ」わたしは言った。「彼じゃない」そして、本心を明かしたくない気持ちを乗り越えた。

「彼だったらよかったのに」

「どういう意味だ、サマー？」

「また別の人と知り合ったの。同類……だけど、もっとたちが悪そう。うまく説明できないわ」

「きみのどこが変態を惹きつけるのかな、サマー？　きみがお仕置きに目がないとは思わなかった」

　わたしは黙っていた。

「いいかい、たしかにダレンはむかつくやつだったが、きみがいま妙に気があると見える連中はかなり危険だ」

「そのとおりね」

「じゃあ、どうしてあんな真似を？」またまたクリスはわたしにかんしゃくを爆発させる寸前だ。どうして最近は会うたびにこうなるの？

「わたしがドラッグをやらないのは知ってるでしょ。まあ、よくあるやつはね。これって、ドラッグみたいなものかも。まるで炎に手を突っ込んで、どこまでいけるか確かめながら、痛みと歓びの境でバランスを取るみたいに。でもね、悪いことばかりじゃないのよ、クリス……。あなたにはそうは思えないでしょうけど。価値観は人それぞれだもの。自分でやってみもしないでけなさないでちょうだい」

「うーん……ぼくには向かないと思う。きみはどうかしてるね」

「そりゃそうよ、クリス。でも、長いつきあいなんだから、わたしのいいところも悪いところも受け入れてくれなきゃ」

「だけど、きみは幸せ？」クリスがとうとう尋ねた。東洋人のウエイトレスがお皿とお椀を下げ始め、サービスの一口大に切ったパイナップルを置いた。

　わたしは今度も答えないことにしたけれど、目の表情でわかってしまうような気がした。

　近くのバーに移り、ひとしきりビールを飲んでから、どちらもあやふやな口調で別れた。

「連絡してくれよ」クリスが言った。「電話番号は知ってるね。かけたくなったらいつでもいい。悩みがあるときでも。来週末には帰国するけど、きみのためならいつだって戻ってくるよ、サマー、本当だ」

もう夜だ。グリニッチ・ビレッジはネオンで輝き、音楽があふれて狭い通りに聞き覚えのない旋律とちょっと耳障りな音がした。大都会の音。

わたしは眠くてたまらなかった。

マンハッタンのもっとおしゃれな会場で開かれたプロコフィエフ作品の演奏会は大成功だった。なにもかもが完璧に一体になり、リハーサルに苦しんで指揮台の両側で神経をすり減らした団員たちは報われた。わたしが第二楽章で何小節かソロ演奏をする部分は、夢がかなったように流れた。最後のお辞儀をしていたとき、なんと、若きマエストロのシモンがよくやったとばかりにわたしにウインクしてくれた。

弾んだ気分もすぐにしぼんだ。楽屋口でヴィクターが待っていたのだ。

「どうしてこんなに遅かった？　コンサートは一時間以上前に終わったじゃないか」

「みんなで打ち上げをしてたのよ」わたしは言った。「大成功だったから。あんなにうまくいくと思わなかった」

ヴィクターが渋い顔をした。

彼は一緒に歩けと身ぶりで示し、ふたりで三番街を通って北へ向かった。ハイヒールをはいているせいか、ふとヴィクターが思っていたより小柄に見えた。

「どこへ行くの？」彼に訊いてみた。わたしはまだちょっとくらくらしていた。お祝いに何杯か飲んだベルモットと、かぎりなく完璧に近い演奏が引き起こしたハイな気分の組み合わせだ。

「心配するな」ヴィクターがぶっきらぼうに答えた。

この人はなにを考えているの？　わたしはまだ演奏会用の黒のベルベットのドレスとふだん使いの下着を身につけていた。はいているのはストッキングでもなくパンティストッキング、というよりアメリカ式に言うとパンティホースか。それから、前の日に〈アンナ・テイラー・ロフト〉で買った薄手のカーディガンをはおっている。ドミニクがくれたコルセットは、ヴィクターにつけろとしつこく言われるけれど、ベッドの脇のクローゼットにしまってあった。

今日の行き先はただの社交の場かもしれない。

でも、ヴィクターのことだから、それはありえない。

「バッグのなかに口紅を入れてあるな？」ヴィクターが三番街を歩きながら訊いた。

「ええ」いつも持っている。女ならそうするものよ。

そのとき、口紅にまつわる少し前の出来事が頭をよぎった。そこでぴんと来た。ドミニクのロフトでわたしを眺めた秘密の見物人は、ヴィクターにちがいない。ドミニクにいわせれば、バビロンの大淫婦のように塗り立てられたわたしを見たんだわ。

目的地はグラマシー・パーク地区の大型ホテルチェーンの一軒だった。最上階は空まで届き、張り出し屋根の上でネオンがきらめき、ドールハウスの窓に似た小さな四角い窓がいくつも並んで夜を貫いている。わたしの目には人を怯えさせる要塞に見えた。要塞、っていうより地下牢？　まいったわ、なんてワンパターンな考え方になってきたの。

夜勤のベルボーイに帽子を取って挨拶され、わたしたちはロビーに入ってエレベーターホールに進んだ。左側の一基に乗った。これならペントハウスまで直通で行ける。一般の客はこれに乗れず、専用のキーが必要で、ヴィクターがポケットからカードキーを取り出してスリットに差し込み、ペントハウス階のボタンを押した。

エレベーターのなかは張り詰めた静けさが漂った。

エレベーターの扉が開いた目の前にがらんとしたロビーが広がり、そこにあるのはかなり大きい革張りのベンチが一台だけで、先客がコートやバッグを置いていた。わたしはカーディガンを脱いで、しかたなく、バイオリンのケースも置いた。

わたしたちはロビーを出てすごく広い部屋に入った。出窓からマンハッタンの半分とそのまばゆい夜景が見渡せる。招待客たちはグラスを片手に室内をぶらぶらしていた。円形の部屋の片隅に小さく盛り上がったステージのようなコーナーがあり、その左手のドアの先には、たぶん、スイートルームのほかの部屋があるのだろう。

わたしは小さなバーに近づこうとした。そこにはいろいろな酒の瓶やグラス、氷を入れた容器が並んでいる。でも、ヴィクターに止められた。

「今夜は飲むなよ、サマー。本調子でいてほしい」

冗談じゃないと言いそうになった——この人はいつからわたしを飲んだくれ扱いしてるわけ？——けれど、そのときタキシード姿の知らない男性が現れた。正装したために、彼は世慣れた男性というよりウエイターに見える。男性が近づいてきてヴィクターの手をぐっと握った。

男性はずうずうしくわたしの全身をじろじろ見たあげく、今度は堂々と無視して、ヴィクターのほうを向いた。「すごくいいね、ヴィクター。本当にいい。実に人目を引く奴隷だ」とっさに男性のすねを蹴りたくなったけれど、我慢した。ヴィクターは奴隷を連れてくると言っておいたの？

わたしは奴隷じゃないし、奴隷になるつもりはさらさらない。わたしはわたし、サマー・ザホヴァよ。自分の意志がある人間。サブミッシブであっても奴隷じゃない。この点にはなんの疑問もない。たしかに、ほかの男女はああいうふうに自分を完全に与えたがるけれど、わたしの場合はちがう。

ヴィクターが相手にほほえみかけた。会心の笑みに見える。いやなやつ。彼は恩着せがましくわたしのお尻を叩いた。「そうだろ？　まさにそうだろ？」

ふたりとも、わたしがもうそこにいないとでもいうように、置物かなにかみたいに扱った。「これなら高く売れるぞ」ひとりが言ったが、わたしは頭に血が上っていて、どちらの声か聞き分けられなかった。

ヴィクターに手首をきつく握られた。頭のなかの霧が晴れ、わたしは彼に向き合った。

「言われたとおりにしろ、サマー。わかったな？　おまえがこういうことに葛藤しているのは承知のうえだ。だが、おまえが自分の気性と戦っているのも、いずれ受け入れるときがやってくるのも知っている。さらし者にされたい、人前で犯されたいという渇望は、おまえの一部なのさ。本物のおまえだ。おまえを生き生きさせ、経験したことのない快感を味わわせる。抵抗を覚えるのは、時代遅れの道徳観や教育のなせるわざだね。おまえは生まれながらのしもべだ。人に仕えているときがいちばん美しい。おれの望みはその美しさを引き出して、おまえが花開くのを見届け、おまえに自分の身分を認めさせることだ」

ヴィクターの言い種はすごく不愉快なのに、肝心な部分は真実だった。奔放に振る舞うひととき、わたしは体に裏切られる。服従というドラッグが手招きし、まるで本物のサマーが現れたように、みだらで、大胆で、恥知らずになる。自分のこの一面は好きだけど、いつか度を越す原因にならないかと、安全を求める気持ちより危険に引かれる気持ちのほうが強くならないかと恐ろしい。動物じみた面では頭が空っぽになるまでセックスしたいと思い、分別のある面では動機を疑っている。よく聞く話では、たいていの男性はペニスに導かれるとか。わたしの場合、あそこの飢えに導かれる。でも、逆に言えば、その飢えはわたしの心に住みついてもいる。なにも男の人に、特定の男の人たちにご主人さまになってもらったり、使ってもらったりする必要はない。ただ、ほかのものになりたい願望が、至福の境地を求める気持ちがある。これに手が届くのは激しいセックスをしているときで、退廃的だったり屈辱的だったりすると、どんなときより生きている実感がある。いっそロッククライミングを始めればよかった。

わたしは自分の矛盾に気づき、それを受け入れたけれど、だからといって正しい道があっさりと見つかるわけではない。

頭にかかったもやが消えると、しーっという声がして、言葉にならない言葉で時間が来たと知らせた。

ヴィクターが片側に、反対側にタキシード姿の男性が並び、わたしは部屋の向こう側にある小さなステージ状の部分へ連れていかれ、そこですばやく服を脱がされた。ふたりに色気のないタイツを丸めて下ろされ、われながらみっともないと思った覚えがあるけれど、すべてがあっという間の出来事で止める間もなかった。

見知らぬ男性はこの奇妙な晩の司会であり、大げさに腕を振って知らせた。「これが奴隷のサマー、主人のヴィクターの所有物だ。このとおり、極上の一品だとおわかりだろう。青白い肌――」彼がわたしを指さした。「絶妙に丸みを帯びた尻」向きを変えて見物人にお尻を見せろと指図した。あちらこちらで息を吸い込む音がした。わたしは早くも新たなファンを獲得したらしい。

肩を叩かれたのを合図に、また向きを変えて少人数の客に向き合った。ほとんど男性だが、おしゃれなイブニングドレスを着た女性もちらほら見えた。なにもかもごくふつうに思えた。今夜はほかに仕えている奴隷の姿がない。

あのサーカスの団長の手がわたしの左の乳房をかすめて少し持ち上げ、見せびらかし、形を披露した。「小ぶりだが、それなりにむっちりしている」言いながら、手をどんどん下ろしていき、細いウエストが乳房とお尻の曲線を引き立たせていることを説明した。

「すばらしく古風な――あるいは伝統的《クラシカル》というべきかな？――体だ」

わたしは息をのんだ。

男性はわたしに赤面させなかった。今回も完璧に毛を剃り落としてあるあそこに触れて、見物人に話さなかったからだ。どうせ見えるし、このありさまではほめられたところで嬉しくない。

「まさに逸品。ここで主人のヴィクターに挨拶を。彼は今回も完璧かつ個性的な肉体を提供してくれた。知らせておくが、この女はまだまともに壊れたことがない。そこも魅力を増すはずだ」

壊れた？　いやだ、この人ったらなにする気？

わたしの背後で、片手がさっと脚のあいだに差し入れられ、無理やりこじあけられた。ヴィクターの手だ。触り方でわかる。

こうしてわたしはさらされた。少なくとも二十あまりの目が肌をめぐり、わたしを探り、値踏みし、無防備な部分をのぞいて楽しんだ。

ああ、ドミニク、あなたはなにを生み出したの?

ところが、わたしは気がついた。それはすでに自分のなかに、ドミニクに出会う前からあったことを。彼はそれを感じ取ってよみがえらせ、わたしを生き生きさせた。

さまざまな考えが頭のなかで渦を巻いた。

ぼうっとして、わたしはただの見物人みたいに〝オークション〟の手順に従った。

頭のなかをよぎった映像は、大昔に見た下品な映画や、以前に興味を抱いた搾取的なBDSM小説に描かれた出来事だった。自分がアラビアかアフリカの市場の、あたり一面で砂が舞い上がる場所にいると想像する。浅黒い奴隷使いがわたしの性器を宣伝して、指で締まり具合を確かめると、ほかの人たちがわたしを荒っぽく広げて見物人の目にさらし、内側の真珠層に似たピンクの色合いと青白い肌との対照を説明している。ひょっとして、この白昼夢のなかでわたしは白いベールをかぶっているかもしれないし、いないかもしれない。でも、想像の地平線を越えて飛ぶたびに、わたしは裸よりも裸になり、ひどくむき出しにされ、秘密の場所をすっかり見せ物にされている。または、海賊船の船橋で竹製の檻から引きずり出される。外洋で拉致されて、もうすぐ東洋の君主に買われて慰み者になり、満員のハーレムに入れられるという設定で。奴隷になるってこういうこと?

オークションは五百ドルから始まった。女性が最初に値をつけた。女性に仕えることができるだろうか。ローラリンを思えば、できそうだけど、やっぱり男性独特の支配をされるほうがいい。

すぐに騒々しい男たちの声が争いに加わり、猛烈な勢いで値がつけられた。だれかが値を上げるたび、わたしは見物人をさっと見渡して、自分に高値をつけた人物を特定しようとした。でも、動きが速すぎるうえ、そこはすぐにいろいろな声と見慣れない顔の寄せ集めとなった。

とうとう、何度も値をつけたふたりの戦いが終わりを告げ、ほかの声が消えた。勝ったのは本当にアラブ人に見える人で、とにかく東洋人だ。上品に仕立ててあっても時代遅れのツイードのスーツを着て、眼鏡をかけている。頭は薄くなり、肌が浅黒く、めくれ上がった唇がひじょうに残酷な性格をうかがわせる。

わたしの新しい所有者？

どうしてヴィクターはわたしを譲りたいの？　まさかお金のためじゃない。金額はちょうど二千五百ドルを上回った。まんざらでもない額だけど、最近の女性の本当の値打ちはこんなものではない。

ヴィクターが、競り落とした男性に革紐がついた犬の首輪を渡し、それがわたしの首に留められた。「これから一時間あなたのものです」彼がそう言ったのが聞こえた。

じゃあ、これはただの一時的な、一回かぎりの契約なのね。やっぱりヴィクターと一緒に帰るんだわ。わたしたちがプレイしながら自分たちの闇を探るゲームに、また新たな側面が現れた。

最高値をつけた男性は、わたしの首からぶら下がった革紐に目もくれず、わたしの片手を取り、彼の賞品を受け取って、ドアに促した。それは広いベッドルームに続いていた。男性がわたしをベッドに押し倒し、背後でドアを閉めて服を脱ぎ始めた。

男はわたしをファックした。

男はわたしを利用した。

ことが終わると、男はひと言もなく部屋を出て行った。わたしをむき出しのまま、終えたばかりの容赦ない突き入れで呆然とさせ、ないがしろにして。

わたしは息をのんだ。

おもちゃの家に放り出された人形みたい。

ドアの向こうで、内輪のパーティが続いている静かな物音がする。グラスがかちんと触れ合う音、人に聞かせたくない話をする物憂げな話し声。わたしの話をしているのかしら？　オークションの出来はどうだったか、どんな評価をされたの？

これで終わり？　別の人も部屋に入ってきてバトンを受け取り、〝新入り奴隷をファックしよう〟リレーに参加するの？

でも、なにも起こらない。

ほっとした気持ちと妙にがっかりした気持ちが混じり合ったものが胸に押し寄せた。また新たな段階で倒錯行為の探索が終わった。わたしはまだここに、満たされないまま、あれこれあったわりには、落ち着きを保っている。この先どこまで行ったら満足するのだろう？

ヴィクターがドアをあけて入ってきた。わたしをほめもしなければ、さっきのことについてあれこれ言いもしない。

「立て」彼に言われ、わたしはおとなしく従った。逆らう気力も残っていなかった。

ヴィクターはわたしのバッグから出した口紅を持っていた。近づいてきて、それを害を与えない武器のように振りかざした。

「背筋を伸ばしてろ」彼が命令しながら近寄り、わたしは温かい息を素肌に感じた。

ヴィクターがわたしに字を書き始めた。

見下ろそうとしても、よけいなことだとばかりに舌を鳴らして止められた。

ヴィクターは口紅をわたしの前側で踊らせると、反対の手でわたしをくるりと回して、どんな謎の文字か知らないが、丸みのあるお尻にも丁寧に書いていた。出来上がりに満足したようすだ。

ヴィクターがわたしにドアを指さし、向こう側でうろうろしている客に合流するよう促した。

わたしは痛めつけられたばかりで疲れ果てていて、もう文句を言う気になれなかった。

どこまでも続くガラス張りの前面からマンハッタンの明かりを見渡せる円形のメインルームに入っていくと、数人がこちらを向いた。満足げな、みだらな笑みを浮かべて。どうしたらいいのだろう。もっと奥へ進む？　どこへ？　じっと立っていればいいの？

ヴィクターの手が肩に置かれてわたしを立ち止まらせた。

ようやく、その場にいるだれもがわたしの全身を見て、文字を読んだところで、ヴィクターが言った。「服を着ていい。今夜は終わりだ」

わたしはぼうっとして、脱ぎ捨ててあった黒のベルベットのドレスを再び身につけ、こともあろうに、バイオリンを忘れそうになった！

ホテルの外で、ヴィクターがタクシーを拾い、わたしを押し込んで運転手に自宅の住所を教えた。彼は一緒に乗らず、声をかけただけだった。「また連絡する。準備しておけ」

帰宅して真っ先にしたのは、服を脱いでバスルームの姿見で全身を見ることだった。さいわい、クロアチア人カップルの姿は見当たらなかった。

濃い赤文字が汚名の波のように肌を行き来していた。腹には〝ふしだら女〟、陰部の上には〝ドレイ〟と書かれ、お尻には、ここを見るには体をひねるしかなく、左右逆から読まなくてはならないので判読に苦労したが、赤の太字ではっきり書かれていた。〝ご主人さまの所有物〟気分が悪くなった。

三日間シャワーを浴び、お風呂に入り、念入りに体をこすらなければ、また清潔になったとは思えないだろう。


翌朝ヴィクターが電話をかけてきた。

「きのうは楽しかっただろう?」

わたしは楽しくなかったと言った。

「口ではそう言うが、顔には正反対だと書いてあるよ、サマー。きみの体がかならず示す反応でもわかる」

「それは――」わたしはなんとか不満を唱えた。

「きみはあれにぴったりの人間だ」ヴィクターが言い切った。「これからもすばらしい時間を過ごそう。ぼくがきみを調教する。きっと完璧になるぞ」

胸がむかむかしてきた。このひどい気分は暴走列車に乗って、進路を変えられず、轟音をあげる車輪につながれて線路を爆走しているようだ。

「それから次回は――」電話の向こうでヴィクターが一語一語を嚙み締めているのが聞き取れた。

「正式な形にしよう。われわれはきみを登録する」

「わたしを登録する？」

「ネット上に奴隷名簿があるんだよ。心配するな——きみの身元を知るのは通の人間だけだ。きみは番号と奴隷名を割り当てられる。これはぼくたちの秘密だよ。奴隷のエレーナっていうのはどうかな。響きがいいじゃないか」

「どんな義務があるの？」わたしの胸のなかで怒りが好奇心と戦っていた。

「きみは完全にぼくの所有物になり、変わらない支配のしるしを受け入れる」

「心の準備ができてるかどうか」

「ああ、それはできているとも」ヴィクターが続けた。「大事なところにピアスをつけるかタトゥーを入れるか自分で決められるし、きみの番号すなわちバーコードには身分と所有者が記される。もちろん、われわれ内情に通じた者でなければ、それを見ることはない」

ヴィクターの言葉に耳を傾けながら、わたしの胸に恥ずかしさと興奮がこみあげてきた。まさか二十一世紀に、こんなことがまだあるはずがない。

とはいえ、強く心を引かれ、早くも誘惑の言葉に感覚と想像力を刺激されていき、つらい現実がやわらいだ。わたしは何年も戦って勝ち取った貴重な自立心まで失おうとしている。

「いつ？」

ヴィクターが満足げに喉を鳴らした。わたしの考えが手に取るようにわかるのだ。「こちらから知らせる」

彼は電話を切り、わたしの人生をどっちつかずのままにした。

わたしは狭いベッドに倒れ込んだ。あと一週間リハーサルの予定がない。これでは時間を持て余し、考える暇がありすぎる。本を読もうとしても、手に取った本という本の活字がぼやけてしまい、話の筋やテーマを追えなかった。

眠ることもできず、胸のなかで吹き荒れる嵐を静められなかった。

わたしはヴィクターからの電話を二日間待った。グリニッチ・ビレッジを歩き回り、買い物に狂って気晴らしをしようとしたり、頭を空っぽにしてくれるかと、アクション映画をはしごしてみたりしたけれど、役に立たなかった。どうやらヴィクターはわたしをいじめていて、連絡をするころまでにわたしをすっかり燃え上がらせるつもりらしい。映画館で客席に着くたび、携帯電話をバイブ機能にして、上映中も知らせがわかるようにしたけれど、無駄な努力だった。

自分の考えが、自分がやむにやまれず向かっている道がこわくなってきた。

そして、午前三時、穏やかな夜に窓をあけ放ってニューヨークの熱気を入れ、大通りの谷間を駆け抜ける救急車とパトカーのサイレンを聞いていて、ふと気がついた。

最後の賭けだわ。

ほかの人に決めてもらってもいいかもしれない。

ロンドンは五時間遅れだ。電話をかけても失礼な時間じゃない。

わたしはクリスに電話した。携帯を切ってなくて、カムデンタウンかホクストンで演奏中でありますように。

呼び出し音がずっと鳴り続け、わたしが電話を切ろうとしたときにようやくクリスが出た。

「もしもし、クリス！」

「やあ、ハニー。戻ってきたの？」

「ううん、まだニューヨークにいる」

「どんな調子？」

「ちょっとまいってる」わたしは打ち明けた。

「事態はちっともよくならないってこと？」

「そう。それどころか、悪くなってるかも。わたしの性格を知ってるでしょ——ときどき自分の損になることをしちゃうのよね」

「困ったもんだ」そこでかなりのあいだ沈黙が続いた。「サマー？　ロンドンに戻ってこいよ。なにもかも放り出して来るんだ。必要なものがあれば、ぼくが力になるから」

「それは無理よ」

「そうか？」

わたしはためらい、声に出さずにあらゆる言葉を練習してから切り出した。「たってのお願いがあるんだけど」

「いいとも。なんでもどうぞ」

「ドミニクに連絡してくれる？　わたしの居場所を教えてほしいの」

「それだけ？」

「それだけよ」

もうあとに引けない。ドミニクは応えるだろうか？

12　男とブルース

ふたりのセックスは定期的で、おざなりなものだった。

ドミニクには強烈な性衝動があるが、絶好の機会であっても、やすやすと官能の歓びを控えることができた。

ほかの楽しみや、日常的にかかわっている研究プロジェクト、さまざまな文学研究活動を優先できるのだ。

サマーが去ったので、ドミニクはほかの大事なことに時間をかけていた。講義の内容はとうに手直ししてあった。もっとも、ふだんから題材に変化を持たせ、新鮮さを保つよう注意している。充分なノートを用意してあり、フットワークが軽いので、最近は講義の準備にほとんど時間がかからない。むしろ、どんなテーマでもいい、即興で講義してみたかった。

現在教えている学生たちは、教職にあるまじき見方をすれば退屈このうえない。だれひとり、その方面で興味を引かれなかった。ただし、ドミニクは学生と積極的に関係を持とうとしたわけではない。それはあまりにも危険だ。そんな真似はだらしない教授連中に任せておけばいい。たとえばヴィクター。彼はさっさとこの大学から姿を消して、突然持ち上がったニューヨークの大学のポストに就いた。そうはいっても、ドミニクもやはり男であり、ついつい女子学生に目を向けた。誘うような笑みを向けられると、心を動かされたわけではなくても、そちらを見てしまう。とにかく、学期が終わるまでの辛抱だ。

ドミニクの想像では、いまはセックス休暇中、いわゆる日照り続きで、突然立ち去ったサマーの存在を埋め合わせる時期だった。そしていくつかの点で、彼はそれを楽しみ、ふけり、ひとりで過ごす夜を心待ちにした。積んだままだった資料や新シリーズの本を次々と読んだ。数週間前に本が業者から届いたときは関心を持てそうだったのに、放り出して埃を積もらせたまま、サマーと会うときの新しい計画を夢中で練っていた。

やがてシャーロットが現れた。ドミニクがカルチャーセンターで受け持つ夜間のクラスに出席したのだ。とうてい偶然とは思えなかった。ほとんど一夜漬けで二十世紀なかばの文学に絶大な関心を深めたのだから。シャーロットはやっとドミニクを見つけ出したのだろう。彼がサマーの毛を剃ったパーティで、シャーロットにまさぐられても熱っぽい反応をしなかったので、プライドが傷ついたのか。意外にも、彼女はなんとドミニクの著書を一冊手に入れて読んでいたが、嬉しくはなかった。シャーロットの目当ては別にあり、それを手に入れようとしていることを、ドミニクは見抜いていた。

ふたりはあっさりと関係を結んだ。性的な意味で食欲を満たし続けるだけで、ドミニクもシャーロットも、この取り決めを正確な言葉にしなかった。ドミニクは彼女になにを求められているのか考えることがあった。金ではない。彼女は金なら充分に持っている。セックスでもない。いまでもたまにジャスパーに会っているようだ。それに、ほかの男たちともちょくちょく。どうでもいいが。シャーロットの望みは彼をじらし、なじり、けっしてサマーを忘れさせないことではないかと、ドミニクには思えてきた。

シャーロットは陰部をきれいにワックス脱毛してあり、彼女の裸体を見るたびに、サマーの剃りたてだった性器をとっさに思い出した。心のなかで完璧に思える儀式、ふたりの欲望のオーケストラが奏でる最高潮のクレッシェンド、自制心を奪った堕落した行為、自分に不利に働いた空想、ふたりを結びつけるどころか引き裂いた行為。

ドミニクがシャーロットをますます荒っぽく抱いたのはそのためだった。気が向けばいつでも奪った。もっとも、相手はつねにやる気満々で、楽しんでいるようすだった。彼はオーラルセックスをめったにしなかった。ふだんは大好きな行為だ。サマーのプッシーなら何日でも、本人がやめてと言うまで舐めていられるが、シャーロットのものには舌を触れず、そうするつもりもなかった。彼女はしてほしいとは言わず、驚くほどこまめにフェラチオをした。ときどき、ドミニクはシャーロットを困らせるために、オーガズムをこらえ、彼女にどんどん吸わせ、とうとう彼女は顎を痛めた。プライドが高くて降参できず、口で男をいかせられなかったとは言えなかったのだ。

シャーロットは、世間の目で見れば、充分魅力的だろうし、ドミニクのペニスは彼女の体にすぐさま反応するが、彼の心は動かなかった。精神面では、シャーロットはつまらない、人形のような女だ。斬新さや、独特なところや意外な面がかけらもない。まるで個性をなくしてしまったようだ。おそらく、彼はもっと複雑な女に惹かれるだけなのだろう。それに、あのシナモンの匂いには頭痛がする。

ドミニクはため息をついた。ここまで意地悪になってはいけない。シャーロットがサマーではないのも、ふたりのセックスの趣味がぴったり合わないのも、彼女のせいではない。彼女が情事を煽りたてた火花を発したかもしれないが、ドミニクのほうにも同じだけ責任がある。

シャーロットが寝返りを打ち、大きく寝息をたて、ドミニクの股間に尻を押しつけた。一瞬、彼はほんの少し愛情を感じた。シャーロットが純粋に見え、ずるさが消えるのは、眠っているときだけだ。ドミニクは彼女に腕を回してとぎれがちな眠りに落ちた。


ドミニクは恐ろしく倒錯した夢に悩まされた。どれもサマーが出てくるものだ。そのほとんどにジャスパーが、あるいはほかの顔のない男が出てきて、彼女を奥まで探っていた。性器はすっかりさらされ、見知らぬ男のペニスがヴァギナの内壁をこすって出入りしている。サマーが恍惚とした表情を浮かべ、オーガズムに身もだえしているいっぽう、ドミニクはなすすべもなく見つめ、用済みとして蚊帳の外に置かれ、嫉妬に燃えていた。あるとき想像したのは、サマーが大勢の男に、次から次へと満たされる姿だった。ひとりひとりが彼女に自分の種を撒き散らすところを、ドミニクはどうすることもできず、忘れられ、うしろに下がって眺めていた。

こんな夢を見た翌朝はあれこれ考えた。サマーはどこにいるのか、彼がいなくてもどこまで欲望を貫こうとしているのか。ドミニクは自分から始めたとわかっていた。煮えたぎる服従の深みから、サマーに潜んでいた暗闇の深い泉から蓋を取ったのは自分だと。

サマーから奔放な経験を報告するメールが届かず、ドミニクはさびしかった。なるほど、嫉妬を抑える手段にはなっていた――いくら独占したくても、サマーは彼のものではない――が、彼女がさらに生まれ変わっていく経過を見守る手段にもなった。サマーが他人の思いどおりにされないよう自制しているか、やりすぎていないかと確かめたのだ。

サマーはどこまでやる気だろう？　まさか限界を決めない気なのか。サマーの限界はどこにあるんだ？

そんな夢のひとつを見たあとでドミニクがことさら不機嫌になった日、シャーロットが彼に不満をぶつけた。

「わたしには舞台を考えてくれないのね。裸のコンサートもなし、観客の前でのファックもなし、ロープもなし、わたしを人前で見せびらかすこともない。なんにもしないんだから」

シャーロットの言うとおりだ。ドミニクはそうした行為を彼女にはしていないが、どうもその気にさせられなかった。キャスリンとちがって。またはサマーとちがって。

ドミニクは肩をすくめた。「なにをしてほしいんだい？」

シャーロットがわめいた。「なんでもいい！　ただ寝る以外ならなんでもいいわ。それでもドムのつもりなの？」

シャーロットは唾の滴を飛ばしてしゃべった。ドミニクは彼女の唇の動きをぼんやりと眺め、最近見た自然を取り上げたテレビ番組を思い出した。そこに登場した異常に口腔が大きい動物は、シャーロットを思わせた。

ドミニクが見るからに無関心なせいで、シャーロットは短気を起こし、彼をよく怒鳴りつけた。彼女が貴重な落ち着きをなくすたびに、ドミニクはささやかな勝利のときめきを味わった。これで一勝。

さすがのドミニクもしまいには折れ、シャーロットをスワッピング・クラブに連れて行くことにした。ひとつには、この手の場所はどんな雰囲気かと前々から気になっていたからだ。これまでは同伴するのにうってつけの相手がいなかった。だが以前は、何年も前にニューヨークで、スワッピングの作法が未熟だった時代にはいた。その女性がお堅くてクラブの話を聞いて震え上がったか、彼の恋心が強くて彼女をほかの男に与えるのは耐えられなかったかで、行かなかったのだろう。シャーロットはこんな夜の同伴者にふさわしい相手かもしれない。

それに、シャーロットは人前でセックスすると考えて、ドミニクに自分を支配させたい気持ちがまぎれた。ドミニクは彼女を支配したいと思わない。叩きたいとか彼女自身を与えさせたいとかいう気持ちはみじんもない。シャーロットは快楽主義者で、遊び人だ。偶然見つけたものはなんでも挑戦してみる。試してみるだけでも。シャーロットは思いつきを楽しんでいても、ドミニクに従ってはいない。だから彼は刺激を受けないのだ。サマーに動かされたような形では、シャーロットに動かされることはない。


そのクラブはサウスロンドンの産業の中心地にあり、小さな工場と旧式の事務所用ビルが立ち並ぶ隙間に隠れていた。目立たない看板が立てられ、建物の外側の照明は、めったに通らないタクシーのヘッドライトだけで、止めて新しい客を送り届けたり、連れて行ったりしていた。

ふたりはクラブの入口で待ち合わせた。支配人はにやけた男で、狭い密室のロビーは暑いのにスーツを着込んでいた。支配人はシャーロットに満足したらしく、競走馬を見るように彼女の頭のてっぺんからつま先まで眺めると、ドミニクをちらっと見て、とりあえず彼の同席も大目に見た。

ドミニクは法外な入場料を払い、年間会員になる誘いは断った。この会員になると、翌年にカップル専用の地中海一周クルーズの割引チケットもつく。どのみち、彼は船酔いしやすいたちだった。

船上で一週間も似たり寄ったりのことを繰り返すとは最悪だ。しかも逃げ道はなく、海に飛び込むしかない。現実にどちらの道を取るべきかを考えていると、同じようなスーツを着た別の男がふたりのジャケットと携帯電話を預かった。ドミニクがあとでタクシーを呼ぶから電話が必要だと言いかけると、男が手を振って壁の標示を見せた。カメラ機能がついている機器の使用をいっさい禁止すると書いてある。

ふたりはクラブそのものに案内され、案内係のシュザンヌに紹介された。彼女がなかを案内して、なじむ手助けをしてくれるという。

「どうも！」シュザンヌが言った。この陽気さは強いられたものではなさそうだ。

シャーロットが熱のこもった挨拶を返した。ドミニクは一度会釈した。

シュザンヌは若く、二十代前半だとドミニクは踏んだ。小柄なほうで、やや太っている。案内係の制服が似合わなくて残念だ。いま着ている丈の短いピンクのシャツとチュチュ風のミニスカートで彼女の魅力が増すことはない。

「ここは初めてですか、おふたりは？」シュザンヌはドミニクとシャーロットのどちらに尋ねるか決めかねているらしい。こうした場合はほとんど、ドミニクの考えでは、カップルのどちらが推進役かはひと目でわかるものだ。だが、自分たちの場合は例外かもしれない。

「そうよ」シャーロットがすらすらと答え、困っていた案内係を助けてやった。「もう待ち切れないわ」

シュザンヌがぽっちゃりした手を振ってバーを示し、一階で酒が飲める場所を教えた。ふたりは彼女のあとから二階に進み、また別の小さめのバーへ、そして〝プレイエリア〟へ向かった。薄暗い迷路のような廊下には、さまざまな広さの続き部屋が並んでいる。一部の部屋は、どう見ても乱交パーティ風の行為のために設計されていて、一度に二十人が楽に入れそうだった。ほかの部屋はもっと狭いブース式で、その気になれば、二、三組のカップルが入れそうだ。ほとんどの部屋のドアがあけ放されていて、だれでもなかを見物したり、加わったりできる。だが、小さなほうの一、二室には内側からロックできるので、静かにひとときを過ごしたいカップルは閉じこもれるのだ。

シュザンヌは全室の特徴を説明しながら、一瞬でも顔を赤くしなかった。自分の制服やこの仕事がいやだとはちっとも思っていないようだ。

ドミニクが室内を見回すと、バーコーナーにポールが何本か立っていた。酒が充分にまわったら、素人ストリッパー風に踊るよう客をそそのかしている。それが女であってくれたらいいんだが、とドミニクは思った。ラウンジコーナーにはソファがバーの横に一列に並び、片隅にはどこかぶらんこに似た器具が天井から吊るされていた。幅の広い網で作られていて、なかに寝ると体を包み込まれ、拘束具で手足を縛られるので、抜け出せなくなる。

床のあいている場所には、大きな透明のボウルに色とりどりの包みに入ったコンドームが用意されていた。これだけあれば、とドミニクは思った。性交しているカップルでクラブを一カ月満杯にしておけそうだ。カラフルなコンドームは妙に陽気な雰囲気をかもしだし、診察室に置かれたキャンディのボウルを思わせた。

部屋の隣には、薄手の黒いカーテンが天井から床まで下がり、片側に切れ込みを入れた簡易テントが作られていた。このテントは穴だらけで、あるものは目の大きさ、またあるものはこぶし大だ。見物人は、なかにあるどんな体でも、いくつかの体ものぞけるし、あるいは顔を見せずに手を伸ばして、なんでもいいから触れるものを触ることができる。ドミニクはなかをのぞいてみた。空っぽだ。

「いつも午前零時になるまでこんなふうにひっそりしてて」シュザンヌが弁解するように言った。「でも、そのころになるとエンジンがかかってきます。あと一時間くらいで、こんな感じは吹き飛んじゃいますから」

ドミニクは顔をゆがめそうになるのをこらえた。

人前で発情している人間を眺めてどこが面白いのか、わかったためしがない。だいいち、そんな見境のない絡み合いを見たらサマーとジャスパーを思い出す。頭のなかから締め出せない光景を。

ドミニク独自ののぞき行為では、対象との結びつきがなくてはならない。暗黙の契約、ある種の取り決めであって、それが彼の凝視を許しもすれば誘いもする。相手となんの結びつきもなければ、のぞいたところで心が動かない。テレビ番組で動物の交尾を見るのと同じだ。

ところがシャーロットは、まったくちがう考えを持っていた。彼女は自分自身のためにセックスの快感にふけり、体を人目にさらして自分は大胆で魅惑的だと訴えるのが好きで、目立ちたがりだ。スワッピングは大好きな遊びだった。

シャーロットはすでにバーコーナーへ歩いていき、カウンターに集まっている少数に色目を使っていた。若い男女はお互い以外とはだれとも目を合わせようとせず、ポロシャツと安っぽいビニールレザーのベルトを身につけた年長のでっぷりした男は、ひとりで来たと見え、ピンクのチュチュの案内嬢たちをみだらな目で追っている。そして年長のインド人カップルは、毎週通っているように見えるタイプだった。

シャーロットはドミニクの分も飲み物を注文した。自分には手の込んだカクテル、彼にはペプシだ。

ドミニクがシャーロットの隣に座ってコーラを飲み、彼女はバーに近づく人間には相手かまわず気軽に話しかけた。

案内係のシュザンヌの言うとおりだ。クラブがだんだん込み合ってきた。

これまでのところ、惹かれる相手がいなかった。きれいな女性はいるにはいたが、たいてい恐ろしくだらしない服で着飾っていた。安っぽい合成繊維のミニワンピースと厚化粧とサロンで焼いた肌。だれにも関心を持てない。ほかの客には退屈するか、むかむかするかのどちらかだ。

「そこにただ座ってるつもり?」シャーロットがドミニクの耳元で不満そうな声を出した。

ドミニクは彼女の話を聞こうとしなかった。「遠慮せずに楽しんでくるといい」彼は言った。

「あとで行くかもしれないから」

何度も説得するまでもなかった。シャーロットは大勢の客にまぎれ、今度は尻の丘をちらりと見せて、バーの高いスツールに腰かけた。日焼けした長い脚が白のミニワンピースとくっきりと対照をなしている。彼女がドミニクのそばを離れたとたん、男たちが群がっていった。蜂蜜の瓶にたかる蠅のようだ。

　ドミニクが黙っていると、シャーロットが振り向いた。悪意に満ちた顔つきだ。彼女はひとりの男の手を取り、また別の男の手を取った。どちらもこれといって魅力がない。片方は連れのいない男で、ポロシャツと安いベルトを身につけて、さっきからバーにいた。もう片方はもっと若いが、すでに太り出して、顔は二重顎になり、シャツから腹がはみ出しそうだった。

　シャーロットがふたりを隅のぶらんこに連れて行き、それによじのぼり、仰向けに寝て両脚を開いて上げた。彼女が下着をつけていないのがはっきりわかり、秘部が部屋中の人間に披露された。

　ドミニクは彼女に近づいた。なによりもこの先どうなるのか気になっていた。

　ふたりの男がシャーロットの脚を拘束具に縛りつけた。彼女は頭上の天井から下がっているロープにつかまった。それこそやる気満々で加わっている。

　ポロシャツの男がベルトを抜いて、まだしおれているペニスを撫で始めた。太った男も自分のものを出した。パンツが足首のまわりに落ち、シャツの裾がむき出しの尻にだらしなくかかっていた。彼は色つきの包みをひとつ取り、ペニスにコンドームをつけると、進み出て、シャーロットの長い脚のあいだに入り、ぶらんこを引き寄せて彼女のなかに入れるようにした。

　ドミニクはさらに近づき、太った男のペニスがシャーロットの性器に入るところをよく見た。彼女がドミニクを見上げた。先ほどの悪意に満ちた顔に、いまでは性欲が、欲求が浮かんでいた。

自分が正しいと示したい、彼を傷つけたいという欲求より激しい欲求だ。

シャーロットはわたしを傷つけているのか？　そのつもりだろうとドミニクは思ったが、彼は目の前の行為を客観的に眺め、まったく動揺していなかった。

見ていると、どちらの男もシャーロットを満たした。まずひとりが、次にふたりめが入り、彼らのペニスが激しく突き立てられ、シャーロットの愛液に包まれた。大きなうめき声を聞くと、彼女にはドミニクに気を使って歓びを隠そうとする気は毛頭ないようだった。

大勢の客が集まってきた。数人の男がベルトのバックルを外してシャーロットのそばに立ち、自分のものをもてあそんだ。歩み出て彼女に触れる者もいて、何本もの手がまさぐる隙を見つけてはすばやく抜き差ししていた。

ドミニクは彼らを止めようとしなかった。シャーロットはまだ手を使って迷惑な愛撫を振り払えるし、声も出るから、その気になれば叫んでもいい。だいいち、本人はかまわれて喜んでいるようだ。口をぽかんとあけ、顔には性欲と欲求の色がありありと浮かんでいる。

ドミニクはあるイメージを思い描き、そこにサマーが横たわっていると想像しようとした。彼の欲求にとりあわず、見知らぬ男たちの愛撫に身を任せ、脚を広げて突き入れさせている。そういえば、以前サマーはジャスパーに身をさらけ出し、彼のものを口に含んだ。ソファにひざまずいて脚を広げた姿は、またがられようとしている動物を思わせた。

少なくともサマーのことを考えるとなにかを感じる。このぼんやりした自覚のなさではない。彼女がいないと冷たいむなしさでいっぱいになるという気がする。

ドミニクはそれ以上シャーロットを見ていたくなかった。堕落をひと目見ようという熱心な見物人をかきわけ、階段をよろよろと下りて一階のバーに行き、そこで彼女を待った。会話に引き込もうとがんばる案内係たちや、ときおりお手軽セックスを求めて近づく女性たちは相手にしなかった。

やがて、シャーロットが隣に腰を下ろした。スツールに座ると、スカートの裾がまくれ上がったが、彼女は陰部を隠そうともしなかった。卑猥なほどむき出しで、ふくれ、まだ愛液で濡れている。シャーロットがけだるげに脚を広げ、ドミニクにもっとよく見せた。

「あんなことをしなくてもよかった」ドミニクは顔をそむけた。

「あらやだ、なにが気に入らないの？　いったいどんな感じだと思ったのよ？」

「シャーロット、きみがだれとファックしようとこっちは気にしない。きみはしたいことをすればいいんだ。わかっていると思っていたが」

「かわいいサマーちゃんがファックする相手は気にするのにね」

「きみはサマーじゃない」

「なりたくもないわ！　あんな弱いふしだら女には。あの子が気にかけてるのは自分の大事なバイオリンだけ。楽器が目当てであなたを利用して、もてあそんでた。それがわからない？　あの子がファックする相手を気づかうと思う？　あなたなんかどうでもいいのよ」

ドミニクはふと、シャーロットを叩きたい、彼女の顔が苦痛にゆがむところを見たいと思ったが、彼はこれまで一度も女性を叩いたことはなく、今後も叩くつもりはなかった。こんな形では。

ドミニクは立ち上がって部屋を出て行った。

シャーロットの謝罪の言葉は翌日、携帯電話のメールで届いた。

〝うちに来ない?〟

とにかく、これはシャーロットから謝罪をしたも同然といえそうだ。

ドミニクはシャーロットに感謝もしていなければ恨んでもいない。

ふたりの関係を表す言葉ははっきりしていた。激しく体を重ねて、傷つけ合う。その真ん中にはいつもサマーがいて、どちらの人生からも姿を消したのに、そこに毎日存在している。彼女がいない事実は開いた傷口に似て、どちらもそれをいじらずにいられなかった。

ドミニクは出かけて行った。

またシャーロットを抱いた。いつもより荒々しく奪った。今回も目を閉じて想像してみた。シャーロットの髪が茶色ではなく赤だと、ウエストがもっと細く、脚がもっと短く、肌は小麦色ではなく乳白色で、尻はカーブを描き、彼に愛撫されてわなないていると。ドミニクはシャーロットのなかでペニスが大きく、硬くなるのがわかった。サマーのことを考えたせいだ。彼の胸に怒りがこみあげた。シャーロットがそうあってほしい女ではない怒りだった。彼は手を上げ、シャーロットの尻を強く打ちつけた。彼女の鋭い声を聞き、まず驚き、次に満足した。もう片方の手も上げ、反対側の尻も叩き、肌が赤く染まるのを眺め、何度も何度も叩いた。シャーロットは嬉しそうに身を擦り寄せ、尻を高く突き上げた。

ドミニクは腰を突き出すシャーロットを眺め、またしてもサマーを思い出した。あの肛門には実に気をそそられたこと、サマーが彼の前で初めてオーガズムを迎えたのは、彼女に自分の尻を犯させるつもりだと話したときだったこと。

ドミニクの心残りは、サマーの処女地を開拓しないうちに姿を消させてしまったことだ。とっておいて、儀式の始まりに使おうと考えていた。サマーの恥毛を剃る行為を自分だけのために残しておいたのと同じだった。

ドミニクはかがみこみ、シャーロットの肛門に唾をかけて滑らかにして、入口に親指をそっと押しつけて侵入していった。意外にきつい。シャーロットがびくっとして体を引いたが、ドミニクが手を放すと、また戻ってきて、ペニスを探しあて、まだ濡れている性器に再び迎え入れた。

これは意外だ。シャーロットはこれほど性に開放的なのに、アナル・セックスが好みではないらしい。

ドミニクは再びシャーロットにペニスを、力のかぎり突き入れ、先端の根元が子宮の頸部についたと感じた。シャーロットが腰を勢いよく動かし、オーガズムの叫びをあげるかたわらで、ドミニクは物思いにふけっていた。

そっとペニスを引き抜き、コンドームを外して慎重に捨てた。なかが空だとシャーロットに気づかれないうちに。彼のほうは絶頂に達しなかった。

シャーロットはベッドに手足をだらりと伸ばしていて、ドミニクは隣に横たわり、彼女の上半身のすべすべした肌を撫で回していた。

「前はこんなことしなかったわね」シャーロットの声は媚びるようで、やわらかく、訪れたばかりのオーガズムの歓びに満ちていた。

「ああ」ドミニクは言った。この話ではほかに言うことを思いつかなかった。

「悪く思わないでほしいんだけど……」

「思わない。なんの話だ？」

「あなたはいったいどういうドムなの？　ふだんはわたしを……支配したくないみたい」

ドミニクはつくづく考えた。「わたしは以前から〝舞台〟には合わなかった」彼は答えた。

「例の小道具や、陳腐な設定が。それに、人に痛い思いをさせることにも興味がない」彼はシャーロットの赤く腫れたままの尻に気づいた。「いつもはね」

「試してみない？」シャーロットが訊いた。「わたしの言うことも聞いて」

「なにをしてほしい？」ドミニクは今度は少しもどかしげに尋ねた。

「緊縛。鞭打ち。あっと言わせてちょうだい」

「ドミナントに自分を支配しろと指図するのは、あまり従順ではないと思わなかったのか？」

シャーロットが肩をすくめた。「でも、あなたは本物のドミナントじゃないでしょ」彼女は今度はドミニクをけしかけている。

「もういい、わかった」

「もういいの？」

「きみの舞台を用意する」

ドミニクはよく考えた。シャーロットを傷つけたくない。向こうがこちらを利用しているのと同じくらい、こちらも向こうを利用している。感じてもいない優位に基づいてばかな行動を取ってみせたくない。芝居を打つのは気が進まない。ふたりの関係は滑稽で、卑しく、それじたいのへたな物真似と化していた。ドミニクがサマーとわかち合っていた行為のまがいものだ。たとえそうでも、シャーロットがドミニクを突き動かす。そしてドミニクは突き動かされた以上、自分でも突き返すのだ。

ドミニクはシャーロットがシャワーを浴びに行くまで待って、彼女の特大のデザイナーブランドのバッグから携帯電話を取り出した。にらんだとおり、パスワードが設定されていない。シャーロットはどんな意味でもあけっぴろげだ。ほかの男たちからのメールは飛ばした。興味がない。〝やあ、ベイビー〟とか〝やあ、セクシー〟で始まるメールが次々に現れた。

ジャスパーの電話番号を見つけ、急いで書き留めておき、帰宅するなり連絡をつけた。

「もしもし」

「ジャスパーかい？」

「えーと。そうだけど」

ジャスパーの口調はためらいがちだ。ドミニクは笑みをもらした。これは仕事用の番号にちがいない。男の顧客がいたかどうか、考えているのだろう。

「ドミニクだよ。ちょっと前にパーティで会ったね。あのときはシャーロットが出ていた。それからサマーも」

「ああ、そうそう」

ドミニクは一瞬いらいらした。彼がサマーの名前を出したとたん、ジャスパーの声が聞いていてわかるほど明るくなった。

「どんな用件かな？」

「シャーロットに特別なプランを立てているんだ。きみも来てくれたら喜ぶだろう。もちろん、報酬を払う」

「そういうことならぜひ。予定はいつごろ？」

「明日だ」

ページをぱらぱらめくる音がして、ジャスパーが手帳を確認していた。

「予定はない。楽しみにしてるよ」

ドミニクは手配の仕上げをした。

それからシャーロットに携帯メールを送った。

〝明日の夜、きみの家で。準備しておけ〟

〝わー、やったー〟シャーロットが返信をよこした。〝なに着ようかしら〟

ドミニクは〝どうでもいい〟と答えたい気持ちをこらえた。

そして、こみあげる心痛と怒りに任せ、相手にこれ以上はない恥ずかしい思いをさせることにした。〝学校の制服〟と書いて返信した。


ドミニクはシャーロットのフラットの外でジャスパーに会い、基本ルールを確認した。ドミニクがシャーロットの依頼で、その場を仕切る。

「そりゃあ、そっちが金を払うんだから」ジャスパーが言った。「あんたたち変態さんがやりたがることは、なんでもオーケーだよ」

ふたりは玄関ポーチに立ち、シャーロットを従属させる仲間として、ベルを鳴らした。ドミニクはまだシャーロットを自宅に招いていなかった。想像すると、どうもしっくりしない。彼女には自分を秘密にしておきたい。

シャーロットが玄関に出てきた。タータンチェックのミニスカートと白のブラウス、ニーハイソックス、黒のローヒールの靴。シャーロットはドミニクの要求を細部まで満たしていた。高い位置で結った、きつめのポニーテール、黒ぶち眼鏡。ドミニクはここまでとは思わなかった。さらに自分の反応に驚いていた。彼は硬くなってきたのだ。痛いほどに。結局、これはつらい役目でもなさそうだ。

シャーロットがジャスパーを見てにっこりすると、ジャスパーも笑みを返した。ぐるになっているふたり。わたしとサマーのようだ、とドミニクの胸が痛んだ。

「いらっしゃいませ、ご主人さま」シャーロットが澄まして言い、膝を折ってお辞儀した。

「われわれはおまえをお仕置きしに来た」ドミニクが言った。「たいそういけない子だからだ」

ドミニクは自分の声の響きに、なじめない言葉に顔をしかめた。

ドミニクはシャーロットの横を通ってフラットに入り、くるりと彼女の向きを変えさせ、その背骨の下のほうに手を当てた。「かがめ。尻を見せろ」

シャーロットがくすくす笑ったが、すばやく言いつけに従った。

ドミニクはシャーロットのまわりを歩き回った。頭から追い出す間もなく、サマーの記憶がよみがえった。彼女が地下納骨堂で目の前に立ち、かがみこんだ。怯えていたのか、いやいやながらという感じだったが、ドミニクが頼んだらしてくれた。なぜなら、頼んだからだ。なぜ彼女はそうしなければいけないと思うのか、それはわからない。サマーを動かす動機はドミニクを動かす動機とさほど変わらないのだろう。彼に潜む強い支配性が彼女には逆方向に働くのだ。

シャーロットが膝を揺らし始めた。サマーはコンクリートで固められたように一カ所にしっかり立って動かなかったのに、シャーロットはロールプレイングをしていて、だから居心地が悪く、このばかげたゲームでドミニクの次のプレイが待ち切れないのだろう。彼は、ただ座ってジャスパーが彼女を好きにするところを見物しようかとも考えた。どうせ、向こうもそれを望んでいる。いや、だめだ。シャーロットは支配してほしいと求めたのだから、支配してやらねばならない。

ドミニクはシャーロットのパンティに指をかけ、乱暴に足まで引きずり下ろした。彼女はふだん下着をつけない。今日は素朴な白のコットンのパンティをはいている。これも芝居のうちだ。

「脚を開け」

シャーロットが体重を移し、背筋を伸ばそうとしたが、ドミニクはそれを許さなかった。シャーロットが伸び上がろうとするたび、つらい姿勢をやわらげようとするたび、彼女の腰のくびれを押さえつけて元の位置に戻した。

ドミニクはジャスパーを手招きした。「やれ。いますぐだ。前戯はなし。時間を無駄にするな。とにかくやれ」

見ていると、若い男は大きく屹立したものを出して、避妊具をつけた。

シャーロットが嬉しそうにため息をついた。ジャスパーの巨根が彼女の入口を貫いたとたん、居心地の悪さは忘れてしまった。

ドミニクはしばらくふたりを放っておき、シャーロットのベッドルームを探って潤滑剤の瓶を取ってきた。シナモンの香りか。いかにも彼女らしい。

リビングルームに戻ると、ジャスパーがシャーロットをソファへ移動させていた。そこならクッションで体を支えられるからだろう。ドミニクはふたりを部屋の真ん中に戻した。シャーロットが小さく声をあげた。痛みのせいで？　そう考えると、ドミニクのペニスもまた硬くなっていた。

ドミニクは潤滑剤を指にかけると、シャーロットの尻にそっと手を置き、手のひらで分けて人差し指を肛門に差し入れた。シャーロットがびくっとして、筋肉が締まるのがわかり、猛烈な力で指をつかまれたが、彼女は文句を言わなかった。穴がきゅっと縮むにつれて、屹立したものが大きく、膨らんでいく。彼のペニスはすでに岩のように硬くなり、パンツがはちきれそうだった。

シャーロットの肛門とヴァギナを隔てる薄い壁を通して、ジャスパーの太いペニスが突進する勢いが伝わってきた。まるで大槌が城壁を破っているようだ。ドミニクは二本目の指を差し入れ、ジャスパーが腰を前後に揺らすリズムに合わせて、彼女の肛門をますます激しく攻めた。

シャーロットが身をくねらせ始めた。ふたりから同時に激しく犯されて、両手を床についていられなくなったのだ。

ドミニクはシャーロットの穴にとらえられた指をそろそろと引き抜き、彼女の筋肉が震えて緊張を解くのを感じながら手を引いた。ジャスパーにもやめていいと合図をした。

ドミニクはシャーロットの手を引いて立ち上がらせた。彼女の目に涙があふれていた。

「いい子だ」ドミニクは言った。「さて、われわれがおまえのそのきつい穴をゆるめておいたから、本番に取りかかれるぞ」

シャーロットがうつむき、一度うなずいた。

ドミニクはシャーロットを抱きかかえてベッドルームへ運んだ。そういえば、サマーを自宅に連れ帰ったときもこうして書斎に運び、彼女にデスクの上でマスターベーションをさせたのだった。

「四つんばいになれ」ドミニクは横柄な口調でシャーロットに言った。彼女が従った。頭を下げ、振り向いて彼のほうを見なかった。「そのまま待て」

ジャスパーのほうを向くと、彼は避妊具をつけ替えようとしていた。「彼女に触るな」

ドミニクはリビングルームに行って潤滑剤を取り、手を洗おうとバスルームに寄った。洗いながら鏡をのぞいて、しばらく自分の顔をみつめた。

わたしはどうなってしまったんだろう?

その思いを頭から押しのけてベッドルームに戻ったところ、シャーロットとジャスパーが待っていた。シャーロットはまだ制服を着ている。くしゃくしゃになったパンティが足首のまわりに重なり、タータンチェックのミニスカートは尻に向かって皺になっている。ジャスパーがその片側に、すっかり裸になって立っていた。ジーンズとTシャツはきちんとたたまれてシャーロットのドレッサーの上に置いてあった。

ドミニクはそこに近づき、シャーロットの髪をつかんで頭をのけぞらせた。「これからおまえの尻を犯す」そっと彼女にささやきかけた。

シャーロットは返事をしなかった。顔を不満そうな表情がよぎったことから、だまされた気分だとわかる。だが、そもそもアナル・セックスはあまりやりたくないこと、ふだんは大きらいだということをドミニクに明かしてはいけなかったのだ。

ドミニクはシャーロットのスカートをめくって脚を広げた。

シャーロットはとびきり脚が長いので、彼女をうしろから奪うのはポニーに乗るようなものだ。ドミニクは彼女の下の唇の襞を指で触れ、穴に突っ込んだ。濡れていて、ジャスパーとの行為でぬるぬるしている。彼はシャーロットのそばで身じろぎもせずに立っていて、なにも言わず、ペニスがぴんと直立していた。

ドミニクはたっぷり絞り出した潤滑剤をシャーロットの尻の穴に塗り、その冷たい感触に彼女が震えるのを眺め、自分のものが再びこわばるのを感じた。

ドミニクはベルトを外した。彼はまだきちんと服を着ていた。

ペニスを出して、シャーロットの入口にあてがい、穴から放たれる熱が伝わるようにした。そこで慎重になり、コンドームをつけてから先端を肛門にそっと押し当て、しっかりとらえようとした。

「力を抜けよ、シャーロットちゃん」

ジャスパーがかがみこんでシャーロットの髪を撫でた。「大丈夫だよ、ベイビー」

ドミニクはふたりの顔を見た。シャーロットは頭をジャスパーにつけ、くつろいだ表情をして、彼の胸にゆったりともたれている。ジャスパーは彼女の髪をそっと撫でている。

ロマンチックなことだ、とドミニクは思った。自分はすっかり忘れられている、この場にペニスが一本加わっているだけにすぎない。本人ではなくディルドだったとしても、ストラップつきの小道具をつけただれかだったとしても、わかりはしなかっただろう。

ドミニクはシャーロットを責める気になれなかった。かといって、彼女を気づかってもいなかった。

ドミニクはコンドームを外してパンツをはいた。ドアに向かう途中でジャスパーのほうを振り向き、なんならシャーロットと行為を続けてもいい、こちらの契約は完了したと確認しようとした。ところが、ジャスパーはベッドでシャーロットを抱き締めていた。ドミニクがまだベッドルームを出ないうちに、ものの数分でふたりは息を弾ませてことに及んでいた。

リビングルームを通るさい、ドミニクはあたりを見回した。サマーの自宅に一度も招かれなかった事実をひしひしと感じた。自宅はプライバシーを守る最後の砦か。シャーロットのほうは人を招くことをなんとも思っていない。もてなし上手で、ありとあらゆる客がしょっちゅう訪ねてくる。彼女のフラットは空っぽも同然の、むやみに広い部屋で、家具はソファが一台、ぶらんこ式の椅子、Ｍａｃがあり、隅にはホームオフィスのコーナーもある。大型のキッチンベンチには、高価なコーヒーメーカーが自慢するように置かれていた。オーストラリアやニュージーランドの人間はエスプレッソやミルク入りコーヒーのいれ方にうるさい。こういう飲み物を考案したイタリア人よりうるさいくらいだ。

見ると、コーヒーメーカーの上で明かりが瞬いている。本当に？　まさかそれはない。ドミニクは近づいて目を凝らした。

シャーロットの携帯電話が横向きに置かれ、ムービーモードにセットしてある。録画しているのだ。

ドミニクは携帯電話を手に取り、撮影を終了して、巻き戻した。シャーロットはあの行為を撮影していた。とにかく、リビングルームでの出来事を撮影していたのはたしかだ。厚かましい女め。

録画で自分を見るのは奇妙な感じだった。たまたま鏡のある部屋でセックスしていて、そのさいちゅうの自分の顔が見えた場合、ドミニクはかならず目をそむけた。自分が励んでいる姿など見たくなかった。

シャーロットはまんまと行為の大半を録画していた。カメラはリビングルームの床の真ん中に向けられ、ソファの向こうや、ベッドルームには向けられていない。どこで行為をしそうか、察しをつけておいたのだろう。要するに、ドミニクはそれほど謎めいてもいなければ、意外性もなかったということかもしれない。

ドミニクは動画を消去して携帯電話をそっともとの場所に置いた。録画ボタンはオフにしたままで。当然、シャーロットは電話をいじられたことに気づくだろうが、こういう電子機器はひとりでに電源が切れてしまうものだ。とにかく、彼がカメラから遠ざかっていく姿を録画しておくよりましだろう。ドミニクはソファの肘掛けにかけておいたジャケットを取ってきた。ジャスパーには報酬を払ったので、その点はすでに片づいている。追加でかかりそうな費用については、ドミニクが帰ったあとでどんな営みが始まろうと、あとはシャーロットの問題だ。

そのときドミニクははっとした。彼女はほかにもなにを録画したんだ？

コーヒーメーカーのところに戻り、シャーロットの携帯電話を手に取って、保存動画の一覧をスクロールした。それは日付順に並べられていた。一本の日付はドミニクがサマーと過ごした最後の夜で、カフェで言い争った前の日だ。あの夜、彼はサマーの恥毛を剃り、ジャスパーが彼女をファックした。彼の目の前で。

ドミニクは沈んだ心で再生ボタンを押した。画像は小さいが鮮明だ。シャーロットはやはりジャスパーとサマーがセックスしている場面を撮影していた。どんな結果になるかわかっていたのか？　ジャスパーに金を払ってやらせたのか？　なにもかも仕組んだ？　携帯電話はソファのクッションに挟まれていたにちがいない。または、頭上の窓枠にうまく置いてあったのかもしれない。カメラのアングルはサマーの顔をとらえている。歓喜と苦痛の板挟みになった表情も。おそらく、ジャスパーのモノが彼女には大きすぎたのだろう。一度か二度、サマーは背後を見ている。探していたんだろうか、わたしを？

ドミニクは動画から目を離せず、何度も何度も再生した。シャーロットは録画したさい、サマーの同意を得なかったに決まっている。彼はいくつかボタンを押し、動画を自分のメールアドレスに転送してから、それを消去して電話をそっと置いた。シャーロットがばれたと気づいたところでかまわない。彼女には二度と会いたくないくらいだ。

ドミニクは振り向きもせずにドアを出て行った。

もう夜も更けていた。ドミニクはＢＭＷの運転席についてひと息入れ、巧みに駐車スペースからバックして出た。行きは道路ががらがらだったが、いまでは渋滞している。この平和な通りの住人がこぞって家に戻ってきたようだ。ドミニクは前後から別のＢＭＷに挟まれ、身動きが取れなかった。三台続けてＢＭＷ。どれかのヘッドライトかテールライトを持ち帰るのだけはごめんだった。

ドミニクは立ち並ぶ住宅の窓を見つめながら、本通りへ車をゆっくり走らせた。そこからＡ41号線を探してフィンチリー・ロードを進んでハムステッドに向かう。見ると、家々のベッドルームとリビングルームに明かりがついていき、ひとつのほっそりした人影が、女性だろう、通りをのぞいてからカーテンを引いた。

サマーのことで相変わらず頭がいっぱいだった。彼女が肩越しにこちらを振り向いて、ジャスパーに満たされている。そんな映像が何度も頭を駆けめぐるなか、ドミニクは狭い道路で対向車をうまくすり抜け、かろうじて猫をよけ、向こう側まで安全に走らせた。

ドミニクはぼんやりと考えた。今夜、ふつうではない楽しみを味わっていたのはシャーロットの家だけだろうか。それとも、この近隣全体で暮らす平凡な男女が自分たちだけの秘密に時間を忘れてふけっていたり、そこから目をそらしたり、それを隠していたりするのだろうか。

帰宅すると、ドミニクは服を脱いでベッドに倒れ込んだ。シャワーを浴びようともしなかった。

翌朝は書評の締め切りだった。

13 男と女

翌日、ヴィクターが電話をかけてきた。

「サマーか？」

「はい？」

「一時間で支度しろ。正午に迎えの車が着く」

ヴィクターはわたしの返事を待たずに電話を切った。

わたしは彼のほかの電話に応えたやり方で、いまの電話にも応えた。小道に置かれていた、ぜんまいじかけの兵隊みたいに。わたしはもうその道から離れられなくなったと見える。

奴隷名簿ですって？　そんなものはばかばかしい。嘘に決まってる。もうじき、とわたしは思った。目を覚ましてなにもかも夢だったとわかるのよ。

それでも、わたしはシャワーを浴びて無駄毛を丁寧に剃った。ヴィクターに命令されたとおり。代わりに剃ってやろうと思わせたくなかったからだ。剃刀を手にしたら、彼がドミニクほどやさしいとは思えなかった。

ドミニク。電話をかけてくれるかしら？　彼を思うと胸が痛む。きっとなにもかもわかってくれるはず。あのふたり、ヴィクターとドミニクは芯の部分が似ているのに、ヴィクターはあまりにもちがう。ドミニクはわたしを壊したいとも、なにも考えずに仕えさせたいとも思っていない。彼はもっと多くを求めている。わたしに自分を選ばせたいのよ。

迎えの車が到着した。これまたスマートな超大型車で、色つきのガラスがはまっていた。マフィア映画に出てくるようなものだ。わたしは窓の外を見ようとせず、今度はヴィクターにどっちの方向へ連れて行かれるのかと道のりをたどっていた。またいつもの個性のないドレス、また急ごしらえの地下牢。だからなんだというの？　自分で行くと決めたのよ。自分の誘拐事件を警察に通報したりしないわ。

バッグのなかで携帯電話が振動した。車のエンジン音に邪魔されて、かろうじて振動音が聞こえた。ヴィクターがリハーサル中に電話をかけてこないかと、しじゅうびくびくしていて、かならずバイブかサイレントモードにしてあった。携帯電話の甲高い呼び出し音にコンサートを邪魔されたら、指揮者やマネージャーがかんかんに怒るだろう。ましてや、その電話がヴィクターからの呼び出しで、わたしがバイオリンを置いて従わねばならないと感じているとしたら、怒りは倍になる。

わたしはバッグをかき回して携帯電話を探し、だれが電話をかけてきたのか調べようとした。ドミニクかしら？　怖くて指が動かなくなった。ヴィクターはこの車にカメラを仕掛けている？　わたしがかけた電話のやりとりを盗み聞きできるようにマイクをセットしてあるとか？　身を乗り出して運転手をひと目見ようとしたけれど、仕切りのガラスのせいで視界がぼやけた。運転手はヴィクターかもしれない。その手のいたずらをしてはわくわくしそうな人だから。

車がスピードを落としていった。黒っぽいガラス越しに見えたのは、ヴィクターの角ばった体が舗道に現れたところだった。じゃあ、彼は運転手ではなかったのね。いまにも車のドアがあけられる。電話をする暇はない。メールを送る暇もない。ドミニクからの電話かどうかを確かめることもできない。わたしにできたのは、親指で携帯電話の〝切〟のボタンを押すことだけだった。また振動して、わたしたちが連絡を取り合っていることをヴィクターに気づかれては困る。

あとはドミニクが、もしさっきの電話が彼だとして、何度もかけてくれますように。ヴィクターが今回はどんなに異様な筋書きを用意していても、わたしは途中で電話する方法を考えよう。

ヴィクターが助手席側のドアをあけて手を差し出した。わたしはその手を取り、彼に引かれるがままに車を降りた。これがわたしのなれの果て？　皮肉なもので、ヴィクターの手助けで後部座席を出るのは、自分の脚で立てない滑稽な生き物のようで、彼に強いられ、わたしが従った性行為より不愉快な感じがした。立ち上がりたかった。そびえたち、ヴィクターを舗道に押し倒したかった。でも、そうしなかった。できなかった。彼の手を取っておとなしくついていっただけだ。

トライベッカにあるヴィクターのロフトに着いた。この催しのために改装され、ハーレム風になっていた。なにもかもパロディじみている。けばけばしいクッションがあちこちに置かれ、天井には色とりどりの薄手のシフォンが掛けられて。男女が、つまりご主人さまと女王さまが身につけている衣装は、〝地位〟を示すとされているようだけど、それもわたしに言わせれば、ばか丸出しだった。

「頭が高いぞ、奴隷」ヴィクターがわたしの耳元でとがめた。わたしは頭を下げたものの、満足感でぞくぞくしていた。すると、わたしはやけに堂々としているのね。頭を上げて胸を張っているんだわ。よかった。

ヴィクターがわたしの肩からバッグを取った。

「脱げ！」命令が飛んだ。

わたしのささやかな反抗心はヴィクターに腹を立てていたようだ。わたしはドレスを脱いで彼に手渡した。下にはなにも着ていない。着てなにになるの？　ドレスならかなり優雅に脱げるのに、身をよじりながらショーツを取るなんてばかげてる。だいいち、最近は下着をつけていない。

「おまえはここで私物を持つ必要はない」ヴィクターがわたしのドレスを取り上げて、バッグと一緒に脇に片づけた。

バイオリンを家に置いてきてよかった。ケースを抱えていないと、腕が空っぽに感じるけれど、とにかくわたしのバイイは安全だ。ヴィクターがわたしのバイオリンへの愛着を見抜いて、あれを壊そうとしたらどうしよう。彼がわたしをどんな形でも壊せるとは思えないものの、バイオリンを取り上げるくらいはするはずだ。

頭を下げていると、床しか見えず、ほかの人の姿はちらりと見えるだけだ。わたしは耳を澄まして、会話の断片をできるだけたくさん拾ってみた。

「あれがヴィクターの最新の獲物よ」小柄な黒髪の女性が言い、わたしにいちばん近いクッションにのんびりと寝そべった。視界の隅に彼女の姿がかろうじて入った。一九四〇年代の映画スター風に装っている。真っ赤な口紅とおしゃれなボブカットだ。

「なるほど、骨がありそうだ」相手が答えた。やせて背が高い男性には、唇をかすめる口髭があり、シャワーを浴びたときに石鹸を流し忘れたように見える。

「ヴィクターはあの子をめちゃくちゃにする方法を見つけるわ。いつでもそうなんだから」

ヴィクターをよく見ていると、彼はわたしのバッグを、そこに携帯電話とドレスも入ったまま、酒類が並ぶサイドボードにしまった。小さな鍵で扉をロックして、それをポケットに入れた。

それからわたしに向き直り、勝ち誇った笑みを浮かべた。

「今夜は準備が始まる。儀式じたいは明日行われる」

ああ、ドミニク。わたしは携帯電話がしまわれているサイドボードを横目で見た。いま、どこにいるの?

ドミニクはクリスが以前からサマーの親友だったことを知っている。知り合ったのは、彼女がニュージーランドからロンドンに着いたときだ。どちらもミュージシャンで、サマーはときどきクリスの小さなロックバンドでバイオリンを弾くこともある。とはいえ、サマーがいきなり姿を消したあとも、クリスに連絡を取ろうとは思いもしなかった。もちろん、サマー本人に連絡しようとしたが、電話番号が不通になっていた。ホワイトチャペルのフラットを訪ねると、彼女は事前の通知もせずに引っ越したと家主が腹立たしげに言い、ぶつぶつと文句を並べた。

ひょっとすると、あのとき心のなかでなにかに、プライドか、心の傷に邪魔をされ、それ以上サマーを探さなかったのかもしれない。

ドミニクはひとりの女性をめぐってこれほど心が乱れたためしがなかった。

サマーがいつでも体を差し出さなかったとか、ふたりでふけったゲームや突然の性行為に喜んで加わらなかったわけではないが、いつもドミニクは彼女が自分を抑えているような気がしていた。彼女自身が抱えた闇を操りながら、ドミニクには理解しがたいやり方で下から彼を上回っている。

そこで突然クリスから電話があったとき、ドミニクはびっくりした。サマーは自分で電話をかけられないのだろうか？

「ニューヨークに？」

「ああ、そう言ったんだよ」

「それで、彼女はどうしてほしいと？」

「わかるもんか。あんたに居所を教えてほしいんだろう。友だちとしては、まるっきり気が進まないんだけどね」クリスが言った。話すたびにいらだちが募っていくようだ。「サマーの問題はどれもあんたと知り合ってから抱えたものだから、逆立ちしたってあんたが好きになれないよ、ドミニク。この件で言わせてもらえれば、彼女はむしろあんたと手を切ったほうが身のためだと思う」

ドミニクはいま聞いた情報を解釈した。携帯電話を耳に当て、目を書斎の向こう側に向けていた。電話を受けたときは学術誌に掲載する書評を下書きしていたのだ。近くのベッドには本と書類が散らばっている。

「彼女は大丈夫なのか？」ドミニクはクリスに訊いた。

「いいや、大丈夫じゃない、はっきり言うとね。ひどい問題を抱えてる。ぼくはそれしか知らない。サマーが話そうとしなくてね。あんたに連絡を取って、居場所を教えてほしいと言っただけだ」

ニューヨークか。ドミニクが昔から大好きな街で、数々の女性と情事の記憶を埋めた墓場にもなっていた。イメージが次々とよみがえった。アルゴンキン・ホテルとそのアンティーク家具が置かれた客室は、差し出された尻を叩けないほど狭苦しい。グランドセントラル駅の地下のオイスター・バー。イロコイ・ホテルは客室こそ広いが、もっといかがわしい雰囲気で、たまにゴキブリが壁を這っている光景を見ないこともない。十三丁目の〈テイスト・オブ・スシ〉もなつかしい。日本食に新発見をした店だが、トイレは中世の匂いがして、イギリスの衛生安全委員会の検査に合格しそうもない。フラットアイアン地区の〈ル・トラペーズ・クラブ〉には、ボストンから来た銀行員のパメラを連れて行き、彼女が空想にふけるのを眺めた。すぐ近くのガーシュイン・ホテルで泊まった部屋には、ベッドのうしろの壁にピカソの肖像が描きなぐってあり、連れを正常位で抱きながら頭を上げるたびに、どうしてもその絵を見ずにいられなかった。ニューヨーク、ニューヨーク。

そして、いまではサマーがあの街にいる。自分ひとりで決断して。ドミニクがご褒美や気晴らしに連れて行ったのでもない。

ドミニクはわれに返って、電話の向こうにいるクリスの重苦しい息づかいを聞いた。

「向こうで連絡が取れる電話番号を知ってるかい？　それを教えてもらえるだろうか？」

クリスが教えたくない気持ちを抑え、番号を読み上げると、ドミニクはそれを読書メモの隅に書き取った。

気づまりな沈黙が流れ、どちらも相手がようやく電話を切ったときには心からほっとした。

ドミニクは黒の革張りの椅子に腰かけて、書評を書いていたコンピュータのモニターに向かい、点滅するカーソルをぼんやりと眺めた。途中で電話がかかってきたので、中途半端な単語がある。

やっとのことで、深呼吸してから、教えてもらった番号にかけてみた。ニューヨークは遠く離れた、五時間の時差がある土地だが、呼び出し音を聞いていると、すぐ近くにあるように感じる。

だが、何度も何度も呼び出しても、だれも出ない。

ドミニクは腕時計を見て時差を確かめた。向こうはまだ昼間だ。たぶんサマーは働いていて、いまは電話に出られないのだろう。音楽の仕事につけたのかもしれない。あのバイイが役に立ったはずだ。

ドミニクは電話を置いた。相容れない思いが胸にこみあげてきた。

目先の仕事に集中しようとしても、パリのセーヌ左岸に住むイギリス人作家とアメリカ人作家のつきあいが実存主義の時代を通じて微妙に変わっていく模様が頭に入らず、ドミニクはあきらめて書斎のなかを行ったり来たりした。

もう充分時間がたったと判断して、もう一度サマーに電話をかけてみた。呼び出し音が鳴り、連続する音の間がだんだん長くなるように聞こえ、いつまでも続くかと思われた。電話を置こうとしたとき、メッセージの再生が始まり、電話会社がよく使う〝ただいま電話に出られません〟を繰り返した。

ドミニクは伝言を残した。受話器に向かってはっきりと話し、怯えをもらすまいとした。「サマー……わたしだ……ドミニクだ……。折り返しかけてくれ。頼む。もうゲームはしない。声を聞きたいだけだ」それから考え直してつけくわえた。「事情があって連絡できない場合は、伝言を残してくれるだけでいい。メールでもなんでも。きみが恋しくてたまらない」

ドミニクはしかたなく電話を切った。

さらに部屋を歩き回ってから一時間後、インターネットで次のニューヨーク行きの便の時間と空席状況を確認した。早朝のヒースロー空港発が何便かあり、どれもニューヨークには現地時間の正午ごろに到着する。ドミニクはとっさに、朝いちばんの便のビジネスクラスを予約した。出かける前にサマーが連絡をしてくれるといいが。彼女の居場所がわからないと、到着してもどうしていいか見当もつかない。

一縷《いちる》の望みをかけるというやつか。


わたしはじっと立ったまま、ヴィクターが次の行動を起こすのを待っていた。

わたしが次の手を知りたくてじりじりしているのを感じたのか、ヴィクターはたっぷり時間をかけて、小道具の宝庫からお次のアイテムを取り出した。ベル。わたしがメイドになった夜にドミニクが用意してくれたものとよく似ているけれど、もっと大きい。その澄んだ音色は弔いの鐘のように部屋中に響いた。ひとりでにこだまする音だ。それはうつろな響きがして、わたしはいらいらした。

ベルの音を合図に、廊下の先にあるドアが開き、ひとりの女性が現れた。彼女は服を着ている。完全にシースルーで、古代ローマ人のトーガ風に仕立てられた、白のガウン。これを服というならば。髪は頭のてっぺんでゆるくまとめられ、おくれ毛が顔をかたどり、現代のメデューサのような印象を与えている。

女性はわたしに目もくれず、ヴィクターのほうに頭を傾けて近づいてきた。すごく背が高い。百八十センチ以上ありそうだ。しかも裸足で。ヴィクターは自分の女たちが裸足でいるほうが好きらしい。わたしたちの背を低くしておけば、小男だと気にしなくてすむものね。

「今夜はシンシアがおまえの準備をお膳立てするんだぞ、奴隷。彼女にひざまずけ」

わたしはひざまずき、顔を床に押しつけんばかりにした。そのとき、細いシルバーのアンクレットがシンシアの足首にきれいに巻きついていることに気づいた。チャームつきブレスレットに似ているけれど、チャームはひとつだけだ。ちっちゃな南京錠。すごくかわいい。これがオプションで、ピアスをつけるとかタトゥーを入れるとかじゃなかったら、それほど悪いことでもなさそう。

でもやっぱり、ヴィクターがわたしに選ばせるとは思えない。それに、彼はいま機嫌が悪そうだから、思いつくかぎりで屈辱的な、けっして消えない目印を選ぶだろう。タトゥーだ。

「ヴィクター」華やかな黒髪の女性が床でクッションにもたれている。

「なんだい、クラリッサ」ヴィクターが訊いた。彼が仲間の名前に〝お嬢さま〟や〝女王さま〟、〝ご主人さま〟をつけるのは、彼らの話を奴隷にするときだけだ。

「今夜はおたくの給仕用奴隷はどこへ行ったの？　さっきからずっと空のグラスを持って座ってるのよ。シャンパンはどうしてもお代わりをもらえないみたいね」

わたしは彼女がグラスに残った酒を飲み干した姿を三秒くらい前に見たばかりだ。

「やれやれ」ヴィクターが言った。「仕事をサボってる連中を突き止めて、あとで鞭打ちをしておくよ」

「よかった」クラリッサが言った。「見物させてちょうだいね。それまでは、痛む喉を潤してもいいかしら？　ところで、新入りの子を連れて来てくれない？　見た目が気に入ったわ」クラリッサが裸でひざまずくわたしの体形を見て、にやにやした。

クラリッサの隣で寝ていた口髭を生やした男性が起き上がり、やはりわたしをちらっと見た。

「実は」男性がのんびりと切り出した。「こっちももう一杯飲みたいんだ。もっと強いやつはないかな？　ご婦人たちはこのシャンパンがお気に入りらしいが、ぼくは……もう少しきついやつがいいね」彼はわたしを見つめながら最後の言葉を言った。わたしはしゃがみこんだ。

ヴィクターの趣味は、とりあえずセックスの面は、これまでのところかなり平凡――手に負えない点はなく、相手が彼じゃないと思えば楽しむこともできる――なのに、彼はもっと乱暴なドムたちやサディストを招待する。その人たちが大好きなのは、わたしの気が進まないこと、すごく痛いこと、けがを負うことかもしれない。いままではとても運がよくて、ヴィクターと彼の仲間がつけた跡は軽いものばかりで、引っかき傷とあざは長袖で隠したり、適当に説明してごまかしたりした。いつもそれほど運がいいとはかぎらない。

「わかった」ヴィクターは表向き落ち着きを保っているけれど、わたしに給仕をさせろという客の要求で計画が狂い、いらだっているようだ。彼はわたしを立ち上がらせた。「クラリッサさまにシャンパンをお注ぎしろ。エドワードさまにはウイスキーを持ってこい」

この人たちはかならずばかばかしい偽名を選ぶ。ヴィクターには、もっと古典的な偽名をつける理由がありそうだ。なんといっても、ウクライナ出身なのだから。

ヴィクターはポケットを探ってサイドボードの鍵を出し、わたしに差し出した。「ウイスキー以外の物に触ったら」彼は猫なで声でささやいた。「刻印をつける場所を選ばせてやらないからな」

わたしはまずシャンパンを注いでクラリッサに渡した。

「お許しください、女王さま、ご主人さま。二杯一緒に持ってまいりませんでしたが、女王さまは喉が渇いていらっしゃるようなので、お代わりをぬるいシャンパンにしたくなかったのです」

「まあ、いい子だこと」クラリッサがヴィクターに言った。「いつから使えるようになるの？」

「今夜からさ」ヴィクターが急に答えた。

「あら。たしか、明日刻印をつけるんじゃなかった？　ほかの奴隷と一緒に」

「そのつもりだった」ヴィクターが答えた。「だが、これは特別でね」彼が立ち止まって腕時計を見た。「いまから二時間。六時だ。それなら余裕がある。しばらくこれを見てもらえないか、クラリッサ？　手配をしなくちゃいけない」

ヴィクターはポケットから携帯電話を取り出して、廊下を歩いていった。

「失礼します」わたしはクラリッサに言った。「ウイスキーを取ってきます」

案の定、クラリッサは知らん顔だった。わたしはサイドボードに手を突っ込んで、こっそり携帯電話を操作した。不在着信のリストをチェックした。ドミニクから二回電話があり、伝言が残されている。いまはそれを聞けないし、こちらから長いメールも打てない。いまにもヴィクターが部屋に戻ってくるかもしれない。わたしは短いメールを打った。〝伝言を受けた。いまはＮＹ市にいる。また電話して。Ｓ〟

ドミニクがまた電話してくれるのを祈るしかない。

携帯電話をサイドボードに戻し、静かに扉を閉めたが、鍵を閉めなかった。

ヴィクターが部屋に戻って来たので、わたしは彼に鍵を渡した。

「よくやった。おまえはすばらしい使用人になるな、奴隷のエレーナ」

「楽しみにしています、ご主人さま」

「もうすぐおまえの時間になる。そろそろ身を清めてこい」

ヴィクターが指をぱちんと鳴らすと、再びシンシアが彼の横に現れて、わたしに手を差し出した。わたしはシンシアのあとから廊下を歩き、ベッドルームに入った。そこに大きくて豪華なバスタブが置かれ、湯気を立てている湯が張られていた。香りつきのお湯に見えるのに、そうではなかった。石鹸も浴用の化粧品もバスタブの縁に並んでいない。ヴィクターはありのままのわたしを望んでいるらしい。ただし清潔にしてこいと。

わたしが熱い湯に浸かり、シンシアは部屋の隅で静かに座っていた。わたしの見張りなの？見張りなんか必要？　わたしは囚人？

自分ではそうは思わない。ちがう。わたしは自分の意志でここに来た。ヴィクターに服と携帯電話を取り上げられたけれど、その気になればドアを出て行って警察に通報できる。大声を張り上げて叫べば、近所の人がようすを見に来るだろう。ほかの〝奴隷〟はだれも肉体的に拘束されていない。みんな自分の意志で、セックスが絡んだお芝居で役を演じていて、みんなそれほど秘密でもない空想にふけっている。女王さまたちやご主人さまたちがそれぞれの空想にふけっているのと同じだ。

わたしはヴィクターの言葉を思い出した。ここがわたしにふさわしい場所だ、わたしがどこより美しくいられる場所だと。その言葉に傷つきながらも、一理あると認めるしかなかった。ヴィクターの態度にはむかつくと同時にむらむらする。彼はこうした、わたしの心をなにも問題にならない境地へ押しやるすべを持っていた。そこではわたしの肉体は縛られていても精神は自由だ。

ドアが開いた。ヴィクターだ。礼服に着替えていた。タキシード姿。一瞬、『バットマン・リターンズ』でペンギン役を演じたダニー・デヴィートを思い出した。わたしは笑いをこらえた。

「奴隷のエレーナよ」ヴィクターが言った。「おまえのときがやってきた」

ドミニクの乗った飛行機は晴天のジョン・F・ケネディ国際空港に着陸した。時差のせいで、ニューヨークはまだ正午を過ぎたばかりだった。入国審査の窓口は大行列ができていて、なかなか進まなかった。曜日が悪いのか、本数の少ないヨーロッパからの国際便がすべて数分以内に次々と到着して、ターミナル内のまさに瓶の首のような狭い通路に乗客を吐き出したのか。到着便の乗客の九十パーセントが外国人なのに、それをたった三人の審査官で間に合わせなくてはならない。彼らは乗客のいらいらした雰囲気をなんとも思っていないようすだ。

ドミニクは機内持込用の手荷物しか持っていないが、どのみち預けた荷物の出てくるターンテーブルは審査場の先にあるので関係なかった。

渡航目的は仕事か観光かと尋ねられ、一瞬迷ってから仕事だと答えることにした。

これを聞いた審査官が重ねて質問した。「どんな仕事をしていますか?」

休暇中だと言えばよかった、とドミニクは思った。

「わたしは大学教授だ」結局ドミニクはこう言った。「コロンビア大学で、ある会議を開くために来た」

ドミニクは通された。

少しして、ようやくタクシーの後部座席に落ち着き、ドミニクは窓の外を眺めた。タクシーはヴァン・ワイク高速道路へ走っていく車の流れに加わり、クイーンズ地区をめざした。運転手はちゃちな安全格子の向こうにいて、ターバンを巻いている。運転手登録証と写真は色あせて消えかかっている。名前はムハンマド・イクバル、のようだ。あるいは、彼の従兄かだれか、登録証を共同で使っている男の名前だろうか。

車内はエアコンが効いていないので、運転手も乗客も開いた窓に頼るしかない。早朝にロンドンを発ってからの気温の変化が大きく、ドミニクはすでに気持ちが悪いほど汗をかいていた。彼はグレイの麻のジャケットを脱いだ。

ジャマイカ病院を通り過ぎると、渋滞が解消されていき、タクシーはマンハッタンを目指してスピードをあげた。そしてミッドタウン・トンネルに続く道路へ折れた。

ふと、ドミニクは携帯電話の電源を切っておいたことを思い出した。入国審査で並んでいたときに注意されたのだ。電話の電源を入れて作動するのを見つめた。当てにしてというより、願うような気持ちが大きい。

メールが届いている。

サマーからだ。

〝伝言を受けた。いまはＮＹ市にいる。また電話して。Ｓ〟

ちくしょう！　サマーがニューヨークにいることはもう知っている。これではなんの役にも立たない。

もう一度サマーに電話をかけてみたが、やはり留守番電話サービスの案内が流れるだけだ。

やれやれだ。ほかに手がかりがなければ、探しても無駄骨を折るだけだ。

サマーにメールを出そうとしたとき、タクシーがトンネルに入った。ドミニクはワシントン・スクエアのホテルを予約してあり、運転手にそこで降ろしてほしいと伝えてある。トンネルを出ると、ドミニクは考えた。ホテルの部屋に入ってから、あらためてサマーに連絡してみよう。

チェックインの時間は午後三時からだが、客室の用意ができているので、ドミニクは受け付けてもらえた。早くシャワーを浴びて着替えたくてたまらなかった。

客室の窓からワシントン・スクエア・アーチの穏やかな光景を見ながら、ドミニクは日を浴びて目がちかちかした。ミュージシャンが中央の噴水のそばでジャズを演奏している音が彼の耳まで届いた。

しばらくして、濡れたままの体をふかふかの白いバスローブで包み、もう一度サマーに電話をかけてみたが、やはり連絡がつかなかった。これはどういうことだ？　なぜメールをよこしたあと、すぐに連絡を断ったのか？

ドミニクが旅行バッグから清潔な半袖のシャツを取ると、携帯電話が鳴った。

「サマー？」

「残念でした、サマーじゃありません。ローラリンよ」

「ローラリン？」ドミニクは初め彼女がだれだか思い出せず、危うく切ろうとした。サマーからの電話を逃すのが怖かったのだ。

「そう、ローラリン。覚えてる？　演奏したのは……ある特別な弦楽四重奏。ブロンド。チェロ。ぴんと来た？」

ドミニクはもう彼女を思い出していた。いまさらなんの用だろう。彼はしびれを切らしてきた。

「ああ、ぴんと来たよ」

「よかった。男が忘れるような女になりたくないもの」ローラリンが穏やかに笑った。

「いまはニューヨークにいるんだが」

「へえ」

「着いたばかりだ」そこでドミニクはわれに返った。「いったいなんの用だ？」

「そんなに離れてたんじゃ難しいな」ローラリンが言った。「この前の演奏会はすごく楽しかったと言いたくて。あなたがまたいつかあんな会を開く気があるかどうかを知りたかった。でも、あなたが国内にもいないんじゃ、ちょっと面倒な話になっちゃった」どこかいたずらっぽい口調だ。「きみの言うとおりだ。また折を見て話そう。わたしがロンドンに戻ったら」ドミニクは失礼にならないよう話を合わせたが、二度と演奏会を開く気はなかった。

「わかった」ローラリンが言った。「ざーんねん。ヴィクターもニューヨークにいるから、ゲームをする機会が少なくて」

「ヴィクターを知ってるのか？」

「もちろん。彼は古い――なんて言えばいい？――友だちよ」

「てっきり、彼はきみやほかの演奏家を大学の掲示板に貼ってあったカードで見つけたのかと思っていた」

「嘘よ」ローラリンが明かした。「ヴィクターはあのコンサートの変わったところをあたしに説明して、場所も選んだの。知らなかった?」

ドミニクは声を殺して悪態をついた。心のなかに黒雲が集まり、胸が締めつけられた。

ヴィクター、あのずる賢い遊び人め。それにサマー。ふたりともニューヨークにいるわけか。これが偶然であるはずがない。

ドミニクは決意を強くした。

「ローラリン? マンハッタンにいるあいだにヴィクターと連絡を取れる方法を教えてくれないか?」

「いいけど」

「恩に着る」ドミニクは教えてもらった住所を書いた。

「サマーがなんとか言ってた? ニューヨークに行ったのは彼女に関係ある? ちょっと気になって」

「ある」ドミニクは言い、電話を切った。

ドミニクはジャケットをはおり、近場の公園へ散歩に出ることにした。頭を整理して考えをまとめてからヴィクターに接触しよう。子どもたちの遊び場を通り過ぎ、次はドッグランを通り過ぎ、リスの一群が芝生と木々のあいだを駆け抜けるところを眺めた。ドミニクはベンチを見つけて腰を下ろした。

シンシアが立ってわたしをバスタブから出して、大判のタオルでくるんだ。お湯はもう冷たくなっていた。気がつかなかった。

ヴィクターに手を取られ、また別の部屋に連れて行かれた。いったい、ここはどのくらい広い家なの？　なんと、仮設のタトゥー・パーラーだ。一度タトゥーを入れようと考えたことがある。ニュージーランドを出る前の話だ。なにか故郷を思わせる図柄を考えた。結局やめたのは、死ぬまで肌に刻みつけたいイメージが湧かなかったから。たぶん、こうすればあのときの問題を解決できたのだろう。わたしがタトゥーを入れるけど、図柄はほかの人に選んでもらう。

わたしはヴィクターが示したベンチに、全裸のままで横たわった。彼がわたしの手を握った。彼が唯一示すやさしいしぐさ。

わたしは目を閉じた。思ったとおりだ。やっぱりヴィクターはわたしにピアスの穴あけを選ばせてくれない。

わたしはたちまち至福の境地になり、針の痛みに備えていた。いまにも感じるだろうと予感して。外を車が行き来する穏やかな音が消えて低いざわめきになった。部屋にいる人たちは、集まって眺めているにちがいないけれど、ささいなものになり、背景のぼんやりした人影としか思えない。わたしのバイオリンを思い、あれにいざなわれる心地よい旅を思った。セックスして、他人の力に服従すれば、満ち足りた、穏やかな気持ちになれるけれど、それはバイイを弾きながら見えてくる幻想とはちがう。

ドミニクのためにヴィヴァルディを演奏したことを思い出す。最初はドミニクの存在に気づかなかったけれども、二度目は荒れ野で。どちらのときもドミニクはわたしが夢想している姿を見て、音楽がわたしに及ぼす影響を楽しんでいたようだ。

ドミニク。わたしはメールを送ったことを忘れかけていた。携帯電話がサイドボードのなかで音もなく震えているの？　ドミニクはあれからまた電話をかけてきたかしら？

だれかの手がおへそをかすめ、毛を剃った陰部へ向かい、その上で少し浮いていた。わたしの形を調べ、刻印をつける最高の場所を決めているのだろう。ヴィクターが自分でタトゥーを入れるの？

「奴隷のエレーナよ」ヴィクターが深く、重々しい声で言った。「おまえに刻印をつけるときがやってきた」

ヴィクターは息を吸ってから一瞬間をあけ、まるでスピーチを始めるようだ。誓いの言葉でも用意してあるの？　結婚式でするみたいな？　お笑いだわ。

「さて、おまえは以前の暮らしを捨てて、このわたし、ヴィクターに仕えると誓わねばならない。わたしがおまえを手放すと決める日まで、わたしが求めるすべてを差し出すのだ。奴隷よ、わたしに服従し、おまえの意志を永遠にわたしのものとすることに同意するか？」

わたしは崖っぷちにいた。いわば、きわどい状態で人生の選択を迫られる瞬間だ。あっという間に決めたことでも、その後の進路を変えてしまいかねない。

わたしは答えた。「いや」

「いやだと？」ヴィクターが小声になった。信じられないようすだ。

「いやよ」もう一度答えた。「あなたには服従しない」

目をあけて起き上がると、急に自分が裸でいることが気になった。服を着ていなくても、わたしはありったけの威厳をかき集めようとした。少なくとも、ドミニクはそういう訓練をたっぷりさせてくれた。

ヴィクターは愕然としたようすだけれど、そのせいで小さく見える。これまでこんな男の言いなりになっていたなんて。この人はお芝居をしているだけ。仲間もみんなそうなのよ。

わたしは大勢の客をかきわけて進んだ。どの顔にもショックとばつの悪さと不安が混じり合っている。これもヴィクターのショーの一部だとささやき合う者もいた。

わたしはサイドボードからドレスを出して、頭からかぶり、バッグと携帯電話を取り出すと、ドアへ向かった。鍵はかかっていなかった。

わたしが勢いよくドアを閉めたところへヴィクターが戸口に足を差し入れた。「いずれ後悔するぞ、奴隷のエレーナ」

「そうは思わないわ。わたしの名前はサマーよ。だいいち、あなたの奴隷じゃない」

「おまえは奴隷でしかないよ。そういうふうにできてるのさ。そのうちひざまずくだろう。抑えがきかないんだ。それに見てみろ——見たことないのか？　おまえは服を脱いだとたんに濡れてた。滴るほどだ。頭では抵抗したって、かならず体に裏切られるんだよ、奴隷」

「二度と連絡しないで。したら警察に通報する」

「で、どんな話をする気だ？」ヴィクターがせせら笑った。「警官がおまえみたいなふしだら女を信じるとでも？」

わたしは背を向けて部屋を出て行った。ヴィクターの言葉が耳に残っていたけれど、堂々と頭を上げた。いまは家に帰れればそれでいい。帰ってわたしのバイオリンを弾ければいい。

ガンズヴォート通りを歩いてタクシーを拾い、なかに入るなり携帯電話をいじった。こうすれば運転手がわたしを話に引き入れようとせず、どうして腹を立てているのか訊かないからだ。ニューヨークのタクシー運転手はおかしな人たちだ。夜みたいに物静かな人もいれば、気さくで黙らせるのにひと苦労する人もいる。留守番電話を聞いて、わたしは座席にへたりこんだ。ドミニクの声が全身にひたひたと打ち寄せてくる。

ドミニクはわたしを恋しいと思ってくれていた。いままで一度もそんなことを言わなかったのに。わたしも彼が恋しかった。たまらなく。

窓の外に目をやって、騒がしい道路を見つめた。着いたばかりのときは街の光景がすごく刺激的だと思った。それがいまではなじみのない感じがして、ここは故郷ではないと、わたしにはもう故郷がないんだと改めて思い知らされた。

黄昏が迫るなか、タクシーはワシントン・スクエア・パークを通った。木々がぼんやりした影を芝生に落とし、長い手のように見える。緑の聖歌隊だ。まだしばらく暗くならないだろう。バイオリンを弾く時間がありそうだ。

わたしはドミニクと約束して、バイイを公共の場に持ち出さないし、路上演奏をしないことにした。貴重な楽器をそんな危険な目に遭わせられないからだ。でも、彼もわかってくれるはず。この一度くらいなら。

タクシー運転手がアパートメントの建物の前に止めてくれたので、チップをはずんで、道中静かにしていてくれたお礼をした。

わたしは一度に二段ずつ階段を駆け上がり、部屋に入ったとたんに黒のドレスを床に脱ぎ捨てた。もう二度と着たいと思えないかも。コンサート用の服を新調しよう。これほど記憶をたくさん抱えていない服を。ふだん着に着替え、必要以上に注目されないようにして、バイイを持って公園に出かけた。

ワシントン・スクエア・アーチはわたしのお気に入りの演奏スポットだ。アーチ型の門はパリの凱旋門を思わせる。わたしの行きたい街を連想し、ドミニクがローマを訪れた写真を見せてくれたことを思い出す。

大きな噴水のそばに立ち、アーチを見渡して、バイイを顎に当て、棹をしっかり握って弓を弦に引きつける。なにを弾くかといえば、頭が考える間もなく体が決めていた。

目を閉じて集中した。『春』の第一楽章、アレグロ。ヴィヴァルディの『四季』だ。

時間がたち、数分の演奏はひっそりと続けられ、最終楽節が終わりに近づいて、わたしが目をあけると、あたりは暗くなろうとしていた。

そのとき拍手がした。観衆の割れんばかりの拍手ではない。ひとりの人間のしっかりした、明瞭な拍手の音だ。

わたしはバイイを守るように脇に抱えて、振り向いた。変質者に飛びかかられ、楽器を奪われてはかなわない。

あれはドミニクだ。わたしのもとに来てくれた。

ドミニクは目をあけた。

不思議なことが起こるといわれる夜更けに、ワシントン・スクエア・アーチの明かりがホテルの客室の窓から差し込んできた。エアコンが静かなうなりをあげて送る風はやさしい冷気のようだ。

彼の隣ではサマーが眠っている。穏やかな寝息は胸が上下するリズムと一致している。肩はむき出しで、顎と枕のあいだでたたんだ腕に囲まれた乳房の下側もちらりと見える。

ドミニクは息をのんだ。

初めてサマーに自分のものを含まれたときの唇の感触を思い出した。ベルベットに包まれたような愛撫、舌がペニスに繊細に巻きついた感覚、ふざけるようにもてあそび、味わい、舌触りを探った。ほんの少しずつ、肌をかすめて通り、血管の通る谷と崖を進んでいく。

ドミニクは頼まなかったし、命令もしなかった。あれは自然に始まった行為だ。あのときするべきことだったように。お互いに守りをゆるめ、自分をすっかりさらけ出し、過去を消し、あやまちを忘れ、まちがって選び、いまでは後悔している道を忘れた。

ドミニクがサマーに抱いている欲求の名残がまだ全身を駆けめぐっていた。彼はむなしく過ごしてきた日々を嘆いた。彼女に出会う前の日々を、出会ってからの日々を。あのころの日々はもう二度と取り返せない。

ドミニクはサマーの眠る姿を見つめた。

ため息がもれる。

満足と悲しさで。

窓の外を陽気な声が通り、すぐに消えた。ブリーカー通りのバーから歩いて帰る者とマクドゥーガル通りをアップタウンへ向かう者だろう。ドミニクはサマーと再会できて本当に嬉しかった。

今夜ふたりがわかちあったひとときはごくふつうだった。なんのゲームでもない。ドミニクも眠りについた。かたわらにいるサマーが子守唄になり、彼女の裸体から放たれるぬくもりが彼を癒すように包み込んだ。

ドミニクは再び目覚めた。日の出はまだマンハッタンの地平に現れた光の帯だ。もうサマーも目覚めていた。ドミニクを見つめるまなざしは不思議そうで、愛情がこもっている。

「おはよう」サマーが言った。

「おはよう、サマー」

それから再び静かになった。大急ぎで言いたいことを言い尽くしてしまったようだ。

「いまにわかるだろうが、わたしは無口な男でもあるんだよ」ドミニクは言葉に詰まった弁解をした。

「かまわないわ」サマーが答えた。「言葉はそれほど大事じゃないもの。過大評価されてるのよ」

ドミニクはほほえんだ。

これならうまくいきそうだ。ベッドとセックスとふたりがどちらも心の奥底に抱いている暗闇を乗り越えて。たぶん大丈夫だろう。

サマーがドミニクに手を差し伸べ、少し体を起こした。片方の乳房が大胆にもカバーから現れた。彼女はドミニクの顎に手をかけた。

「顎髭が硬いのね。剃らなくちゃだめよ」サマーがドミニクの顎を撫でた。

「ああ」ドミニクは言った。「二日は剃ってないな」

「わたし、傷跡だらけになるのは好きじゃないわよ」サマーがにっこりした。

「別に跡をつけなくてもいいんだよ」

「ううん、いいの」サマーが言った。「どこかでバランスを取りましょう」

ドミニクはほほえみ、サマーのむき出しの乳房にできるかぎりの思いやりをこめて触れた。

「つまり、わたしたちはまだ――」

「友だちよ」サマーが彼の話をさえぎった。「ちがうかも」

「友だち以上だ」

「そうね」

「生やさしいことじゃない」

「わかってる」

ドミニクがサマーの体からカバーをそっとはがし、青白い腿までをあらわにした。

「いまでも剃っているんだね」ドミニクが気づいた。

「ええ」サマーが言った。「また生やしておくと気になるし、みっともないし、このほうが気に入ったの」彼女はヴィクターに命令されたとは言わなかった。もっとも、すべすべした肌が心と頭にもたらすもろさを楽しみ、下半身がこれほど裸の状態で自分に触れられる快感を楽しむようになったのは事実だった。

「では、もし頼んだら、手入れをやめたり、また生やしたりしてくれるのかい?」ドミニクが訊いた。「わたしの気まぐれで。いや、命令かな?」

「よく考えてみなくちゃ」

「わたしのためにバイオリンを弾くように命令したら、また弾いてくれるかい？」

サマーの目がかすかな朝日にきらめいている。

「弾くわ」サマーが答えた。「いつでも、どこでも。服を着ていても、いなくても。どんな曲でも、旋律でも……」彼女はほほえんだ。

「きみからの贈り物？」

「服従ね。わたしなりの形の」

ドミニクの手がサマーの性器に伸び、唇の上でとどまり、開いて、指を一本ゆっくりと滑り込ませた。

サマーがかすかな声をあげた。

サマーは以前から、朝のうちに、物憂げな眠りから覚めてそのまま愛を交わすのが好きだった。

ドミニクは指を抜くと、全身を動かして、ベッドを滑り下り、唇を彼女につけた。サマーはドミニクの乱れた巻き毛にやさしく指を通して彼を支え、自分の歓びを支配した。


わたしはアパートメントのドアをあけ、バイオリンのケースをそっと床に置き、クローゼットに向かった。ちょっと着替えを取りに戻っただけだ。ドミニクはあと一泊しかニューヨークにいられないので、ディナーとブロードウェイのミュージカルに誘ってくれた。お祝いのしるしだ。

変なお祝いだわ。ほろ苦い。きのうは一緒に過ごす最後の夜で、今後はいつまでかわからないけれど離れ離れに、ふたつの時間を、別々の大陸で過ごす。

うまくいくの？　わたしは黒のミニワンピースを出した。前に一度、演奏会のときにドミニクの前で着たものだ。

きっとうまくいくわ。わたしたちはお互いの片われだもの。ドミニクとわたしは。いくら大西洋でもわたしたちの仲を永久には引き裂けない。

わたしは小型の旅行バッグに今夜の衣類を詰め、バイイをもう一度見てからドアを出た。

ドミニクはまだわたしの家に来たことがない。

次の機会に呼ぶことにしよう。

謝辞

『エイティ・デイズ』のシリーズの執筆を可能にしてくれたばかりか、歓びに変えてくれたすべての人たちに感謝を捧げます。サラ・サッチ著作権代理事務所のサラ・サッチ。オリオンのジェマイマ・フォレスターとジョン・ウッド、信じてくれてありがとう。カメラマンのマット・クリスティもありがとう。

リサーチ、サポート、バイオリンのレッスンでお世話になった不特定の個人のみなさんに深く感謝します。グルーチョ・クラブとチャイナタウンのレストランはわたしたちのゆがんだ推測を受け入れてくれました。そして、わたしたちの尊敬すべきパートナー、狂ったようにキーボードを叩いてあなたたちを放りっぱなしにしたわたしたちを、夜も昼も見守ってくれてありがとう。ヴィーナ・ジャクソンの片われから、雇い主の並々ならぬ協力と理解、おおらかさに感謝します。

それから最後に、ファースト・グレート・ウエスタン鉄道に。オンラインで予約できる宝くじで気軽に運だめしできるチャンスをありがとう。おかげでわたしたちは知り合えました。

訳者あとがき

サマー・ザホヴァは赤毛の若いバイオリニスト。ヴィヴァルディの『四季』を愛し、情熱的な演奏で魂を飛翔させることがなによりの歓びだ。けれども、性欲は満たされずに悶々としていたある日、謎めいた大学教授のドミニクに導かれ、ＳＭの世界に浸っていく――

これがロマンス？　一読して、ビックリしました。本作はさまざまな要素を含み、既存のカテゴリーに入りにくい作品です。ＳＭの描写や激しいセックス・シーンが印象に残りがちですが、全体を貫くのはヒロインが自分を受け入れて変わっていく物語だと思われます。そして、超くせ球の恋愛小説でもありそうです。いまでは主人公たちのちょっとゆがんだ恋愛関係に興味津々です。

他人の（特に男性の）目を気にして小さくまとまり、「本当のわたしはこうじゃないのに……」と思った経験は、きっと読者のみなさんにもおありでしょう。サマーは無難な恋人と無難な私生活に満足できず、思い切って彼と別れてから、あれよあれよという間に大胆な行動に走っていきます。使い慣れたバイオリンが壊れたとき、見知らぬ男性ドミニクに名器を提供され、ふたりのゲームが始まります。サマーがドミニクのために裸で演奏する場面は煽情的であると同時に美しく、ロンドンの闇と光を思わせる各所の魅力的な描写も含め、はっとさせられます。ふたりはけっして相手を束縛せず、ＳＭ世界の住人たちも絡んだ想定外の駆け引きとなっていき……。

本書に登場するライフスタイルを受け入れられないと思うかたもいるかもしれませんが、小説世界でヒロインの冒険を一緒に楽しんでみてください。折々に登場するクラシック音楽の曲も色を添えています。

ヴィーナ・ジャクソンは、ふたりの匿名の作者のペンネームです。ひとりは活躍中のプロの作家、もうひとりは著書がありますが、ロンドンの金融街《シティ》で働くビジネスウーマンでもあります。本作の続篇も順次刊行予定ですので、どうぞお楽しみに。ヒロインのサマーは抑えつけていた性衝動を解放するとともに、バイオリニストとしての才能を開花させ、世界に活躍の場を広げていきます。ドミニクとのもどかしい恋のゆくえ、周囲の人々との関係はどう変わっていくのかも見どころです。さらに、ある悪意に満ちた人物が次にどんな行動を取るのかも……。

また、作者はこの三部作の成功を受けて、スピンオフを二作刊行しています。本シリーズの脇役が主役となり、サマーとドミニク、ローラリンが顔見せ程度に登場するようです。

二〇一三年四月

著者紹介

ヴィーナ・ジャクソン（Vina Jackson）

二人の作家の共作時のペンネーム。どちらもロマンスや官能の分野で出版歴がある作家という以外、経歴は明かされていない。ロンドン郊外で行われた文学フェスティバルに向かう電車の中で偶然向かい合わせに座ったことがきっかけで本書を執筆することになったという。共作での第一作となる本書は《サンデー・タイムズ》紙のベストセラーとなった。

訳者略歴

木村浩美（きむら・ひろみ）

神奈川県生まれ。英米文学翻訳家。主な訳書にアンドル『再会は熱く切なく』、デブリン『テキサスの夜に抱かれて』、ヘインズ『愛と情熱の契約結婚』（以上すべて早川書房刊）他多数。

エイティ・デイズ・イエロー

2013年4月20日　初版印刷
2013年4月25日　初版発行

著者　ヴィーナ・ジャクソン
訳者　木村浩美《きむらひろみ》
発行者　早川　浩
発行所　株式会社早川書房
東京都千代田区神田多町2－2
電話　03－3252－3111（大代表）
振替　00160－3－47799
http://www.hayakawa-online.co.jp

印刷所　株式会社亨有堂印刷所
製本所　大口製本印刷株式会社

Printed and bound in Japan

ISBN978-4-15-209369-1 C0097

乱丁・落丁本は小社制作部宛お送り下さい。
送料小社負担にてお取りかえいたします。